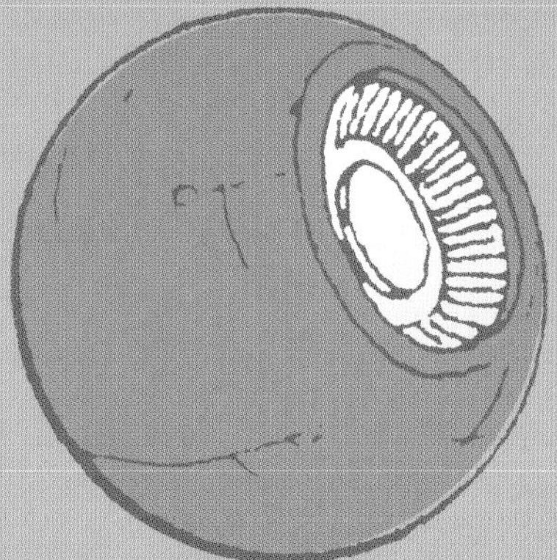

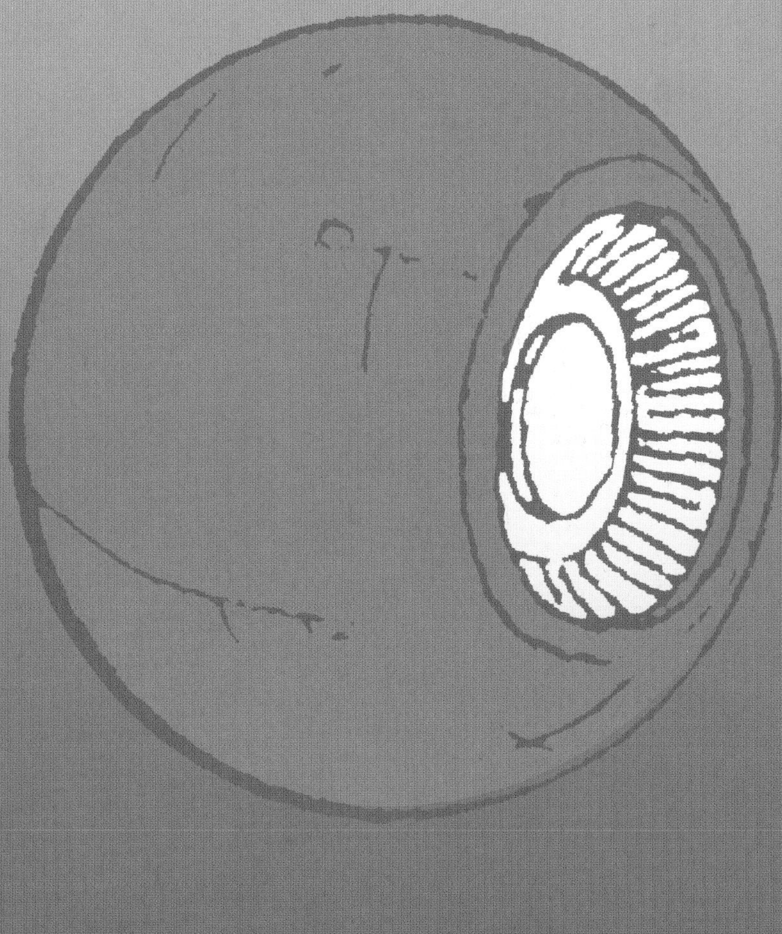

DESSIN : F. PORCEL SCÉNARIO : J. D. MORVAN COULEURS : HUBERT

REALITY SHOW

TOME 2 / DIRECT LIVE

INTERPRÈTE (ESPAGNOL-FRANÇAIS) POUR LES AUTEURS : ANNE G. PERRIER

DARGAUD
BENELUX

Respect à Isaac Asimov pour la pertinence des lois de la robotique,
auxquelles je me suis modestement permis d'en rajouter une.
Et merci à TF1 et M6 pour toutes leurs merveilleuses idées !!

Je dédicace cet album à mon ami Jose-Luis Munuera
pour son amitié et ses conseils judicieux.
À Jean David pour la confiance qu'il a en moi.
Et à mon papa et ma maman pour avoir toujours cru
que je pouvais y arriver. FP

Merci à Jose-Luis et Gaudi pour m'avoir poussé
à cette séquence dans la Sagrada Familia. JDM

www.dargaud.com

PREMIÈRE ÉDITION

Dépôt légal : d/2003/0086/140 • ISBN 2-87129-567-0
Imprimé en Belgique par Proost

ROGRUMPH!!
TAK
TOCH
TROCH
SOGRUP

DÉCOUVERTE CE MATIN D'UN NOUVEAU MASSACRE PERPÉTRÉ PAR CELUI QUI SE FAIT APPELER LE "TRIANGLE-ROUGE".
CETTE FOIS, IL A ACCOMPLI SON MORBIDE MÉFAIT DANS UN HANGAR DE BADALONA, OÙ SE DÉROULAIENT DES TOURNOIS D'ULTIMATE FIGHTING.
LE CARNAGE AU COMMISSARIAT CENTRAL, ET LE MEURTRE DU COMÉDIEN SEBASTIAN ELLOCO RESTENT DE FUNESTE MÉMOIRE.
COMME D'HABITUDE, IL A EFFECTUÉ SON SANGLANT RITUEL EN DÉCOUPANT LE DOS D'UNE DE SES VICTIMES ET A MASSACRÉ TOUTES LES AUTRES AVEC UNE SAUVAGERIE HORS DU COMMUN.
SACHANT QUE LA PLUPART DES VICTIMES ÉTAIENT DES COMBATTANTS AGUERRIS, CELA LAISSE IMAGINER SA FORCE COLOSSALE.
L'EXPLICATION LA PLUS PLAUSIBLE SERAIT QU'IL SOIT TRUFFÉ DE NANOMACHINES MILITAIRES DÉVELOPPANT SES CAPACITÉS PHYSIQUES. ON SAIT QUE L'ENTREPRISE WAR VISION AVAIT FAIT METTRE AU POINT DE TELS IMPLANTS POUR AMÉLIORER LES CAPACITÉS DE SES REAL ACTORS ET RENDRE SA CAMPAGNE DE BIRMANIE PLUS SPECTACULAIRE...
MAIS LOIN DE NOUS L'IDÉE DE METTRE EN CAUSE NOS CONCURRENTS!
NOTRE PARTENAIRE MÉDIACOP A PRIS L'AFFAIRE EN MAIN ET C'EST NORMAN K. BARRON LUI-MÊME QUI MÈNE L'ENQUÊTE, POUR LE PLUS GRAND PLAISIR DES ABONNÉS.
IL FAUT DIRE QUE NOTRE STAR A UNE REVANCHE PERSONNELLE À PRENDRE SUR CET IGNOBLE TUEUR PUISQUE CE DERNIER A TRAÎTREUSEMENT ASSASSINÉ SHEETA.
CE DERNIER ÉTAIT PLUS QU'UN COÉQUIPIER POUR NORMAN... IL ÉTAIT COMME UN FRÈRE.
SA NOUVELLE COÉQUIPIÈRE: OSHII FEAL SERA-T-ELLE À LA HAUTEUR POUR L'ÉPAULER DANS CETTE ENQUÊTE QUI S'AVÈRE CORSÉE?
NE SERAIT-CE QUE PARCE QUE LE "TRIANGLE-ROUGE" NE LAISSE JAMAIS DERRIÈRE LUI LA MOINDRE EMPREINTE...
SUR CE PLATEAU AVEC NOUS: AVON RODKANE, PSYCHOLOGUE EN CRIMINOLOGIE.
BONJOUR.
MONSIEUR RODKANE, JE NE PEUX M'EMPÊCHER DE POSER LA QUESTION QUI BRÛLE LES LÈVRES DE TOUS NOS SPECTATEURS.
SOMMES-NOUS EN PRÉSENCE DU TUEUR EN SÉRIE LE PLUS AUDACIEUX QUE NOUS AYONS JAMAIS CONNU?

DISONS QU'IL EST D'UN GENRE TRÈS PARTICULIER.
VOIRE UNIQUE.
SI TU SAVAIS À QUEL POINT, MON CHER AVON...
HABITUELLEMENT, LES PSYCHOPATHES ÉVITENT D'APPARAÎTRE EN PUBLIC, ILS ATTENDENT POUR AGIR QUE LEUR VICTIME SOIT SEULE, AFIN DE MINIMISER LES RISQUES.
DES LÂCHES EN QUELQUE SORTE!
ON PEUT DIRE ÇA EN EFFET.
MAIS CE N'EST PAS SON CAS.
C'EST GENTIL DE LE FAIRE REMARQUER.
JE N'EN ATTENDAIS PAS MOINS DE TOI.
UN AUTRE POINT QUI NE CADRE PAS C'EST QUE SI SON MODUS OPERANDI RESTE STRICTO SENSU IDENTIQUE POUR CHAQUE VICTIME RITUALISÉE, CES DERNIÈRES NE SE RESSEMBLENT PAS.
PHYSIQUEMENT?
ENTRE AUTRES... EN FAIT, ELLES N'ONT RIEN À VOIR DU TOUT LES UNES AVEC LES AUTRES.
ATTENDU QUE CE GENRE D'AGISSEMENT EST HABITUELLEMENT CONDUIT PAR UNE OBSESSION, UN FANTASME SI VOUS PRÉFÉREZ. CE N'EST PAS COUTUMIER. LES AUTRES MALADES DE SA CATÉGORIE S'EN PRENNENT EN GÉNÉRAL SOIT À DES PROSTITUÉES, SOIT À DES ÉTUDIANTES, DES BLONDES AUX CHEVEUX LONGS OU DES GAYS ROUX OU CHAUVES... MAIS QUASI JAMAIS EN MÉLANGEANT LES GROUPES.
QUANT AU FAIT DE S'ATTAQUER À DES ROUTIERS OU DES BOXEURS, J'AVOUE QUE C'EST ENCORE PLUS INÉDIT...
NON, JE DOIS BIEN AVOUER QUE J'AI ENCORE VRAIMENT DU MAL À CAPTER SON PROFIL.
JE TE SENS POURTANT ASSEZ INTELLIGENT POUR TROUVER LA SOLUTION, AVON.
HÉLAS TU ES VICTIME D'UN BLOCAGE INDUIT PAR LA SOCIÉTÉ DANS LAQUELLE TU VIS.
ET TANT QUE NOUS NE L'AURONS PAS DÉFINI, NOUS NE POURRONS PAS PRÉVOIR OÙ IL FRAPPERA LA PROCHAINE FOIS.
MERCI POUR VOTRE INTERVENTION, MÊME SI ELLE NE RASSURE HÉLAS PAS NOS SPECTATEURS, MONSIEUR RODKANE.
SANS TRANSITION, LE GLOBAL MATRISS A ANNONCÉ AUJOURD'HUI L'INSTALLATION...
...D'UNE NOUVELLE MINE DE TITANE SUR VALÉRIAN 5, UNE PLANÈTE DU SYSTÈME DHARGO.

LES ROBOTS QU'ELLE DIRIGE VONT POUVOIR EXTRAIRE DE LA MATIÈRE PREMIÈRE SANS RELÂCHE ET...
TU VIENS CE SOIR?
ET COMMENT... FAUT PAS RATER ÇA!
DIAGONAL!
4
À L'EST D'ÉDEN...
CLAK
MAIS OÙ VAS-TU AUSSI EXCITÉ?
C'EST LA PREMIÈRE FOIS QUE JE TE SENS COMME ÇA...
NOOON!!
J'AVAIS MISÉ TANT D'ESPOIR SUR TOI... SUR TA PROBITÉ!!
JE NE PEUX PLUS SUPPORTER CE VICE, CETTE FANGE DANS LAQUELLE TOUS TES CONGÉNÈRES SEMBLENT SE ROULER!
JE CROYAIS À TES BELLES PAROLES, MAIS TU M'AS DÉÇU!
DOMMAGE POUR MOI, TANT PIS POUR TOI...

TIRURI
TIRURI
TIRU
NRRHH ...
ÇA VA, ÇA VA...
J'ARRIVE...
TIRU
TIRU
PFFF. COMMENT ÇA SE FAIT QUE JE ME SUIS ENDORMIE LÀ, MOI?
TIRU
TIRURI
ET TOUT HABILLÉE EN PLUS...
J'AURAIS VRAIMENT PAS DÛ BOIRE AVEC NORMAN HIER SOIR.
RIDICULE, MA PAUVRE FILLE.
ALLÔ?
OSHII? QU'EST-CE QUE TU FOUS ENCORE CHEZ TOI?!!
MONSIEUR GULLICK?
TU AS VU L'HEURE QU'IL EST?!
PAS ENCORE, JE VIENS DE ME RÉVEILLER COMPLÈTEMENT DANS LE GAZ.
NON MAIS, TU TE FOUS DE MA GUEULE?!
TU CROIS QUE LE DIRECT D'AUJOURD'HUI IL N'EST PAS IMPORTANT?!
5
MEEERDE... JE SUIS DÉSOLÉE!!
JE NE SAIS PAS CE QUI S'EST PASSÉ.
J'AI MÊME PAS ENTENDU MON RÉVEIL, NI RIEN.
ET MONSIEUR BARRON, IL...
... EST À CÔTÉ DE MOI.
ALORS, TU VAS ÊTRE AUSSI PRO QUE LUI, ET SAUTER DANS UN TAXI!!
ET N'OUBLIE PAS DE T'HABILLER POUR LA CIRCONSTANCE AU MOINS!

FAMIL
BARRON
?
ILIA BARRON
GULLICK, JE PEUX VOUS PARLER?
EN PRIVÉ?
MAIS BIEN ENTENDU, MA PETITE OSHII.

6

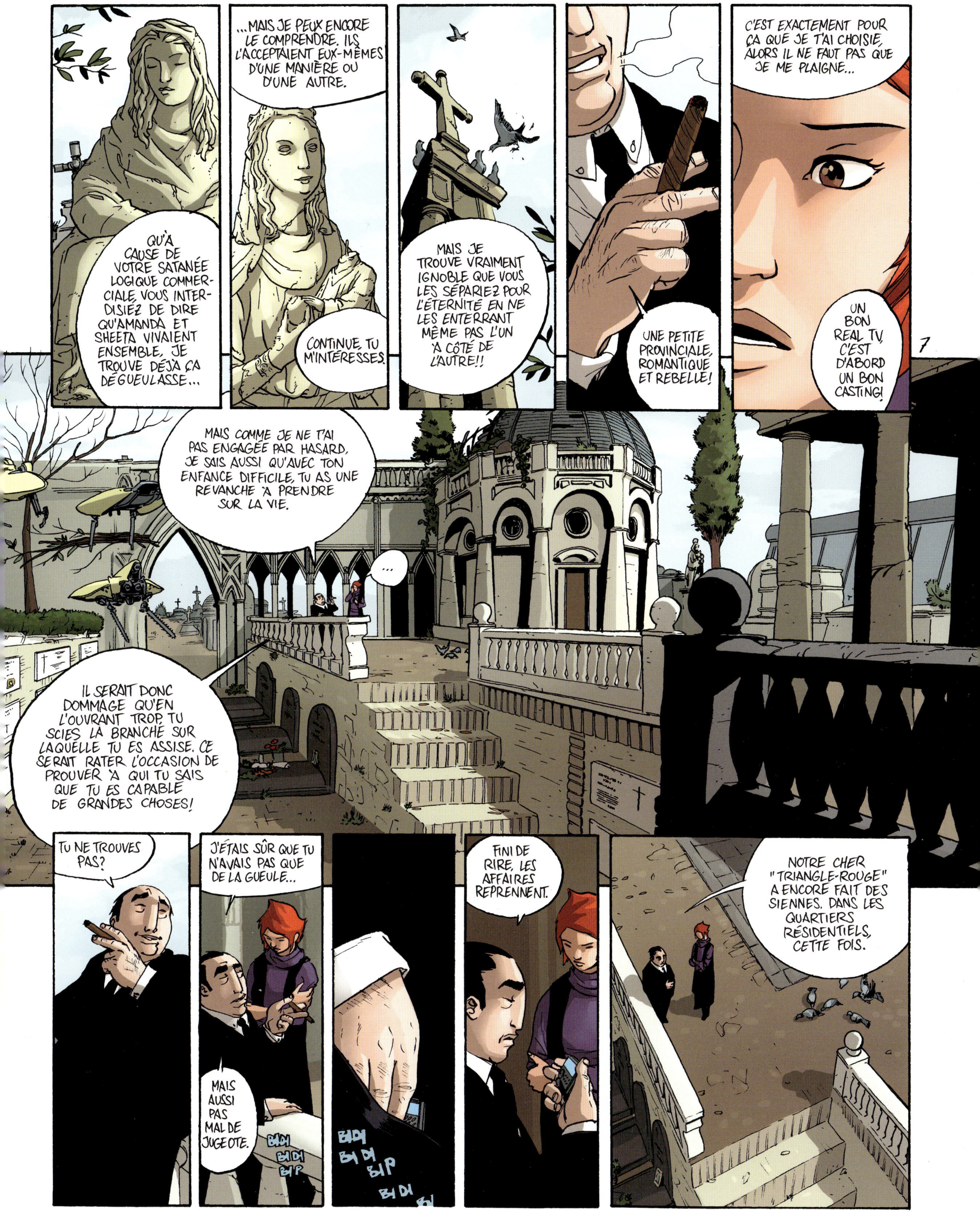
QU'À CAUSE DE VOTRE SATANÉE LOGIQUE COMMERCIALE, VOUS INTERDISIEZ DE DIRE QU'AMANDA ET SHEETA VIVAIENT ENSEMBLE, JE TROUVE DÉJÀ ÇA DÉGUEULASSE...
...MAIS JE PEUX ENCORE LE COMPRENDRE. ILS L'ACCEPTAIENT EUX-MÊMES D'UNE MANIÈRE OU D'UNE AUTRE.
CONTINUE, TU M'INTÉRESSES.
MAIS JE TROUVE VRAIMENT IGNOBLE QUE VOUS LES SÉPARIEZ POUR L'ÉTERNITÉ EN NE LES ENTERRANT MÊME PAS L'UN À CÔTÉ DE L'AUTRE!!
UNE PETITE PROVINCIALE, ROMANTIQUE ET REBELLE!
C'EST EXACTEMENT POUR ÇA QUE JE T'AI CHOISIE, ALORS IL NE FAUT PAS QUE JE ME PLAIGNE...
UN BON REAL TV, C'EST D'ABORD UN BON CASTING!
MAIS COMME JE NE T'AI PAS ENGAGÉE PAR HASARD, JE SAIS AUSSI QU'AVEC TON ENFANCE DIFFICILE, TU AS UNE REVANCHE À PRENDRE SUR LA VIE.
...
IL SERAIT DONC DOMMAGE QU'EN L'OUVRANT TROP, TU SCIES LA BRANCHE SUR LAQUELLE TU ES ASSISE. CE SERAIT RATER L'OCCASION DE PROUVER À QUI TU SAIS QUE TU ES CAPABLE DE GRANDES CHOSES!
TU NE TROUVES PAS?
J'ÉTAIS SÛR QUE TU N'AVAIS PAS QUE DE LA GUEULE...
MAIS AUSSI PAS MAL DE JUGEOTE.
BI DI BI DI BIP
BI DI BI DI BIP BI DI BI
FINI DE RIRE, LES AFFAIRES REPRENNENT.
NOTRE CHER "TRIANGLE-ROUGE" A ENCORE FAIT DES SIENNES. DANS LES QUARTIERS RÉSIDENTIELS, CETTE FOIS.

ALLEZ, PETITE. SÈCHE TES LARMES.
IL EST TEMPS DE REDEVENIR DES HÉROS.
PIC PIC PIC
AH, NORMAN. JE ME DOUTAIS BIEN QU'ON ALLAIT ME DESSAISIR DE CETTE AFFAIRE POUR TE LA REFILER.
TROP SPECTACULAIRE POUR UN SIMPLE PETIT FLIC DE SERVICE PUBLIC COMME MOI!
TU SAIS CE QUE C'EST, DEL RINCÓN!
ÇA, POUR LE SAVOIR...
MES RESPECTS, COMMISSAIRE.
JE SUIS L'INSPECTRICE OSHII FEAL, DE MÉDIACOP.
HEUM... BONJOUR, INSPECTRICE.
COMMISSAIRE DEL RINCÓN, BRIGADE CRIMINELLE.

8

ENCHANTÉE DE FAIRE VOTRE CONNAISSANCE.
MOI DE MÊME.
QUE S'EST-IL PASSÉ EXACTEMENT À L'INTÉRIEUR? ON N'A PAS EU BEAUCOUP D'INFOS.
ALORS, JE VOUS CONSEILLE D'ATTENDRE QUE CE SOIT UN PEU NETTOYÉ AVANT D'ENTRER.
PAS BEAU À VOIR...
C'EST GENTIL DE VOTRE PART MAIS JE SUIS UNE PRO, VOUS SAVEZ!
9

ON N'A EU AUCUN MAL À IDENTIFIER LES VICTIMES, ELLES SONT TOUTES HYPER CONNUES: POLITICIENS, ARTISTES, PRÉSENTATEURS TV...
L'ÉLITE MÉDIATIQUE, QUOI.
ILS PASSAIENT DÉJÀ TOUTES LEURS JOURNÉES ENSEMBLE, Y'A QU'À REGARDER LES ÉMISSIONS! TOUTES LEURS VACANCES, SUFFIT DE FEUILLETER LES JOURNAUX PEOPLE...
MAINTENANT, ON SAIT AUSSI QU'ILS SE RETROUVAIENT EN PLUS LA NUIT.
SI, MADAME, IL NOUS A DIT DE NE PAS REGARDER DANS LA PIÈCE D'À CÔTÉ, QUE CE N'ÉTAIT PAS UN SPECTACLE POUR NOUS.
DES ENFANTS?
CE SONT...
LES LEURS?
C'EST... C'EST IGNOBLE...
QUAND IL PARLAIT, ON AURAIT DIT QU'IL GRINÇAIT UN PEU.
À L'ACCENT, DES PETITS INDIGENTS DES BARRIOS DU SUD DU PAYS. LOUÉS POUR LES PLUS VEINARDS, VENDUS POUR LES AUTRES. LE TUEUR N'EN A PAS BLESSÉ UN SEUL.
IL ÉTAIT TRÈS GRAND, AVEC PLEIN DE ROUGE PARTOUT QUI COULAIT. IL AVAIT L'AIR DE S'ÊTRE DRÔLEMENT BAGARRÉ.
ET PUIS, IL S'EST ENVOLÉ JUSQU'À L'IMMEUBLE D'EN FACE, COMME BATBAM!
TU PARLES D'UN SUPER-HÉROS...
UN PSYCHOPATHE VENGEUR QUI TUERAIT LES PERVERS? ÇA NE CADRE PAS AVEC SES MASSACRES PRÉCÉDENTS.
IL DOIT NOUS MANQUER UN ÉLÉMENT IMPORTANT POUR LE COMPRENDRE...
MAIS QUOI?
CHERCHE EN TOI-MÊME, PETITE OSHII.
CHERCHE POUR MOI...

10

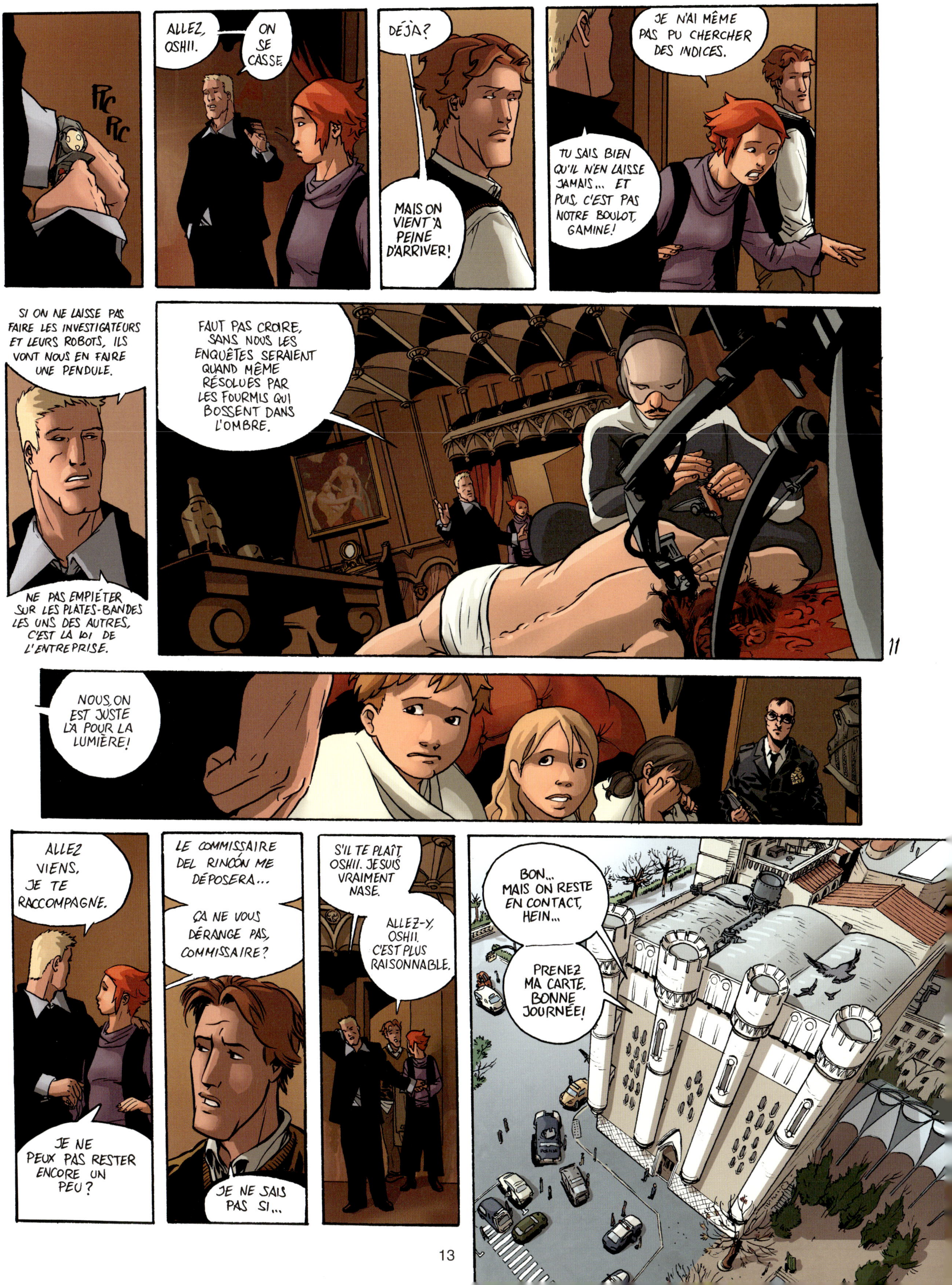
PIC PIC
ALLEZ, OSHII.
ON SE CASSE.
DÉJA?
MAIS ON VIENT A PEINE D'ARRIVER!
JE N'AI MÊME PAS PU CHERCHER DES INDICES.
TU SAIS BIEN QU'IL N'EN LAISSE JAMAIS... ET PUIS, C'EST PAS NOTRE BOULOT, GAMINE!
SI ON NE LAISSE PAS FAIRE LES INVESTIGATEURS ET LEURS ROBOTS, ILS VONT NOUS EN FAIRE UNE PENDULE.
NE PAS EMPIÉTER SUR LES PLATES-BANDES LES UNS DES AUTRES, C'EST LA LOI DE L'ENTREPRISE.
FAUT PAS CROIRE, SANS NOUS LES ENQUÊTES SERAIENT QUAND MÊME RÉSOLUES PAR LES FOURMIS QUI BOSSENT DANS L'OMBRE.
NOUS, ON EST JUSTE LÀ POUR LA LUMIÈRE!
ALLEZ VIENS, JE TE RACCOMPAGNE.
JE NE PEUX PAS RESTER ENCORE UN PEU?
LE COMMISSAIRE DEL RINCÓN ME DÉPOSERA...
ÇA NE VOUS DÉRANGE PAS, COMMISSAIRE?
JE NE SAIS PAS SI...
S'IL TE PLAÎT, OSHII. JE SUIS VRAIMENT NASE.
ALLEZ-Y, OSHII. C'EST PLUS RAISONNABLE.
BON... MAIS ON RESTE EN CONTACT, HEIN...
PRENEZ MA CARTE. BONNE JOURNÉE!

11

AMBRA!
QUELLE BONNE SURPRISE!! JE SUIS TELLEMENT CONTENTE DE TE VOIR, TU NE PEUX PAS SAVOIR...
TANT MIEUX. J'AI BESOIN DE TE PARLER.
ÇA TOMBE BIEN, MOI AUSSI.
J'AI PEUT-ÊTRE UN BON PLAN POUR TOI.
JUSTEMENT JE...
TU MONTES?
J'AIMERAIS MIEUX PAS, TU VOIS...
AH? ...
ON NE POURRAIT PAS ALLER AU CAFÉ À CÔTÉ? CE SERAIT MIEUX...
...PLUS NEUTRE.
PAUVRE NAÏVE OSHII, J'AI PEUR QUE TU NE DÉCHANTES VITE...
ALORS, RACONTE-MOI TOUT!!
OSHII FEAL
NORMAN BARRON
L'ACADÉMIE DE POLICE, LES PROFS, LES MECS...
LES PISTONS POURRIS...
COMMENT?
ALLEZ, ARRÊTE!!
SI TU ME CONNAISSAIS AUTANT QUE TU VOULAIS LE FAIRE CROIRE AU TEMPS OÙ ON ÉTAIT SOI-DISANT LES MEILLEURES AMIES DU MONDE...
...TU SAURAIS QU CE N'EST PA MON GENRE D'ACCEPTER LES MIETTE

POURQ... POURQUOI TU ME DIS ÇA?
C'EST ÇA!! JOUE-LA-MOI INNOCENTE EN PLUS...
TU AS VRAIMENT LE CHIC POUR ME FOUTRE HORS DE MOI!
EXCUSE-MOI MAIS... JE NE COMPRENDS RIEN.
COMME SI TU N'AVAIS PAS DEMANDÉ À TON CHER GULLICK DE ME TROUVER UN POSTE DE SOUS-FIFRE À LA MÉDIACOP!!
JE ME SUIS TOUJOURS DÉBROUILLÉE TOUTE SEULE...
J'AI PAS BESOIN DE TA PITIÉ CONDESCEN-DANTE.
MAIS JE TE JURE QUE...
TU ME PRENDS POUR UNE CONNE OU QUOI?
SINON, C'EST QUOI CE "PLAN" QUE TU VOULAIS SI FIÈREMENT M'ANNONCER TOUT À L'HEURE?
MAIS ÇA N'A RIEN À VOIR!
ET PUIS, C'ÉTAIT POUR TE FAIRE PLAISIR!!
ALORS UNE BONNE FOIS POUR TOUTES...
...ARRÊTE DE PENSER SI GENTIMENT À MOI.
13
PARCE QUE SI C'EST ENCORE POUR ME RACCROCHER AU NEZ OU M'HUMILIER EN ME TENDANT DU FRIC...
...ÇA FAIT PLUTÔT L'EFFET INVERSE, TU VOIS!!
JE CROYAIS QU'IL Y AVAIT DU RESPECT ENTRE NOUS...
MAIS DEPUIS QUE TU AS PRIS LA GROSSE TÊTE, JE NE SAIS VRAIMENT PLUS QUELLE IMAGE TU AS DE MOI.
JE NE PENSE PAS QUE TU VEUILLES VRAIMENT LE SAVOIR...

EH BIEN, DIS.
DIS!!
NON, C'EST BÊTE...
C'EST FACILE D'INSINUER DES TRUCS ET DE SE TAIRE ENSUITE.
ÇA NE SERT À RIEN, JE TE DIS.
JE DÉTESTE ÇA, MAIS ÇA NE M'ÉTONNE PAS DE LA NOUVELLE OSH...
L'IMAGE D'UNE FILLE PRÊTE À TAILLER UNE PIPE À UN IMPRESARIO POUR DÉCROCHER UN RÔLE!!
BLOM
C'EST ASSEZ FRANC POUR TOI?!!
14

TSSS, PAUVRE PETITE OSHII.
C'EST DUR À ENCAISSER, LA PERTE DE SA NAÏVETÉ.
JE SUIS BIEN PLACÉ POUR LE SAVOIR...
!!
TEC TAC TEC
ZOST!
TOUCH!
15
HOSANNA

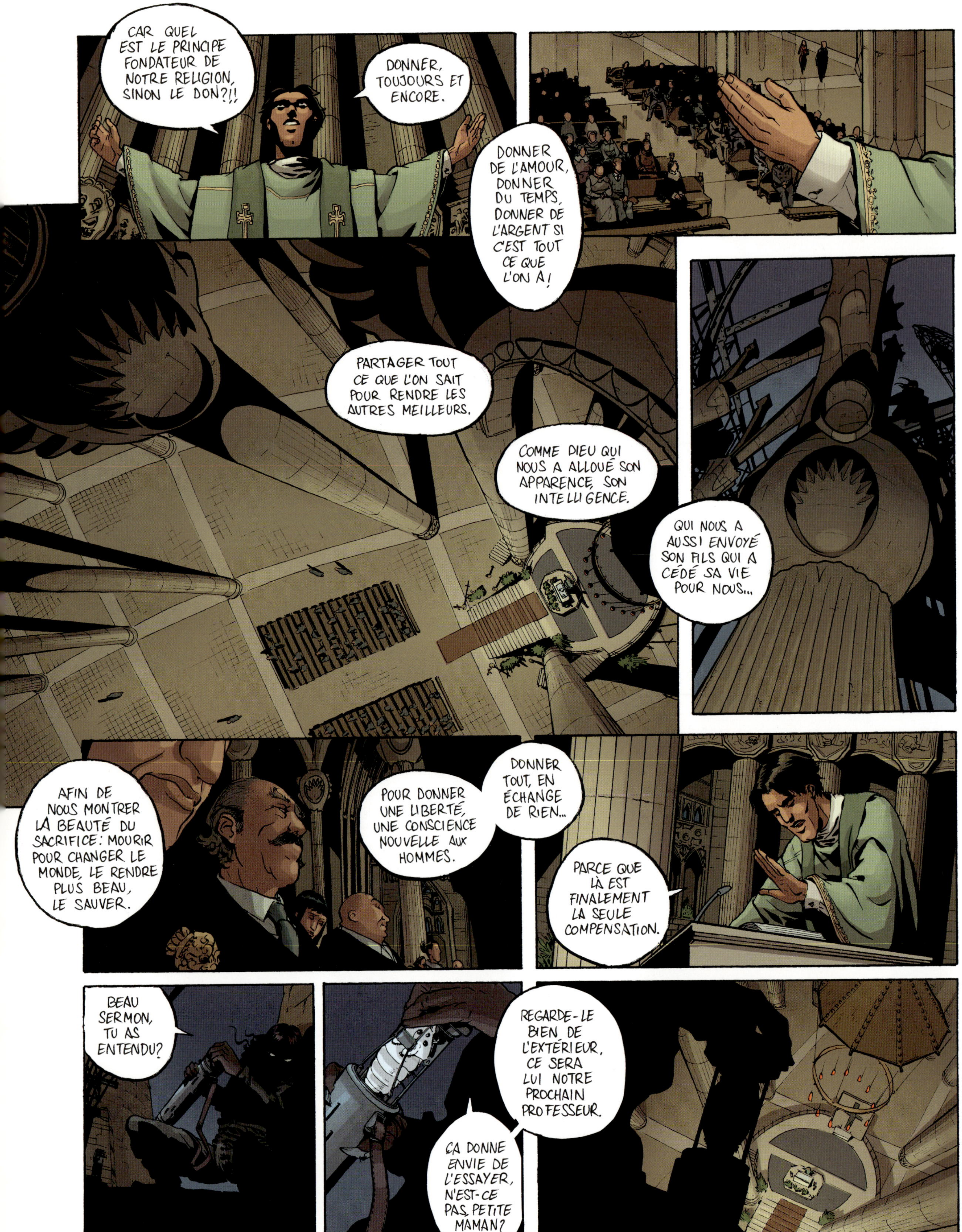
CAR QUEL EST LE PRINCIPE FONDATEUR DE NOTRE RELIGION, SINON LE DON?!!
DONNER, TOUJOURS ET ENCORE.
DONNER DE L'AMOUR, DONNER DU TEMPS, DONNER DE L'ARGENT SI C'EST TOUT CE QUE L'ON A!
PARTAGER TOUT CE QUE L'ON SAIT POUR RENDRE LES AUTRES MEILLEURS.
COMME DIEU QUI NOUS A ALLOUÉ SON APPARENCE, SON INTELLIGENCE.
QUI NOUS A AUSSI ENVOYÉ SON FILS QUI A CÉDÉ SA VIE POUR NOUS...
AFIN DE NOUS MONTRER LA BEAUTÉ DU SACRIFICE: MOURIR POUR CHANGER LE MONDE, LE RENDRE PLUS BEAU, LE SAUVER.
POUR DONNER UNE LIBERTÉ, UNE CONSCIENCE NOUVELLE AUX HOMMES.
DONNER TOUT, EN ÉCHANGE DE RIEN...
PARCE QUE LÀ EST FINALEMENT LA SEULE COMPENSATION.
BEAU SERMON, TU AS ENTENDU?
REGARDE-LE BIEN DE L'EXTÉRIEUR, CE SERA LUI NOTRE PROCHAIN PROFESSEUR.
ÇA DONNE ENVIE DE L'ESSAYER, N'EST-CE PAS, PETITE MAMAN?

ZOTCH!
17
ZZTT
ARGH!
ON VA RESSENTIR SI TU ES SINCÈRE...
ZZZTZTZTZZZZT
ZTCHCHOZT
...CONTRAIREMENT AUX AUTRES.

TAPAS
18
AHH!
AHH!
AHH!
OSHII?
?
REBONSOIR, OSHII.
EH... ÇA N'ALLAIT PAS BIEN ALORS J'AI DÉCIDÉ DE SORTIR COURIR AU HASARD...
...ET JE ME SUIS RETROUVÉE DEVANT CHEZ TOI.
TU ES EN SUEUR, ENTRE VITE TE SÉCHER.
SI TU VEUX PRENDRE UNE DOUCHE...

AHH...
AHHH...
19

J'AI PAS TROUVÉ PLUS PETIT...
EH, C'EST UNE MAISON DE CÉLIBATAIRE!
J'AI FAIT DU THÉ EN ATTENDANT QUE TES AFFAIRES SOIENT SÈCHES.
MERCI.
20
PLIC
FAIS GAFFE, C'EST TRÈS CH...
QU'EST-CE QU'IL Y A, OSHII?
JE NE VAIS PAS TE SAOULER AVEC MES PROBLÈMES.
ÇA, JE SAIS LE FAIRE TOUT SEUL.
CE N'EST PAS JUSTE LE HASARD QUI T'A FAIT COURIR JUSQU'ICI.
INCONSCIEMMENT TU SAVAIS QUE TU AVAIS BESOIN DE ME PARLER. PARCE QUE JE SUIS LE MIEUX PLACÉ POUR TE COMPRENDRE, ET QUE TU LE SAIS. ALORS, JE T'ÉCOUTE.
C'EST AMBRA...

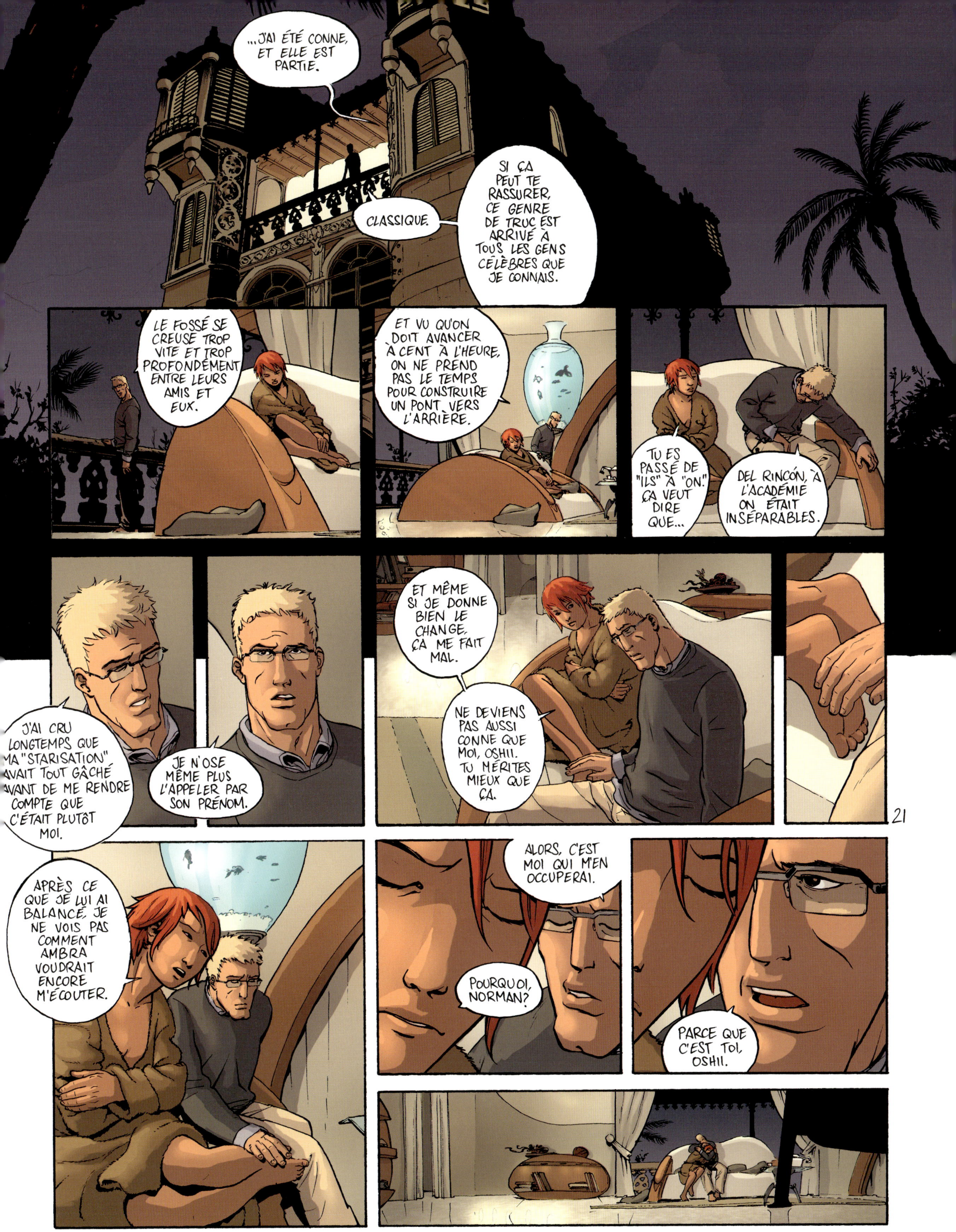

...J'AI ÉTÉ CONNE, ET ELLE EST PARTIE.
CLASSIQUE.
SI ÇA PEUT TE RASSURER, CE GENRE DE TRUC EST ARRIVÉ À TOUS LES GENS CÉLÈBRES QUE JE CONNAIS.
LE FOSSÉ SE CREUSE TROP VITE ET TROP PROFONDÉMENT ENTRE LEURS AMIS ET EUX.
ET VU QU'ON DOIT AVANCER À CENT À L'HEURE, ON NE PREND PAS LE TEMPS POUR CONSTRUIRE UN PONT VERS L'ARRIÈRE.
TU ES PASSÉ DE "ILS" À "ON". ÇA VEUT DIRE QUE...
DEL RINCÓN, À L'ACADÉMIE ON ÉTAIT INSÉPARABLES.
J'AI CRU LONGTEMPS QUE MA "STARISATION" AVAIT TOUT GÂCHÉ AVANT DE ME RENDRE COMPTE QUE C'ÉTAIT PLUTÔT MOI.
JE N'OSE MÊME PLUS L'APPELER PAR SON PRÉNOM.
ET MÊME SI JE DONNE BIEN LE CHANGE, ÇA ME FAIT MAL.
NE DEVIENS PAS AUSSI CONNE QUE MOI, OSHII. TU MÉRITES MIEUX QUE ÇA.
21
APRÈS CE QUE JE LUI AI BALANCÉ, JE NE VOIS PAS COMMENT AMBRA VOUDRAIT ENCORE M'ÉCOUTER.
ALORS, C'EST MOI QUI M'EN OCCUPERAI.
POURQUOI, NORMAN?
PARCE QUE C'EST TOI, OSHII.

ILS SONT PETITS, HEIN?
PARFAITS.
22

JE TE FAIS MAL?
Y'A DES CAMÉRAS CHEZ TOI?
JE NE CROIS PAS, NON.
COMMENT ÇA, TU NE CROIS PAS?
JE N'AI JAMAIS EU L'IDÉE DE CHERCHER. ET CE N'EST PAS LE MOMENT, TU NE CROIS PAS?
ALORS SI ÇA SE TROUVE, ON EST EN DIRECT!
23
JE N'AI PAS ENCLENCHÉ MA MONTRE.
MAIS GULLICK DOIT POUVOIR LE FAIRE TOUT SEUL S'IL LE VEUT.
ÇA FAIT BEAUCOUP DE SI.
ÇA FERAIT SURTOUT UN BEAU SCOOP.
ET IL N'EST PAS DU GENRE À S'EN PRIVER.
DE TOUTE FAÇON, ON S'EN FOUT. ÇA NE CHANGE RIEN AU FAIT QU'ON SOIT BIEN ENSEMBLE.
POUR MOI SI.
J'AI PAS ENVIE DE LUI OFFRIR ÇA!
QU'EST-CE QUE JE SUIS NAÏVE... IL A DÛ PRÉVOIR ÇA DEPUIS LE DÉBUT.
SI ÇA SE TROUVE, C'EST MÊME LUI QUI A ORGANISÉ L'ENGUEULADE AVEC AMBRA POUR ME POUSSER PLUS VITE DANS TES BRAS.
ET TU ES PEUT-ÊTRE BIEN DANS LE COUP!
ARRÊTE, T'ES COMPLÈTEMENT PARANO!
ET JE N'AI PAS DE RAISON DE L'ÊTRE, PEUT-ÊTRE?!!
BLOM!

24

25
COMPRENDRE...
BIEN, MA PETITE OSHII.
TA PÉRIODE D'ADAPTATION TOUCHE À SA FIN, ET MALGRÉ QUELQUES LÉGÈRES RÉSERVES, NOUS SOMMES SATISFAITS DE TOI.
NOUS?
NORMAN, MOI ET LES ACTIONNAIRES DE MÉDIACOP.
NOUS AVONS DONC DÉCIDÉ...
...DE T'OCTROYER TES DEUX PREMIÈRES CAMÉRAS ET LE BRACELET-MONTRE ACTIVATEUR QUI VA AVEC.

POUR L'INSTANT, TU N'ES QU'UN BONUS DANS LE PACK BARRON.
UN LÉGER SUPPLÉMENT PERMET AUX ABONNÉS D'AVOIR ACCÈS ÉGALEMENT À TES CAMÉRAS, CE QUI OFFRE PLUS DE VARIÉTÉ DANS LE SUIVI DES ÉVÉNEMENTS.
J'AI DÉJÀ VU M. BARRON L'UTILISER.
SI TU PLAIS AU PUBLIC, ON ENVISAGERA UN ABONNEMENT JUSTE SUR TOI. COMME C'ÉTAIT LE CAS POUR LE DÉFUNT SHEETA.
QU'EST-CE QU'ON DIT ?
MERCI, MONSIEUR GULLICK.
PRENDRE SUR SOI...

26

HOSPITAL

ACCOMPAGNER...
GROOMAOM
TAKOTAKATOKATAKA
TAKOTAKA
NON, NON, OSHII.
NOTRE INTERVENTION N'A AUCUN RAPPORT AVEC L'AFFAIRE DU "TRIANGLE-ROUGE"...
L'ENQUÊTE N'AVANCE PAS.
OSHII FEAL
MAIS IL FAUT QU'ON BOUGE UN PEU.
SI LES ABONNÉS N'ONT PAS LEUR DOSE D'ACTION, ILS S'ENNUIENT.
ET S'ILS SE LASSENT, ILS PASSENT À LA CONCURRENCE.

27

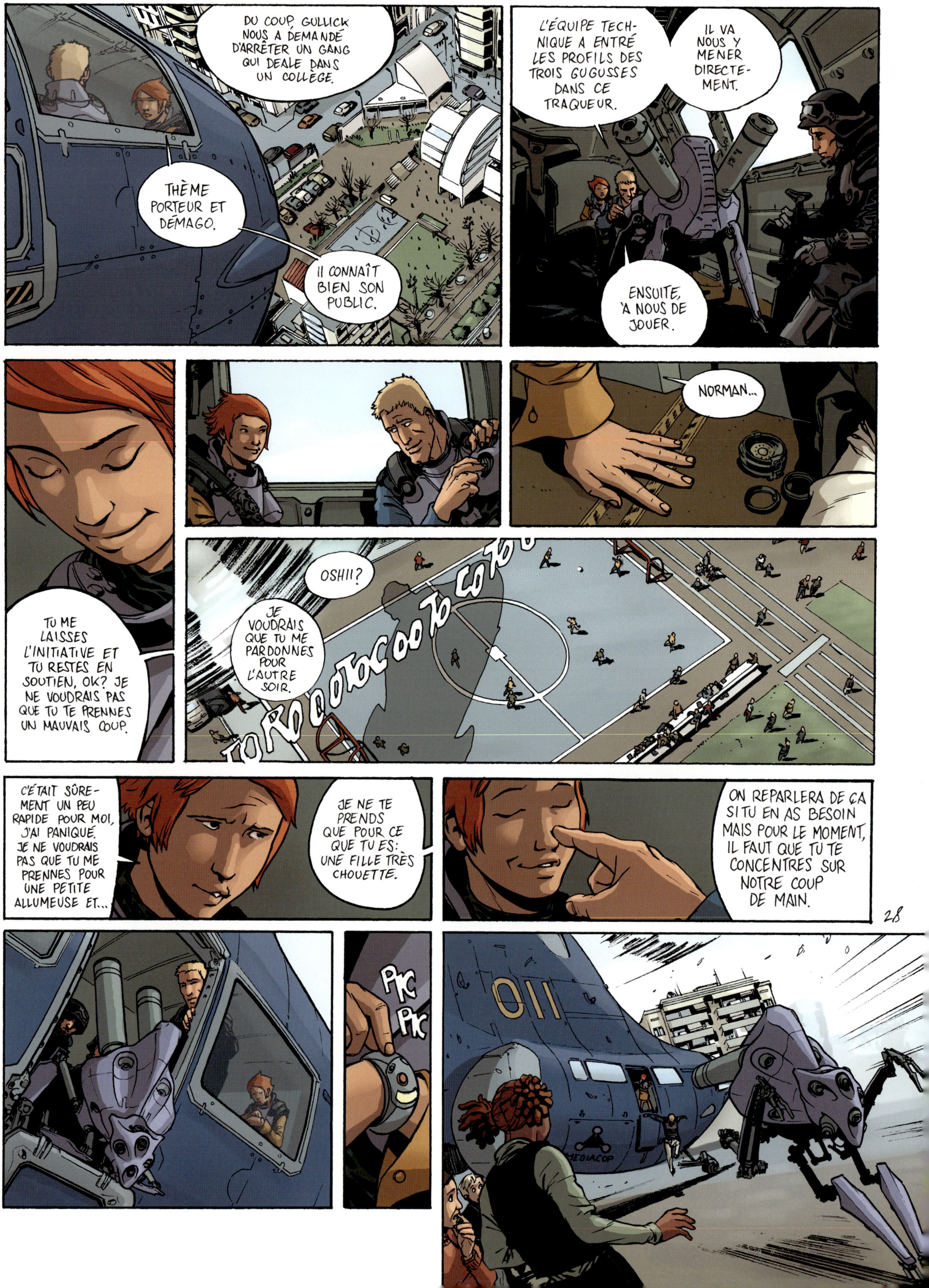
DU COUP, GULLICK NOUS A DEMANDÉ D'ARRÊTER UN GANG QUI DEALE DANS UN COLLÈGE.
THÈME PORTEUR ET DÉMAGO.
IL CONNAÎT BIEN SON PUBLIC.
L'ÉQUIPE TECHNIQUE A ENTRÉ LES PROFILS DES TROIS GUGUSSES DANS CE TRAQUEUR.
IL VA NOUS Y MENER DIRECTEMENT.
ENSUITE, À NOUS DE JOUER.
TU ME LAISSES L'INITIATIVE ET TU RESTES EN SOUTIEN, OK? JE NE VOUDRAIS PAS QUE TU TE PRENNES UN MAUVAIS COUP.
NORMAN...
OSHII?
JE VOUDRAIS QUE TU ME PARDONNES POUR L'AUTRE SOIR.
TOROOOTOCOOTOCOTO
C'ÉTAIT SÛREMENT UN PEU RAPIDE POUR MOI, J'AI PANIQUÉ. JE NE VOUDRAIS PAS QUE TU ME PRENNES POUR UNE PETITE ALLUMEUSE ET...
JE NE TE PRENDS QUE POUR CE QUE TU ES: UNE FILLE TRÈS CHOUETTE.
ON REPARLERA DE ÇA SI TU EN AS BESOIN MAIS POUR LE MOMENT, IL FAUT QUE TU TE CONCENTRES SUR NOTRE COUP DE MAIN.
28
PIC PIC
011
MEDIACOP

29

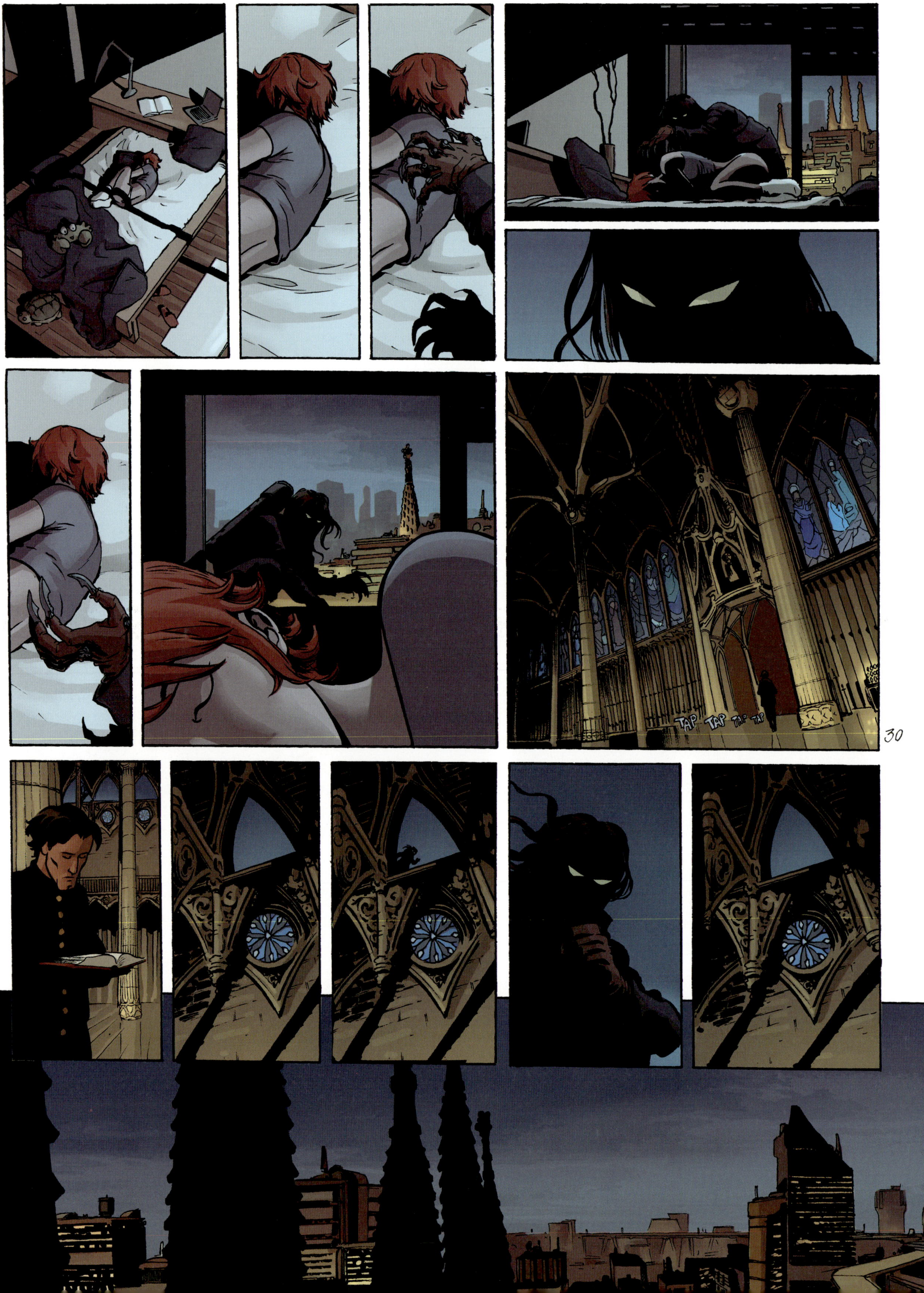
TAP TAP TAP TAP

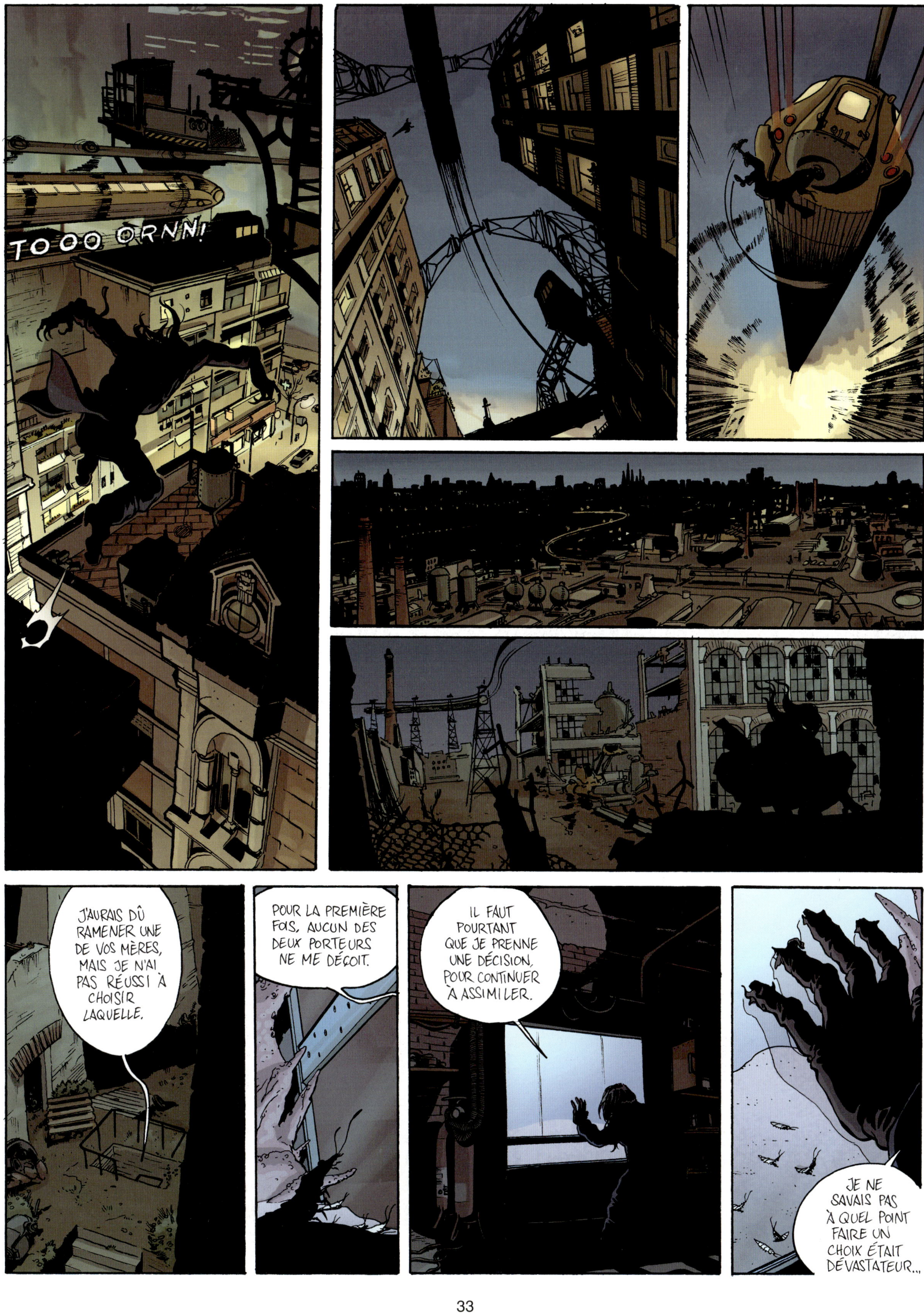
TOOO ORNN!
31
J'AURAIS DÛ RAMENER UNE DE VOS MÈRES, MAIS JE N'AI PAS RÉUSSI À CHOISIR LAQUELLE.
POUR LA PREMIÈRE FOIS, AUCUN DES DEUX PORTEURS NE ME DÉÇOIT.
IL FAUT POURTANT QUE JE PRENNE UNE DÉCISION, POUR CONTINUER À ASSIMILER.
JE NE SAVAIS PAS À QUEL POINT FAIRE UN CHOIX ÉTAIT DÉVASTATEUR...

VOTRE CARTE, S'IL VOUS PLAÎT.
J'EN AI VRAIMENT BESOIN, PLANTON?
C'EST...
VOUS ÊTES BIEN, MONSIEUR BARRON?!
FAUT CROIRE! J'AI VRAIMENT BESOIN D'UN RIDICULE PASSE?
BIEN SÛR QUE NON...
DÉSOLÉ, MONSIEUR BARRON!
STOP
32

VOUS ÊTES SÛR QUE ÇA NE VOUS DÉRANGE PAS, COMMISSAIRE?
PAS DU TOUT, INSPECTRICE. DE TOUTE FAÇON, JE M'ENNUIE LORS DE MES JOURS DE CONGÉ.
N'EMPÊCHE QUE C'EST GENTIL. MERCI.
D'AILLEURS, ÇA NE M'ÉTONNE PAS...
J'AI TANT L'AIR QUE ÇA D'UN BON CON?
PAS DU TOUT, VOYONS...
C'EST NORMAN. IL M'A DIT BEAUCOUP DE BIEN DE VOUS.
VOUS SAVEZ, INSPECTRICE...
CE N'EST PAS LA PEINE D'ESSAYER DE M'AMADOUER...
POURQUOI DITES-VOUS ÇA?
ÇA FAIT LONGTEMPS QUE J'AI ENTERRÉ MON AMITIÉ AVEC BARRON, VOUS SAVEZ.
LES CHOSES DE LA VIE...
MAIS C'EST VOUS QUE J'AI DECIDÉ D'AIDER.
ET VOUS SAVEZ POURQUOI?
...
PARCE QUE VOUS ÊTES LA SEULE DE MÉDIACOP À M'AVOIR TENDU LA MAIN DEPUIS QUE JE SUIS EN FONCTION.
ÇA DOIT VOUS PARAÎTRE STUPIDE...

33

NON, NON!
AU CONTRAIRE, JE...
VENEZ, C'EST PAR ICI.
NON. VRAIMENT, JE SUIS DÉSOLÉE, COMMISSAIRE DEL RINCÓN.
MAIS ILS COMMENCENT JUSTE À MOINS PARLER DE CETTE HORRIBLE AFFAIRE.
DÉJÀ QU'ILS RÊVENT DE MORTS TOUTES LES NUITS...
34
JE CRAINS QU'UN INTERROGATOIRE SOIT PLUS PERTURBANT QU'AUTRE CHOSE.
NE M'EN VEUILLEZ PAS, INSPECTRICE.
VOUS AVEZ L'AIR TRÈS BIEN, MAIS...
JE COMPRENDS, DOCTEUR.
JE SUIS MÊME PLUTÔT CONTENTE DE VOIR QUE QUELQU'UN VEILLE BIEN SUR EUX.
MERCI TOUT DE MÊME, DOCTEUR.
BON COURAGE.
PROMIS, JE VOUS PRÉVIENS DÈS QUE JE LES SENS PRÊTS.
NE VOUS EN VEUILLEZ PAS. VOUS AVEZ FAIT TOUT CE QUE VOUS POUVIEZ, INSPECTEUR.
APPELEZ-MOI DONC PEDRO.
EH BIEN, PEDRO. PUISQUE VOUS N'ÊTES PAS EN SERVICE...
...VOUS ACCEPTEREZ BIEN DE VENIR BOIRE UN CAFÉ AVEC MOI?
AFFIRMATIF, INSPECTRICE.
APPELEZ-MOI DONC OSHII.

ALLEZ EN PAIX, MA FILLE.
OAHH...

J'AI UN DOUTE, MON PÈRE.
JE VOUS ÉCOUTE, MON FILS.
VOUS DEVEZ SAVOIR QUE J'AI UNE GRANDE SOIF D'APPRENDRE, C'EST DANS MA NATURE. IL FAUT DIRE QUE QUAND JE SUIS NÉ, J'AI ÉTÉ PRIVÉ DE TOUT. J'AI DÛ ME BATTRE POUR PROGRESSER, ET LA SEULE SOLUTION QUE J'AI TROUVÉE POUR CE FAIRE, C'EST TUER.
VOUS VOULEZ DIRE... PHYSIQUEMENT?
OUI, MON PÈRE.
VOUS AVEZ SÛREMENT ENTENDU PARLER DE MOI DANS LES JOURNAUX.
LES JOURNALISTES M'APPELLENT LE "TRIANGLE-ROUGE."
MAIS VOUS...
C'EST TERRIBLE!
VOUS DEVEZ CESSER IMMÉDIATEMENT!
SI JE LE FAIS, C'EST SIMPLEMENT POUR PRENDRE ENFIN CE QU'ON M'A TOUJOURS REFUSÉ.
ET CEUX QUE JE DOIS ÉLIMINER EN SONT COUPABLES.
COMME VOUS TOUS!!!
JUSQU'ALORS, JE N'AVAIS AUCUNE DIFFICULTÉ À ÉLIMINER MES "SOURCES", ELLES FINISSAIENT TOUJOURS PAR SE RÉVÉLER DÉTESTABLES.
QUEL QUE SOIT LEUR NIVEAU SOCIAL D'AILLEURS.
QUELLE QUE SOIT LEUR RESPONSABILITÉ DANS VOTRE MALHEUR, VOUS N'AVEZ PAS À VOUS PLACER EN JUGE!
À DIEU SEUL APPARTIENT CETTE PRÉROGATIVE.
CE N'EST PAS POUR LES PUNIR QUE JE LES TUE.
MAIS JE NE SUIS PAS VENU ICI POUR VOUS EXPLIQUER LE POURQUOI NI LE COMMENT.
EN CE MOMENT, JE SUIS DEUX PERSONNES, ET IL FAUT QUE J'EN SACRIFIE UNE.
MAIS POUR LA PREMIÈRE FOIS, JE N'ARRIVE PAS À CHOISIR.
AUCUNE DES DEUX NE ME DÉÇOIT.
C'EST UN SIGNE QUI VOUS EST ENVOYÉ POUR QUE VOUS STOPPIEZ VOTRE COURSE MEURTRIÈRE!!

36

VOUS AVEZ PEUT-ÊTRE RAISON, MAIS JE SUIS FORCÉ DE L'IGNORER.
LA PREMIÈRE PERSONNE EST EN TRAIN D'ENQUÊTER SUR MES MEURTRES POUR LE COMPTE DE LA MÉDIACOP.
ELLE S'APPELLE OSHII. C'EST LA NOUVELLE PARTENAIRE DE NORMAN K. BARRON. MAIS JE NE PENSE PAS QUE VOUS SOYEZ ABONNÉ À CE GENRE DE PROGRAMME.
ET POURTANT ELLE POURRAIT S'EN FOUTRE, VU LE NOMBRE DE SES PROBLÈMES PERSO: GÉRER SA STARITUDE NAISSANTE, LA BROUILLE AVEC SA MEILLEURE AMIE, SON ATTIRANCE POUR SON COÉQUIPIER.
C'EST TOUCHANT DE RESSENTIR LE CŒUR QU'ELLE MET À VOULOIR STOPPER MES HORREURS.
C'EST CE MÉLANGE DE FRAÎCHEUR, D'ANGOISSE ET DE VIE QUOTIDIENNE QUI ME DONNE ENVIE DE LA SUIVRE ENCORE.
EH BIEN, CONTENTEZ-VOUS DE L'ESPIONNER SANS LUI NUIRE. VOUS AVEZ TOUT À Y GAGNER!!
37
NON, JE NE PEUX PAS ME LAISSER TROP INFLUENCER PAR UNE SEULE PERSONNE... C'EST LA SYNTHÈSE DE TOUT CE QUE J'INTÉGRERAI QUI FORMERA MA PERSONNALITÉ.
QUANT À LA SECONDE PERSONNE, ELLE EST TOUT SIMPLEMENT BONNE. AU SENS PREMIER DU TERME. JE N'AI PAS ENCORE SAISI EN ELLE LA MOINDRE ONCE DE VICE.
JE SUIS PIÉGÉ D'AVOIR FAIT DEUX TROP BONS CHOIX EN MÊME TEMPS.
ALORS, POUR UNE DERNIÈRE FOIS, JE VOUS DEMANDE D'EN RESTER LÀ.
CE QUI EST TOUCHANT, C'EST QUE JE SAIS QUE VOUS DITES ÇA D'UNE MANIÈRE PUREMENT HUMANISTE. PARCE QUE JE SENS QUE VOUS N'AVEZ PAS ENCORE DEVINÉ QUE LA SECONDE PERSONNE...
...C'EST VOUS!!

LORSQUE J'AURAI FAIT MON CHOIX, JE SERAI SANS PITIÉ.
C'EST LA SEULE MÉTHODE QUE J'AI TROUVÉE POUR NE PAS REGRETTER.
MAIS EN ATTENDANT, JE VOUS REMERCIE SINCÈREMENT DE TOUT CE QUE VOUS M'AVEZ APPORTÉ...

METTEZ-MOI EN RELATION AVEC LA MÉDIACOP!!
?
PIRURI RURI RURI
VOUS ÊTES BIEN AU SIÈGE DE LA MÉDIACOP MAIS NOS BUREAUX SONT ACTUELLEMENT FERMÉS. MERCI DE NOUS LAISSER UN MESSAGE APRÈS LE BIP.
BIP!
EH?
JE SUIS LE PÈRE AMANSAR DE LA SAGRADA FAMILIA!
JE VOUS EN PRIE!!
QUELQU'UN! N'IMPORTE QUI!!
RÉPONDEZ!!
C'EST UNE QUESTION DE VIE OU DE MORT!!
BONJOUR, MON PÈRE, JE SUIS LE GARDIEN DE NUIT DU SIÈGE...
IL ME FAUT IMMÉDIATEMENT CONTACTER UNE CERTAINE OSH!!!
ELLE EST EN GRAND DANGER!
MAIS JE... MÊME SI JE TROUVAIS SON NUMÉRO QUELQUE PART, JE N'AURAIS PAS LE DROIT DE LE COMMUNIQUER! C'EST QUE JE RISQUE MA PLACE ET...
ET ELLE SA VIE SI JE NE LUI PARLE PAS AU PLUS VIT...
CLICK!
PLUS DE LIGNE!
PLUS DE LIGNE!
EXACTEMENT CE QUE J'ESPÉRAIS DE VOUS, MON PÈRE...

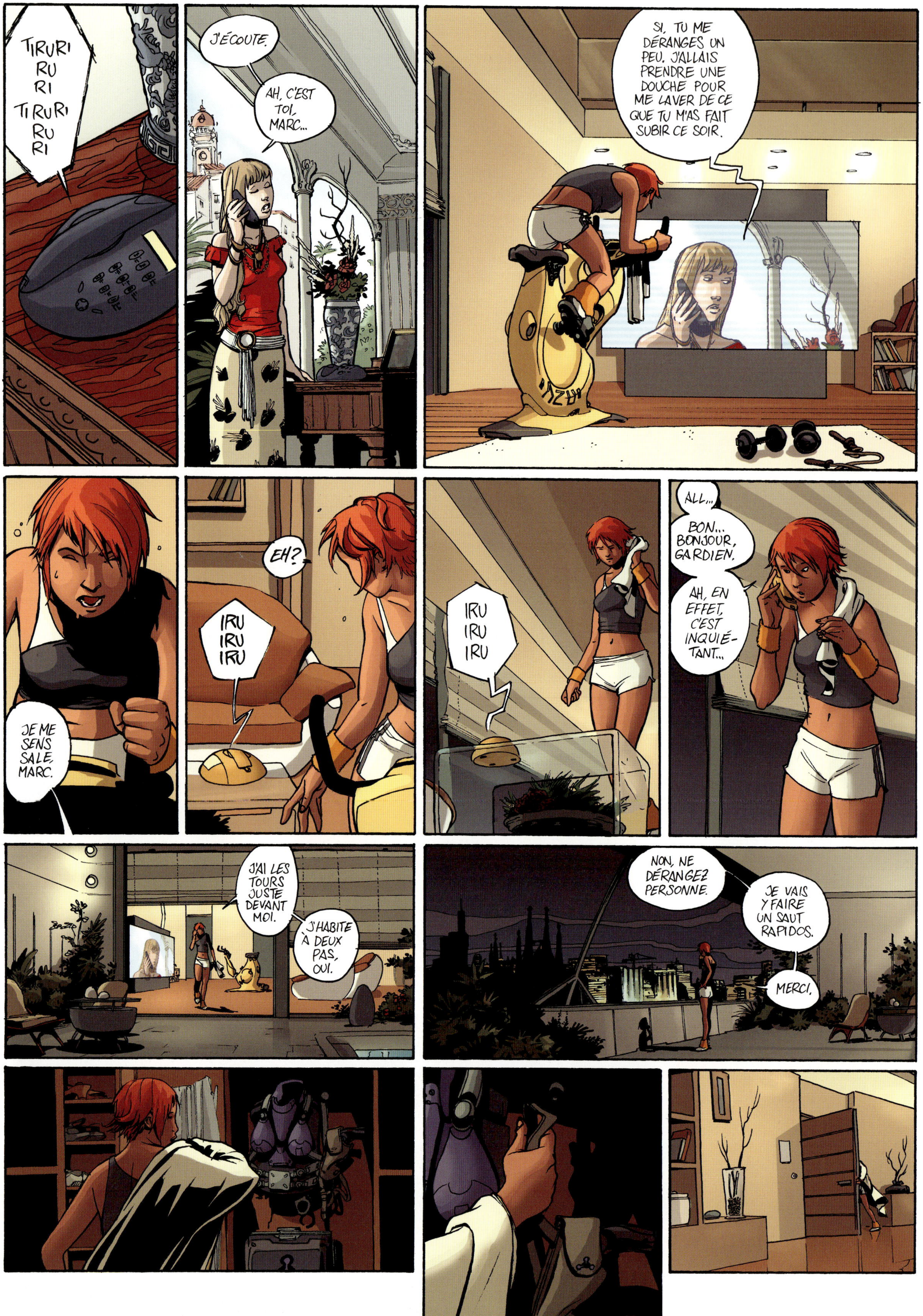
TIRURI RU RI TIRURI RU RI
J'ÉCOUTE.
AH, C'EST TOI, MARC...
SI, TU ME DÉRANGES UN PEU. J'ALLAIS PRENDRE UNE DOUCHE POUR ME LAVER DE CE QUE TU M'AS FAIT SUBIR CE SOIR.
JE ME SENS SALE, MARC.
EH?
IRU IRU IRU
IRU IRU IRU
ALL...
BON... BONJOUR, GARDIEN.
AH, EN EFFET, C'EST INQUIÉTANT...
J'AI LES TOURS JUSTE DEVANT MOI.
J'HABITE À DEUX PAS, OUI.
NON, NE DÉRANGEZ PERSONNE.
JE VAIS Y FAIRE UN SAUT RAPIDOS.
MERCI.

LA SACRISTIE, IL A DIT...
JE SAIS PAS OÙ ELLE EST, MOI! IL EST MARRANT...
TU ME CHERCHES?
AH!
KLECK!
TRIANGLE!!!
AHH!!!
POC!

TAK!
SHAK
NE REGRETTE RIEN, OSHII. C'ÉTAIT UN TROP PETIT CALIBRE POUR ME DESCENDRE.
MOI, EN REVANCHE, J'AI TOUT PRÉVU POUR TOI...
TOCK!
OU POUR L'AUTRE...
JE NE SUIS PAS ENCORE DÉCIDÉ.
TAPH!
POUR L'INSTANT, TU ES MAL BARRÉE, MAIS JE SENS VENIR UN REBONDISSEMENT.
RAGGG
TROCK
42

DEHORS, NOUS APPELLERONS À L'AIDE!!
LE COMMISSARIAT DE EIXAMPLE EST TOUT PROCH...
C'EST UN JEU QUI NE SE JOUE QU'À TROIS.
PAR ICI!!
BLAM!
HAN!
ÇA NE LE RETIENDRA PAS LONGTEMPS!!!
ZORCK!!
43
JE SUIS DÉSOLÉ, IL M'A PIÉGÉ. EN VOULANT VOUS PROTÉGER, JE VOUS AI ATTIRÉE DANS LA GUEULE DU LOUP!
VOUS ME RACONTEREZ ÇA QUAND ON LA LUI AURA FERMÉE!!
J'AI UNE IDÉE POUR ATTIRER LES CHASSEURS, FAITES UNE PETITE PRIÈRE POUR QUE ÇA MARCHE!!
BIB BIB

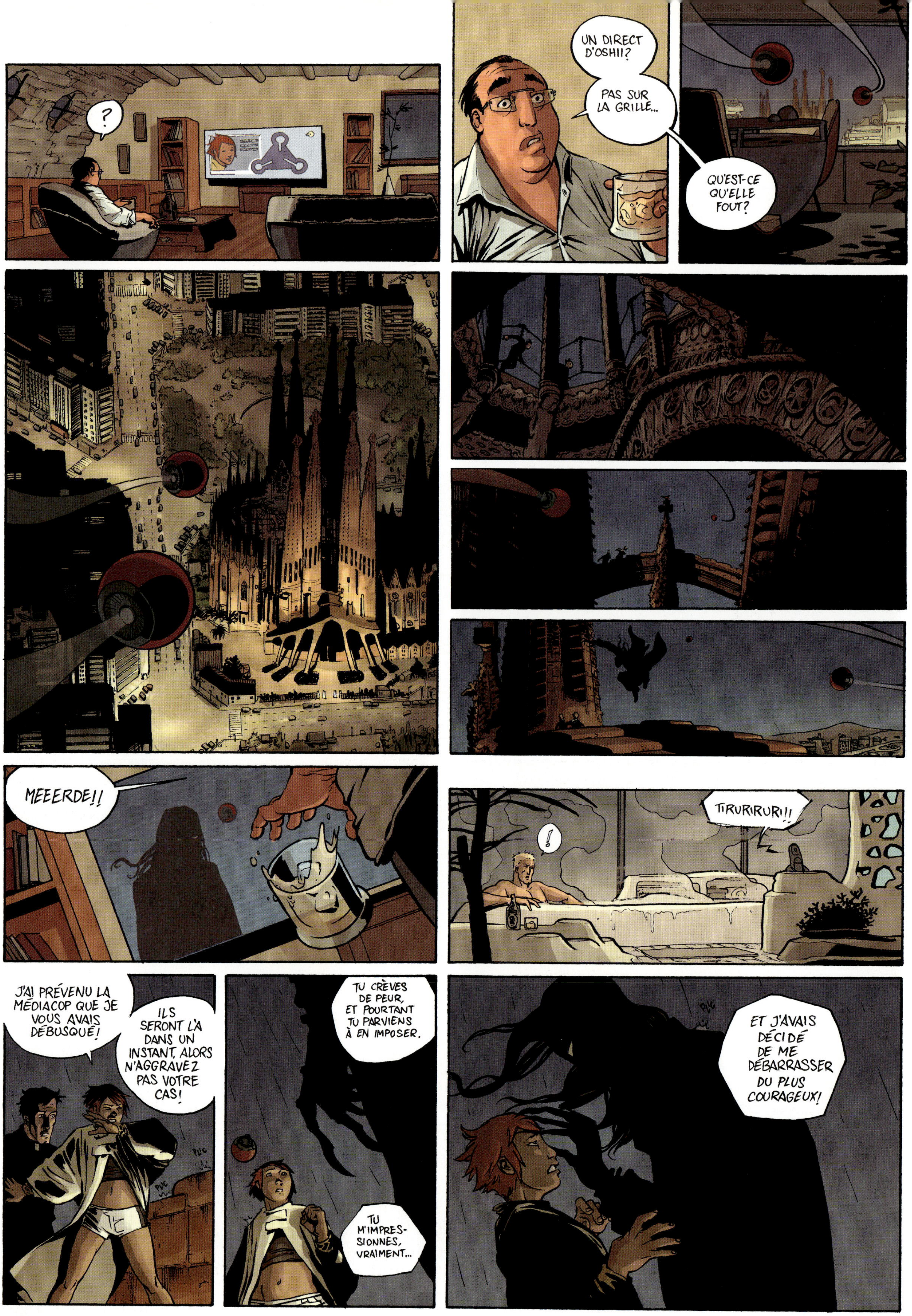
?
UN DIRECT D'OSHII?
PAS SUR LA GRILLE...
QU'EST-CE QU'ELLE FOUT?
44
MEEERDE!!
!
TIRURIRURI!!
J'AI PRÉVENU LA MÉDIACOP QUE JE VOUS AVAIS DÉBUSQUÉ!
ILS SERONT LÀ DANS UN INSTANT, ALORS N'AGGRAVEZ PAS VOTRE CAS!
TU CRÈVES DE PEUR, ET POURTANT TU PARVIENS À EN IMPOSER.
TU M'IMPRESSIONNES, VRAIMENT...
ET J'AVAIS DÉCIDÉ DE ME DÉBARRASSER DU PLUS COURAGEUX!

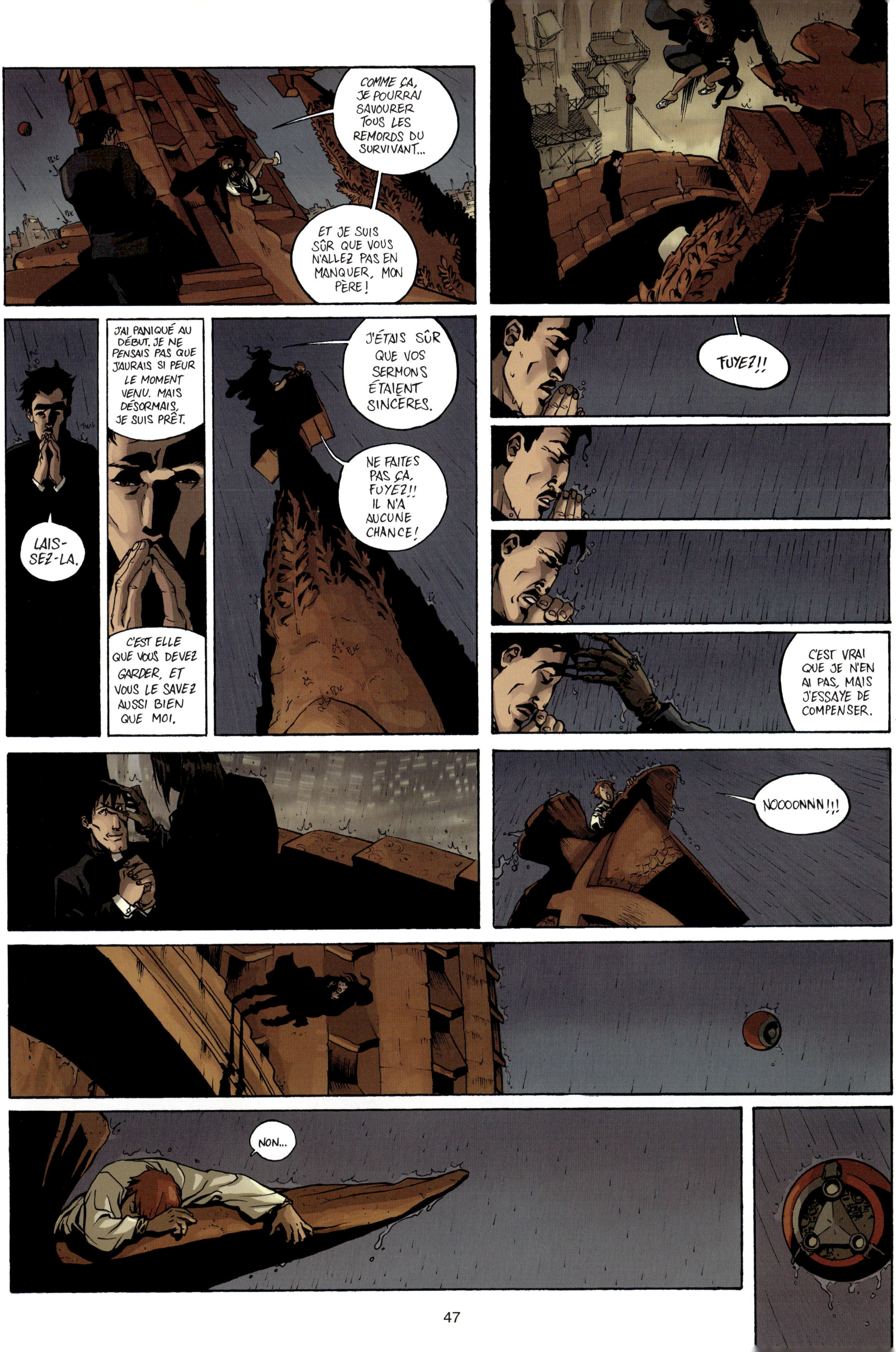
COMME ÇA, JE POURRAI SAVOURER TOUS LES REMORDS DU SURVIVANT...
ET JE SUIS SÛR QUE VOUS N'ALLEZ PAS EN MANQUER, MON PÈRE !
LAIS-SEZ-LA.
J'AI PANIQUÉ AU DÉBUT. JE NE PENSAIS PAS QUE J'AURAIS SI PEUR LE MOMENT VENU. MAIS DÉSORMAIS, JE SUIS PRÊT.
C'EST ELLE QUE VOUS DEVEZ GARDER, ET VOUS LE SAVEZ AUSSI BIEN QUE MOI.
J'ÉTAIS SÛR QUE VOS SERMONS ÉTAIENT SINCÈRES.
NE FAITES PAS ÇA. FUYEZ !! IL N'A AUCUNE CHANCE !
FUYEZ !!
C'EST VRAI QUE JE N'EN AI PAS, MAIS J'ESSAYE DE COMPENSER.
45
NOOOONNN !!!
NON...

OSHI!!
TU N'ES PAS BLESSÉE, MA DOUCE ?
PARLE-MOI, S'IL TE PLAÎT...
46
ON VA EXPLOSER L'AUDIMAT...

Ludwig Schubert
Rolf Seelmann-Eggebert

Majesty

Elizabeth II.

vgs

Die Deutsche Bibliothek – CIP-Einheitsaufnahme
Majesty – Elizabeth II./Ludwig Schubert; Rolf Seelmann-Eggebert.
– 1. Aufl. – Köln, vgs, 2002
ISBN3-8025-1486-6

Das Buch MAJESTY – ELIZABETH II. entstand parallel zu der ARD-Fernsehserie MAJESTY
von Rolf Seelmann-Eggebert und István Bury, produziert vom NDR.

Lizensiert von NDR MEDIA GMBH

1. Auflage 2002

Redaktionelle Mitarbeit:
Susanne George, Katharina Tilemann

Bildredaktion:
Ina Schmidt, Susanne George

Layout und Satz:
Katharina Anhalt/Achim Münster, Köln

Umschlaggestaltung:
Alex Ziegler, Köln

Umschlagfotos:
© dpa/Frankfurt

Produktion:
Wolfgang Arntz

Druck: Appl, Wemding

Printed in Germany
ISBN 3-8025-1486-6

Inhalt

Vorwort

Wann genau sie Königin geworden ist, weiß niemand. Ein Nachtwächter sah den Vater, König George VI., am 5. Februar 1952 gegen Mitternacht am Fenster seines Schlafzimmers in Schloss Sandringham. Als der Kammerdiener am nächsten Morgen den Raum betrat, war der König tot. Die Queen verbrachte die Nacht in einem Baumhotel in Kenia, wo sie zusammen mit dem Herzog von Edinburgh das Wild betrachtete. Sie erklomm ihren Hochsitz als Prinzessin und verließ ihn als Königin, obgleich sie erst Stunden später davon erfuhr.

Fünfzig Jahre später feiert Großbritannien im Jahr 2002 das goldene Thronjubiläum der Königin. Deutschland und viele andere Länder werden diese Feiern mit Interesse begleiten. Denn wahrscheinlich existiert zur Zeit keine zweite Persönlichkeit, die weltweit so bekannt ist wie Elizabeth II. Die Generation der Großeltern erinnert sich daran, mit welchem Jubel die britische Bevölkerung 1947 in der grauen Nachkriegszeit ihre Hochzeit mit Prinz Philip begleitete. Die Generation der Enkel hat miterlebt, wie 1997 nach dem Tode von ihrer Schwiegertochter Diana eine ganze Nation in Trauer zu erstarren schien.

Bekannt zu sein heißt nicht, dass man sie kennt. Die Queen zu erleben, wie sie wirklich ist, bleibt nur sehr wenigen vorbehalten, ihrer Familie vor allem und einigen guten Freunden. Doch eines steht fest: Hinter dem königlichen Antlitz, das wir im Fernsehen bei »Trooping the Colour« oder der jährlichen Parlamentseröffnung in Großaufnahme sehen, verbirgt sich eine sehr vielschichtige Persönlichkeit. Eine Frau, die gerne lacht, Stimmen imitiert und Schlager singt. Die sich am wohlsten fühlt, wenn sie in Gummistiefeln über Schottlands Hochmoore wandert. Die es, was ihre Fachkenntnisse angeht, mit jedem Pferdezüchter in der Welt aufnehmen kann. Die sich in die Angelegenheiten ihrer eigenen Familie nur einmischt, wenn es ihr unumgänglich erscheint. Die fünfzig Jahre lang tagaus, tagein ihre Staatspapiere durchgearbeitet hat und dabei mit ihren 75 Jahren so aussieht, als wäre sie gerade 60 geworden.

Menschen, die ihr nahe stehen oder Gelegenheit hatten, sie aus der Nähe zu beobachten, haben mir von der Queen erzählt. Countess Patricia Mountbatten zum Beispiel, eine Cousine des Herzogs von Edinburgh, die Führerin der Pfadfindergruppe war, in der die damalige Prinzessin Elizabeth diente. Oder Countess Patricias Schwester, Lady Pamela, die 1952 in Kenia dabei war, als die Queen die Nachricht vom Tode ihres Vaters erreichte. Und auch Richard von Weizsäcker, der als Bundespräsident sowohl Gast der Queen in London als auch deren Gastgeber in den neuen Bundesländern war. Ihnen und vielen anderen Gesprächspartnern bin ich dankbar, dass sie einige Züge der Königin deutlicher herausgearbeitet haben. Das bedeutet nicht, dass man nach der Lektüre dieses Buches alles darüber weiß, wie die Königin wirklich ist. Dazu gibt es auch zu viele kontroverse Meinungen über sie. Zum Beispiel: War sie eine gute Mutter? Ihr eigener Sohn Prinz Charles ist sich da keineswegs so sicher, während Countess Patricia jede Kritik an der Queen in ihrer Mutterrolle für abwegig hält.

Dieses Buch hält in Wort und Bild fest, was ursprünglich für das sehr viel flüchtigere Medium Fernsehen gedacht war. Ohne meinen Regisseur István Bury wäre die fünfteilige Sendereihe »Majesty« nicht zustande gekommen. Ohne meinen Co-Autor Ludwig Schubert wäre das Buch nie geschrieben worden. Und ohne den Norddeutschen Rundfunk wäre das gesamte Projekt wohl kaum zu realisieren gewesen. Ihnen allen gebührt deshalb mein Dank.

Rolf Seelmann-Eggebert

Rolf Seelmann-Eggebert

Kein bisschen müde

Seit fünf Jahrzehnten auf dem Thron – nach wie vor versieht Königin Elizabeth II. ihr Amt mit großem Engagement und Pflichtbewusstsein.

Der Empfang von Politikern, Botschaftern und hohen Staatsbeamten gehört zum Arbeitsalltag der Queen. Als Oberhaupt des Commonwealth begrüßt sie hier Seine Exzellenz, den Hochkommissar von Sambia, Silumelume K. Mubukwanu, im Buckingham Palast.

Fünfundsiebzig Jahre und kein bisschen müde – in einem Alter, in dem die meisten Menschen seit rund zehn Jahren im Ruhestand sind, bewältigt Königin Elizabeth II. ein Arbeitspensum, das sich kaum von dem der vergangenen fünf Jahrzehnte ihrer Herrschaft unterscheidet. Als offizielles Staatsoberhaupt repräsentiert sie Großbritannien im In- und Ausland und führt Gespräche mit hochrangigen Politikern; als Kopf des Commonwealth steht sie einem Zusammenschluss von mehr als vierzig Staaten vor und begibt sich auf Reisen in alle Teile der Welt; als Schirmherrin ist sie bei mehr als siebenhundert Organisationen aktiv; als Königin ist sie Oberhaupt sowohl der anglikanischen Kirche als auch des Militärs und im gesamten Vereinigten Königreich unterwegs, um so viel Kontakt wie möglich zu ihren Untertanen zu pflegen.

Ein solches Aufgabenspektrum zu erfüllen setzt ein hohes Maß an Pflichtgefühl und eine enorme Selbstdisziplin voraus – zwei Eigenschaften, die man der Queen sicher unbestritten zuschreiben kann, was immer sonst auch jemand persönlich über sie sagen mag. Um Elizabeth II. bei ihrer »Arbeit« als Königin jedoch etwas näher kennen zu lernen, haben wir sie ein Jahr lang bei der Wahrnehmung zahlreicher Termine begleitet. Es war das Jahr 2001 – das Jahr, in dem sie ihren 75. Geburtstag feierte.

Ein ganz normaler Tag

Für die Queen beginnt ein normaler Arbeitstag damit, dass sie zunächst die britischen Tageszeitungen liest, bevor sie sich dann den Papieren auf ihrem Schreibtisch widmet. Mindestens zwei- bis dreihundert Briefe treffen täglich für sie ein. Da es selbstverständlich nicht nur für eine Königin unmöglich ist, eine solche Flut allein zu bewältigen, steht ihr für derlei Aufgaben ihr Privatsekretariat zur Seite. Allerdings wählt sie selbst aus, welche Schreiben sie persönlich liest, um sich auf diese Weise einen Überblick über die tägliche Korrespondenz zu verschaffen. Später wird sie ihren Mitarbeitern mitteilen, in welcher Weise der jeweilige Brief beantwortet werden soll.

Anschließend arbeitet die Queen mit zweien ihrer Privatsekretäre das Pensum an offiziellen Papieren durch. Tag für Tag, egal, an welchem Ort der Welt sie sich gerade aufhält, lässt sie sich von der britischen Regierung, ihren Repräsentanten in den Ländern des Commonwealth und anderen Staaten über alle poli-

Königin Elizabeth II. und Premierminister Tony Blair. Er ist bereits der zehnte Premierminister, mit dem die Queen zusammenarbeitet, und war noch nicht einmal geboren, als sie 1952 den Thron bestieg.

tischen Vorgänge informieren. Jedes Kabinettsdokument und Telegramm, jeder Brief und jedes andere Staatspapier werden von ihr aufmerksam studiert und, wenn nötig, bestätigt und unterschrieben. Können ihr die berühmten »red boxes« – die roten Aktenkoffer, in denen sich diese Unterlagen befinden – aufgrund der Entfernung nicht durch einen reitenden Boten von No. 10 Downing Street direkt zugestellt werden, kann sich die Königin darauf verlassen, dass sie diese Informationen dank moderner Nachrichtentechnik selbst am anderen Ende der Welt trotzdem noch am gleichen Tag erreichen.

Der Rest des Vormittags ist in der Regel Besuchern vorbehalten: der Botschafter aus Übersee, der seine Aufwartung macht, oder ein High Commissionar, der sich von der Queen verabschieden möchte, werden empfangen, ebenso wie Bischöfe, Richter oder Offiziere, die ihren Antrittsbesuch machen oder in den Ruhestand gehen. Jedes Treffen findet normalerweise unter Ausschluss der Öffentlichkeit statt und dauert durchschnittlich eine Viertelstunde. Kurz vor Mittag bespricht sich die Queen oft noch mit dem Privy Council, dem Kronrat.

Über die Regierungsgeschäfte lässt sich Elizabeth II. auch vom Premierminister unterrichten, der jede Woche – meist am Dienstagabend – zu einer Audienz unter vier Augen bei ihr erscheint. Denn die Königin legt großen Wert auf ihr in der Verfassung verbrieftes Recht, informiert und konsultiert zu werden. Diese Gespräche zwischen Monarchin und Regierungschef sind »strictly confidential« – kein Wort von dem, was zwischen beiden gesprochen wird, gelangt nach außen.

Die Königin im Gespräch mit dem stellvertretenden Bataillonskommandeur Major Alers-Hankey von den »Royal Scots Dragoon Guards«. Als ihr Ehrenoberst stattete die Queen den Soldaten einen privaten Besuch auf dem niedersächsischen Truppenübungsplatz Bergen-Hohne ab, bevor diese Einheit im Juni 2001 als Schnelle Eingreiftruppe der NATO in den Kosovo entsendet wurde.

Das Faszinierende ist, dass die Queen seit nunmehr fünf Jahrzehnten einen intensiven politischen Dialog mit hunderten britischer Politiker geführt hat, doch keiner weiß, welchem politischen Lager sie selbst nahe steht. Ihr ehemaliger Außenminister Lord Carrington zollt ihr ob dieser Überparteilichkeit höchstes Lob. »Die Königin ist eine konstitutionelle Monarchin, und ich denke, dass sie in den fünfzig Jahren ihrer Herrschaft nicht den geringsten politischen Fehler gemacht hat. Ich glaube, dass niemand in Großbritannien auch nur einen Schimmer hat, wo sie parteipolitisch steht. Natürlich weiß sie nach so unendlich vielen Gesprächen mit Politikern enorm Bescheid. Wahrscheinlich weiß sie heute sogar oft besser Bescheid als diejenigen, die mit ihr reden. Aber wirklich bemerkenswert ist eben, dass sie niemals irgendeinen Hinweis gegeben hat, welcher Seite sie zuneigt, geschweige denn etwas gesagt hat, womit man sie zitieren könnte. Für einen konstitutionellen Monarchen wäre es ja auch fatal, wenn er in den Geruch geriete, sich politisch einzumischen.«

Nicht parteiisch zu sein heißt keineswegs, dass die Queen nicht aufmerksam am politischen Geschehen teilnimmt. Und dabei versteht sie es durchaus, ihre Sachkenntnis mit einzubringen. »In anderer Weise macht sie schon einmal Gebrauch von ihrem Erfahrungsschatz«, berichtet der Lord. »Sie kann dann so bohrende Fragen stellen, dass man unwillkürlich annimmt, ein bestimmter Weg, irgendeine Sache voranzutreiben, erschiene ihr als der richtige Weg.«

An die zwanzigmal im Jahr finden vormittags auch die so genannten »Investituren« statt. Während dieser feierlichen Zeremonie zeichnet die Königin im Ballsaal des Buckingham Palastes jeweils um die 140 Männer und Frauen mit einem Orden oder einer Medaille für ihre Verdienste aus. Auch wenn sie bei der Entscheidung, wer auf diese Weise geehrt wird, in der Regel den Vorschlägen der Regierung folgt, versteht sie es, die Verleihung für den Einzelnen zu einem persönlichen Erlebnis werden zu lassen.

Die Mittagspause verbringt die Königin meist privat, es sei denn, sie befindet sich auf einem Besuch auswärts. Dann speisen sie und ihr Mann, Prinz Philip, mit ihren Gastgebern in einem größeren Kreis. Mehrmals im Jahr lädt die Queen auch eine Hand voll Personen zu einem eher informellen Lunch ein. Auf diese Weise stellt sie Kontakt zu Menschen her, mit denen sie sich jenseits protokollarischer Konventionen gerne einmal unterhalten möchte. Für ihre Gäste ist eine solche Einladung zugleich eine besondere Art der Auszeichnung.

Am Nachmittag nimmt die Königin häufig Termine in der Öffentlichkeit wahr, entweder gemeinsam mit dem Herzog von Edinburgh oder allein. Ob es sich um Besuche in Krankenhäusern, Alten- oder

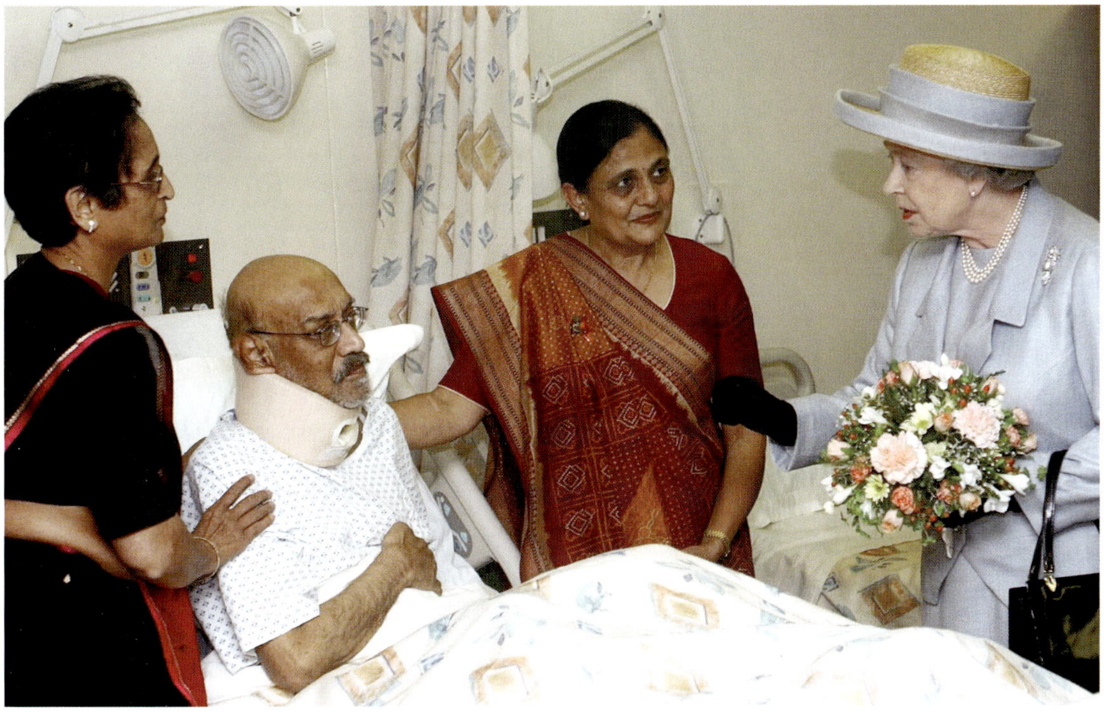

Bei ihren öffentlichen Terminen sucht die Queen immer so viel Kontakt wie möglich zu den Menschen. Hier unterhält sie sich mit einem Patienten im St. Luke's Hospital in Harrow, das offiziell von ihr eröffnet wurde.

Obdachlosenheimen, Schulen, Fabriken oder Museen handelt, ein Grundstein gelegt, ein Jubiläum gefeiert oder eine internationale Konferenz eröffnet wird – die Königin ist immer sehr sorgsam darauf vorbereitet, wen sie treffen und was sie sehen und sagen wird. Bei diesen Gelegenheiten kann man auch erleben, dass Ihre Majestät durchaus lachen und fröhlich sein kann. Es gelingt ihr schnell, etwaige Nervosität abzubauen und eine entspannte Atmosphäre zu schaffen. Dabei kommen ihr die fünf Jahrzehnte Berufserfahrung als Königin gewiss zugute.

Pro Jahr nimmt Elizabeth II. gut 400 solcher offiziellen Termine im Vereinigten Königreich sowie im Ausland wahr. Und diese Zahl bezieht sich nur auf diejenigen, die im täglichen Hofbericht veröffentlicht werden. Für eine 75-Jährige ist das eine enorme Leistung. Die Zahl der Einladungen, die sie erhält, ist ungefähr doppelt so hoch, denn im gesamten Königreich wird die Anwesenheit der Queen als besondere Ehre empfunden. Damit niemand zu kurz kommt, werden die einzelnen Besuche sorgfältig ausgewählt und geplant. Elizabeth II. ist eine sehr pflichtbewusste Königin, die möglichst viel Kontakt zu möglichst vielen ihrer Untertanen sucht. Bei all diesen Gelegenheiten wird offensichtlich, dass sie eine sehr gute Zuhörerin und ihren Gesprächspartnern gegenüber offen ist. Souverän gelingt es ihr auch, mögliche Angstpausen bei einer Unterhaltung zu vermeiden, weil ihr immer wieder ein neues Gesprächsthema einfällt. Und egal, wie lang ihr Tag auch ist – sie wirkt niemals erschöpft.

Andere Gäste, andere Sitten: Vor Beginn des Staatsbanketts zu Ehren des jordanischen Königs nehmen die Queen und Abdullah II. gemeinsam die traditionelle Tasse Kaffee zu sich.

Die Queen und das Volk: Bei einem Besuch in Brighton erwarb Königin Elizabeth ein Exemplar der Zeitung *Big Issue*, die von Obdachlosen auf der Straße verkauft wird.

In den Buckingham Palast heimgekehrt, trifft täglich gegen 19.30 Uhr ein Bericht über den Verlauf des parlamentarischen Tages bei der Königin ein, der noch am selben Abend von ihr durchgelesen wird. Doch damit ist ihr Arbeitstag meist keineswegs zu Ende. Regelmäßig stehen auch abends noch Termine auf dem Programm, wie königliche Theater-, Film- und Musikpremieren, Veranstaltungen für einen wohltätigen Zweck oder ein Dinner bei einer der zahlreichen Organisationen, deren Schirmherrin sie ist. Ebenso empfängt sie selbst oft Gäste im Buckingham Palast: Die Angehörigen des britischen »Paralympic Teams« werden begrüßt, das Diplomatische Corps eingeladen, ein Bankett zu Ehren eines Staatsgastes gegeben… Ein ganz normaler Tag im Leben der Queen.

Bei offiziellen Terminen bewahrt sie Würde und Haltung. Doch jeder, der die Queen etwas näher kennt, bestätigt, dass sie ein sehr fröhlicher Mensch mit viel Humor ist.

Aber trotzdem bleibt, wenn die Lichter in den Repräsentationsräumen ausgehen und sie endlich Feierabend machen darf, das Gefühl bestehen, immer noch nicht genau zu wissen, wie Elizabeth II. wirklich ist. Doch das wird sich letztlich wohl auch jeder Beobachtung entziehen. Denn die private Queen erleben nur enge Freunde und Verwandte. Countess Patricia Mountbatten gehört zu diesem Kreis. Die Cousine von Prinz Philip, die ebenso wie Elizabeth eine Ururenkelin von Königin Victoria ist, kennt die Queen von Jugend an und erzählt: »Sie ist eine ganz reizende Person und hat einen erstaunlichen Sinn für Humor. Sie kann sehr gut Geschichten erzählen und Menschen brillant nachahmen. Sie spielt gut Klavier, kennt die Schlager und hat Spaß am Leben. Sie besitzt alle die Qualitäten, die man sich bei seiner besten Freundin wünschte, bloß dass der Queen im Hinblick auf ihre Pflichten kaum Zeit für Freundschaften bleibt. Sie ist ein sehr humaner Mensch. Sie muss natürlich ihre Gefühle strikt unter Kontrolle haben, denn sie kann ja nicht in der Öffentlichkeit in Tränen ausbrechen oder einen Lachanfall bekommen. Aber im Übrigen hat sie ein tiefes Gefühlsleben wie jeder andere auch.«

Sie kennt die Queen von Kindesbeinen an: Countess Patricia Mountbatten.

Königliche Auftritte

Nicht nur der königliche Alltag ist durchstrukturiert, auch der Jahresablauf wird für die Queen durch bestimmte Fixpunkte und feste Termine im Kalender gegliedert. Einer davon ist »Maundy Service« – der Gottesdienst am Gründonnerstag, bei dem die Königin an eine bestimmte Zahl ihrer Untertanen das so genannte »Maundy Money«, eine Art symbolisches Almosen, verteilt. Dieses jahrhundertealte Ritual geht auf den christlichen Brauch von Fußwaschungen und Almosen in der Karwoche zurück. Während man von Ersteren bereits seit langer Zeit Abstand genommen hat, wird die Tradition der herrscherlichen Geldgabe in England seit Edward I. (1272 – 1307) ungebrochen gepflegt.

Seit dem 15. Jahrhundert richtet sich die Zahl der königlichen »Almosenempfänger« – heutzutage werden auf diese Weise verdiente Kirchen- und Gemeindemitglieder im Ruhestand ausgezeichnet – nach dem Lebensalter des jeweiligen Monarchen. Im Jahr 2001 waren es daher 75 Männer und 75 Frauen, die aus der Hand von Elizabeth II. in der Westminster Abbey die roten und weißen Börsen mit dem »Maundy Money« erhielten – spezielle Münzen, die zwar auch einen Verkehrswert besitzen, ihre Bedeutung in erster Linie aber aus der Erinnerung an diese Zeremonie erhalten.

Fester Bestandteil des politischen Kalenders von Königin und Regierung sind Staatsbesuche. Mal ist die Queen selbst Gastgeberin, mal ist sie zu Gast in

Vor dem Galadinner, bei dem Mette-Marit Tjessem Hoiby der Queen vorgestellt wurde. V. l. n. r.: Prinzessin Märtha Louise, König Harald von Norwegen, Elizabeth II., Königin Sonja von Norwegen, Prinz Philip, Prinzessin Mette-Marit, Kronprinz Haakon und das Ehepaar Ferner.

einem anderen Land. Ende Mai 2001 reiste sie mit dem Herzog von Edinburgh nach Norwegen.

Es war ihr dritter Staatsbesuch in dem skandinavischen Land, aber jedes Mal begrüßte sie ein anderer norwegischer Monarch. 1955 lebte Haakon VII. noch, der erste König, der nach 500-jähriger dänischer und später schwedischer Herrschaft seit 1905 wieder auf dem norwegischen Thron saß. Bei ihrer offiziellen Reise im Jahr 1981 war König Olav seinem Vater nachgefolgt, und im Jahr 2001 empfingen nun König Harald und Königin Sonja die Queen und ihren Gemahl. Solche Generationenwechsel an der Spitze eines Landes hat Elizabeth II. natürlich in den fünfzig Jahren ihrer Regentschaft mit allen Staats- und Regierungschefs erlebt. Am augenfälligsten wird das wahrscheinlich in ihrem eigenen Land: Ihr erster Premierminister hieß Winston Churchill, während der heutige Regierungschef Tony Blair noch nicht einmal geboren war, als sie 1952 den Thron bestieg. Und zwischen diesen beiden Politikern liegt die Zusammenarbeit mit acht weiteren Premiers.

Oft haben Staatsbesuche die Funktion, die Beziehungen zwischen zwei Nationen zu verbessern oder Schwankungen im politischen Klima auszugleichen. Großbritannien und Norwegen haben jedoch keine Probleme miteinander. Das Verhältnis zwischen den Regierungen ist traditionell freundschaftlich und das der beiden Königshäupter darüber hinaus familiär. Denn König Harald und Elizabeth II. sind Vettern und Cousinen zweiten Grades. König Haakon VII. war mit der englischen Prinzessin Maud verheiratet, einer Enkelin von Queen Victoria und der Schwester von Elizabeths Großvater, König George V.

Die Reise nach Norwegen war ein Staatsbesuch, der sozusagen in der Familie blieb, wenn auch auf höchstem Niveau. Trotzdem stieß er auf ein relativ reges Interesse in der Öffentlichkeit, da in Norwegen eine Hochzeit ins Haus stand und die Brautwahl des Kronprinzen Haakon im Land nicht unumstritten war. Dass die 28-jährige Mette-Marit bürgerlicher Herkunft ist, focht die Untertanen nicht sonderlich an – schließlich kann auch Haakons Mutter, Königin Sonja, keine adlige Abstammung nachweisen. Dass sie allein erziehende Mutter eines unehelichen Kindes ist, sorgte schon für mehr Schlagzeilen. Das wirklich Problematische aber stellte die angeblich »bewegte« Vergangenheit der zukünftigen Königin dar. Obwohl Haakons Eltern die Wahl ihres Sohnes unterstützten, hatte die Verlobung innenpolitisch vor allem in konservativen Kreisen eine heftige Diskussion über Sinn und Wert des norwegischen Königshauses in Gang gesetzt.

Mit großem Interesse verfolgte daher nicht nur die Presse, wie die Queen mit dem künftigen Familienmitglied umgehen würde. Sie tat es, wie es in den Königshäusern üblich ist: Handkuss und Wangenkuss für die Verwandtschaft, ein warmes, herzliches Lächeln für Mette-Marit, die in einem Hofknicks vor ihr niedersank. Ein königlicher Begrüßungskuss für die junge Frau war vom Hofzeremoniell her nicht möglich, weil sie zu diesem Zeitpunkt ja erst mit dem Kronprinzen verlobt war, also noch nicht endgültig zur Familie gehörte. Keine Frage: Dem norwegischen Königspaar ist an diesem Tag sicher ein Stein vom Herzen gefallen, von Haakon und Mette-Marit ganz zu schweigen. Denn von *der* Queen so herzlich begrüßt zu werden, kommt beinahe einem Ritterschlag gleich. Jedenfalls hat diese Begegnung mit ihr dem Brautpaar die nächsten Schritte auf dem glatten Parkett der Hofetikette sicher erleichtert. Zur Hochzeit im August des Jahres entsandte Elizabeth II. dann gleich zwei ihrer Söhne: Prinz Charles und Prinz Edward.

Oberhaupt des Commonwealth

Kaum war die Monarchin nach Großbritannien zurückgekehrt, fand der zweite Staatsbesuch statt, diesmal auf heimischem Boden. Gast war der neu gewählte Präsident von Südafrika und Nachfolger Nelson Mandelas, Thabo Mbeki, der mit einer großen Delegation aus Kabinettsmitgliedern und Geschäftsleuten angereist kam und in Windsor mit militärischen Ehren empfangen wurde. Dieser Staatsbesuch war wichtig für Südafrika, denn Großbritannien ist

Die Königin und Prinz Philip hießen den südafrikanischen Präsidenten Thabo Mbeki und seine Frau Zanele mit einem Staatsbankett in Windsor Castle willkommen.

der bedeutendste Handelspartner des ehemaligen Dominions. Doch auch die britische Regierung hat ein großes Interesse, dass sich die Beziehungen zwischen beiden Ländern weiterhin gut entwickeln, weil man sich unter anderem erhofft, über Pretoria und Präsident Mbeki mäßigend auf das benachbarte Simbabwe einwirken zu können.

Die Queen fühlt sich mit Südafrika darüber hinaus auf ganz spezielle Weise verbunden. »Meine starke persönliche Zuneigung geht zurück auf den Besuch im Jahr 1947, bei dem ich meinen Vater zum ersten Mal bei einer Überseereise begleitet habe«, erklärte sie, als sie Präsident Mbeki mit einem Staatsbankett in Windsor willkommen hieß. Noch aus einem weiteren Grund ist ihr damaliger Aufenthalt zu einem Meilenstein in ihrem Leben geworden: Dort feierte sie ihren 21. Geburtstag – von nun an war sie volljährig auch in dem Sinne, die Thronfolge antreten zu können. Von Kapstadt aus wurde damals in alle Staaten des Commonwealth eine Rundfunkansprache übertragen, in der sich die zukünftige Königin gewissermaßen verpflichtete, den Untertanen der Krone bis an ihr Lebensende treu zu dienen – ein Versprechen, das für sie auch heute noch bis ins tiefste Innere verbindlich ist.

Als Oberhaupt des Commonwealth, des freiwilligen Zusammenschlusses unabhängiger Staaten, der aus dem früheren britischen Empire hervorgegangen ist, hat sie daher auch mit Kummer und Besorgnis verfolgt, wie das Apartheids-Regime in Südafrika an die Macht kam und das Land aus dem Commonwealth ausschied – bis 1990 die Apartheid aufgehoben, der Demokratisierungsprozess mit Nelson Mandela, den die Königin sehr schätzte, begann und das Land wieder in den Schoß dieser Völkerfamilie zurückkehrte.

Als Elizabeth II. 1952 Königin wurde, befand sich das Commonwealth in der Phase seines größten Umbruchs. Drei Jahre zuvor war beschlossen worden, dass auch diejenigen Länder des ehemaligen britischen Weltreichs Mitglied werden können, die – anders als beispielsweise Australien oder Kanada – die Krone nicht mehr als nominelles Staatsoberhaupt anerkannten.

»Sie genießt im Commonwealth hohen Respekt«, beschreibt dessen früherer Generalsekretär, Shridath Ramphal, der sie ein gutes Stück ihres Weges begleitet hat, den Umgang der Königin mit den einzelnen Staaten und ihren Regierungschefs. »Respekt als ein altes Mitglied der Commonwealth-Familie. Viele bekennen auch ganz offen ihre Zuneigung, nicht nur ihre Wertschätzung – und die muss man erst mal gewinnen, die kommt nicht automatisch mit dem Titel. Die Queen hat diese Zuneigung erworben durch ihren Einsatz für das Commonwealth. Für sie ist es kein Job wie jeder andere. Ich bin sicher, dass ihr das Commonwealth von Anfang an besonders am Herzen lag. Sie hat vom Tod ihres Vaters, und damit von ihrer eigenen Nachfolge, in Kenia, in Afrika erfahren. Das Commonwealth war von Anfang an dabei, sie ist mit den damaligen Führungspersönlichkeiten groß geworden. Mit Julius Nyerere, dem ersten Premierminister Tansanias, mit Kenneth Kaunda von Sambia. Sie waren damals alle jung. Ein älterer Monarch, fest verwurzelt im kolonialen Erbe, hätte diese jungen Radikalen möglicherweise schief angeguckt. Der Königin hingegen erschienen ihre Hoffnungen und Wünsche ganz natürlich.«

Und es gilt als eines der großen Verdienste des britischen Königshauses, speziell von Elizabeth II., dass sich die Krone als eine wirksame Klammer dieser disparaten Völkerfamilie rund um den Erdball erwiesen hat.

Hochsaison

Im Juni herrscht Hochsaison im königlichen Terminkalender, der im Jahr 2001 noch um ein weiteres festliches Ereignis erweitert wurde: Am 10. des Monats feierte Prinz Philip seinen 80. Geburtstag. Sechs Tage später folgte dann »Trooping the Colour«, die offizielle Geburtstagsparade für die Königin. Obwohl Elizabeth II. am 21. April geboren ist, findet dieser Aufzug der Leibregimenter Ihrer Majestät traditionell erst im Juni statt, da zu diesem Zeitpunkt die Chancen auf gutes Wetter weitaus besser sind als im April – eine Rechnung, die bei der Zeremonie zu ihrem 75. Geburtstag allerdings überhaupt nicht aufging: Es war die verregnetste Parade seit Jahrzehnten. Die Gardesoldaten ließen sich dadurch jedoch nicht aus der Fassung bringen, unbeirrt defilierten die Grenadier, Coldstream, Scots, Irish und Welsh Guards sowie die königliche Kavallerie in ihren durchnässten Uniformen mit gewohnter Präzision zu Fuß und zu Pferde durch Pfützen und Bäche.

Prinz Philip feierte am 10. Juni 2001 seinen 80. Geburtstag. 1952 gab er seine Karriere bei der Marine auf, um seine Frau bei ihren Pflichten als Königin voll und ganz unterstützen zu können.

Für die Queen sind ihre Regimenter so etwas wie eine zweite Familie, eine Art Großfamilie. »Sie versucht, mit so vielen Soldaten wie möglich zusammenzukommen«, berichtet Sir Malcom Ross, der im Buckhingham Palast für alles Zeremonielle zuständig

»Trooping the Umbrella« – bei der Parade zum 75. Geburtstag der Queen regnete es in Strömen.

Am Tag vor der Parade verlieh Queen Elizabeth der Nijmegen Kompagnie der Grenadier Guards neue Fahnen, die so genannte Queen's Colour.

Die Queen auf dem Weg zu ihrer Geburtstagsparade. Seit einigen Jahren nimmt die Königin das Defilee ihrer Leibregimenter nicht mehr zu Pferde, sondern in einer Kutsche ab.

ist. »Natürlich ist das einfacher mit Offizieren, wenn diese ihre Antritts- oder Abschiedsaudienzen erhalten, aber die Königin spricht auch mit Soldaten beim Wachdienst und bei bestimmten Anlässen auch mit deren Familienangehörigen. Tambourmajore und andere erhalten von der Queen eine persönliche Ernennungsurkunde, sodass ich schon glaube, dass sie das Regiment vom Kommandeur durch alle Ränge bis zu Soldaten wahrnimmt.«

Im Mittelpunkt der Geburtstagsparade standen in diesem Jahr die Grenadier Guards. Zwischen ihnen und der Königin besteht eine besonders enge Beziehung, weil es das erste Regiment der damaligen Prinzessin Elizabeth war, dessen Ehrenoberst sie wurde. Dieser Rang wurde ihr zum 16. Geburtstag verliehen. Obwohl ihr natürlich alle Regimenter der so genannten »Household Division« gleich lieb sind, muss der ehemalige Offizier Sir Malcom Ross doch einräumen, dass die Grenadiere der Queen ein wenig näher stehen als die anderen. »Die Königin spricht noch immer von ›meinen Grenadieren‹. Ich weiß nicht, ob das etwas damit zu tun hat, dass die Grenadiere ihr erstes Regiment waren oder ob sie sie schon als Kind wahrgenommen hat. Vielleicht war es auch das Regiment, dem ihr Vater am nächsten stand. Aber Tatsache ist, dass die Grenadier Guards von ihren frühesten Tagen an ›meine Grenadiere‹ sind, obgleich sie heute ja Ehrenoberst aller Leibregimenter ist. Die Grenadier Guards haben uns gegenüber – ich gehöre den Scots Guards an – eben etwas ganz Spezielles.«

Mit »Trooping the Colour« hat für die Queen der Höhepunkt der sommerlichen Saison eingesetzt, denn bereits zwei Tage später – immer am darauf folgenden Montag – treten die Mitglieder des Hosenbandordens zusammen, bevor direkt im Anschluss am Dienstag dann der Auftakt zu »Royal Ascot«, der berühmten Rennwoche, stattfindet.

Die Ernennung zum Ritter des Hosenbandordens, des »Most Noble Order of the Garter«, ist die höchste Auszeichnung, die von der Krone verliehen werden kann. Im Unterschied zu den langen Ordenslisten, die die Queen im Laufe eines Jahres abarbeitet und

Die alljährliche Verleihung des Hosenbandordens beginnt mit dem Einzug der Ritter in die St. George's Kapelle auf Schloss Windsor.

In vollem Ornat: die Queen und der Duke of Edinburgh. Sie sind beide 1947 in den Orden aufgenommen worden. Der »Most Noble Order of the Garter« ist nicht nur die höchste, sondern auch die älteste Auszeichnung, die von der Krone verliehen wird.

dabei im Großen und Ganzen den Empfehlungen der Regierung folgt, ist die Entscheidung, wer in der St. George's Kapelle in Windsor mit Ritterschlag in den Orden aufgenommen wird, allein Angelegenheit der Königin. Elizabeth II. selbst hat diese Ehrung 1947 von ihrem Vater erhalten, ebenso wie Prinz Philip. Automatisch zum »Garter Knight« ernannt wird der jeweilige Prince of Wales, der Thronfolger, dessen Titel korrekt übersetzt übrigens nicht Prinz, sondern Fürst von Wales lautet.

An zwei Orten gleichzeitig

Auch die Queen ist nicht gefeit vor organisatorischen Komplikationen, erst recht nicht, wenn königliche Gepflogenheiten mit konstitutionellen Verpflichtungen kollidieren. So passierte es, dass die Parlamentseröffnung – die für gewöhnlich jedes Jahr im November stattfindet – in diesem Jahr auf den zweiten Tag von »Royal Ascot« fiel. Dieser Termin, Folge der kurzfristig anberaumten Unterhauswahlen, drohte einen Moment lang das ganze königliche Protokoll durcheinander zu bringen. Denn nichts in der Welt kann die Queen davon abbringen, an jedem Renntag pünktlich um 14.15 Uhr in der königlichen Loge in Ascot Platz zu nehmen. Tony Blair wollte das neu gewählte Parlament jedoch noch vor der Sommerpause zusammentreten lassen – die Regierung Ihrer Majestät aber kann die offizielle Arbeit nicht aufnehmen, bevor die Königin nicht die Thronrede verlesen hat. Und die war für Mittwoch, 11.35 Uhr angesetzt.

Souverän meisterte die Queen jedoch dieses »Ascot-Handikap«, wie es die Presse nannte. Protokollarisch hatte sich die erste Schwierigkeit daraus ergeben, dass Elizabeth II. traditionell nicht nur im Parlament, sondern auch in Ascot in ihrer Staatskutsche vorfährt – nur kann die Karosse nicht gleichzeitig an beiden Orten sein. Kurzerhand erwies man sich als flexibel und erschien am Dienstag im Auto in Ascot, sodass die Queen am folgenden Tag in der vierspännigen Staatskutsche am Palast von Westminster vorfahren konnte. Von nun an kam es auf perfektes Timing an – und das gelang. Bereits früh am Morgen war sie von Windsor Castle in den Buckingham Palast gekommen und hatte dort eine feierliche, lange weiße Robe, Schmuck und Diamant-Diadem angelegt. Nun begab sie sich umgehend in die Garderobe, tauschte das Diadem gegen die »Imperial State Crown«, legte sich den Hosenbandorden um und schlüpfte in die Parlamentsrobe. Bereits zehn Minuten später hatte sie auf dem Thron Platz genommen, um die Regierungserklärung zu verlesen. Dankenswerterweise war sie in diesem Jahr kurz ausgefallen und dauerte nur zehn Minuten. Punkt zwölf Uhr saß Elizabeth wieder in ihrer Kutsche, die sich nun in der

Die Queen als Staatsoberhaupt: Das feierliche »Opening of Parliament« am 20. Juni 2001 begann mit der Verlesung der Thronrede.

Die Queen als Rennstallbesitzerin: Zwei Stunden nach der Parlamentseröffnung im Jahr 2001 war die Königin bereits auf dem Weg zu ihrer Loge in Ascot.

traditionellen 20-minütigen Prozession auf den Weg zurück zum Buckingham Palast machte. Zehn Minuten nach ihrer Ankunft war die Königin erneut umgekleidet und wieder auf dem Weg nach Windsor Castle, wo sie dank einer Polizeieskorte um 13.00 Uhr eintraf und eine kleine Mahlzeit auf sie wartete. Dann hieß es noch ein letztes Mal schnell Umziehen, und um 14.00 Uhr verließen die Königin, Prinz Philip und ihre Gäste das Schloss. Um 14.15 Uhr trafen sie, wie schon am Tag zuvor im Auto, in Ascot ein – pünktlich zum Beginn des ersten Rennens.

Um halb zwölf in Parlamentsrobe auf dem Thron und zwei Stunden später im pfefferminzgrünen Mantel und passendem Hut an der Rennbahn – selbst mit 75 Jahren lässt sich die Queen nicht so schnell aus dem Tritt bringen. Am nächsten Tag war dann auch die Kutsche in Ascot, sodass Donnerstag und Freitag alles wieder »as usual« lief.

Pferdezüchterin aus Leidenschaft

Das englische Königshaus ist berühmt für sein Interesse an Pferden und am Rennsport. Auch königliche Gestüte gibt es seit Jahrhunderten. Bereits Heinrich VIII. legte Wert auf die Pferdezucht, damals freilich noch mehr für Zwecke der Jagd als für Rennen. Und Queen Anne ist es gewesen, die im Jahr 1711 die

»Snow Bunting« vor einem Rennen in Southwell. An den Initialen auf der Pferdedecke kann man erkennen, dass es sich um ein Tier aus dem Besitz der Königin handelt.

Die Queen und Prinz Philip fahren in die Arena von Ascot ein. Die Rennwoche ist nicht nur ein Höhepunkt im Pferderennsport, sondern auch ein gesellschaftliches Ereignis.

berühmte Pferderennbahn in Ascot eröffnete. Doch bei Elizabeth II., die schon als Kind ein Pferdenarr war, ist diese Neigung ganz besonders ausgeprägt. Sie ist eine leidenschaftliche Pferdezüchterin und als Rennstallbesitzerin weit über Großbritannien hinaus in ganz Europa bekannt. Und wenn sie einmal inkognito unterwegs ist, dann am ehesten, um in der Normandie oder auch in Kentucky zum Beispiel einen Deckhengst zu begutachten. Ihr besonderes Interesse gilt dabei dem Galopprennsport.

Es wird gesagt, dass die Queen eine doppelte Agenda habe und über Pferdezucht und Rennergebnisse genauso gut Bescheid wisse wie über ihre Staatsgeschäfte. »Die Königin hat ein angeborenes Talent, Pferde einzuschätzen«, bestätigt der Earl of Carnarvon, der über dreißig Jahre lang – bis zu seinem Tod im Jahr 2001 – ihr Rennstallmanager war und zugleich ein guter Freund, den Elizabeth II. nur »Porchie« nannte. »Und sie hat sehr viel gelernt. Sie sagt, ein Pferd hat eine gute schräge Schulter, eine gut angelegte Kruppenpartie, ein gutes Auge … alles, worauf man so achtet, wenn man einen Jährling kauft. Sie kann die Qualität von Ställen beurteilen, das Futter, das Management, alles, was da so passiert.

Und natürlich ist sie eine sehr gute Richterin bei der Beurteilung eines Rennens, was sie immer wieder am Fernsehen übt, wenn sie selbst nicht beim Rennen dabei sein kann. In Ascot sitzt sie immer auf demselben Platz, und sie wusste auch in der Zeit, als es noch kein Zielfoto gab, ganz genau, welches Pferd gewonnen hatte. Andere haben dieses Glück natürlich nicht, immer denselben Platz inne zu haben.«

Obgleich sie sich Mühe gibt, die großen Rennen nicht zu versäumen, vor allem dann nicht, wenn Pferde aus dem eigenen Stall am Start stehen, sind der Beruf »Queen« und der Beruf »Züchterin« nicht immer miteinander zu vereinbaren. Und es ist klar, dass in solchen Situationen der Pflichtenkatalog der Königin Vorrang hat. Dann kann es schon einmal

Auf der Tribüne beim Vodafone-Derby in Epsom Down …

vorkommen, dass die erste Frage, die sie ihrem Chauffeur stellt, wenn ein Termin beendet ist und die Tür der schweren Limousine ins Schloss gefallen ist: »Wissen Sie schon, wie Dunfermline gelaufen ist?« – oder wie immer ihr Favorit auch gerade heißen mag. Und sie kann sicher sein, dass der Fahrer auf jeden Fall versucht hat, in der Zwischenzeit die Ergebnisse zu erfahren.

Niemand kannte, was ihre Beziehung zu Pferden betrifft, die Queen so gut wie der Earl of Carnarvon: »Vor langer Zeit gab es einmal einen berühmten Rennstallbesitzer, der sagte: ›Auf dem Rasen eines Rennplatzes und unter dem Rasen sind alle Menschen gleich.‹ Tatsächlich ist die Königin, was ihre Rennpferde betrifft, ein Mensch wie du und ich. Wenn ihr Jockey etwas falsch macht, wenn ihr Pferd verletzt wird, wenn eine Stute zu Tode kommt, wenn der Rat eines Tierarztes eingeholt wird: Die Probleme sind die eines jeden Züchters oder Besitzers.«

Familienbetrieb Windsor & Co.

Diejenigen, die für die Planung des Terminkalenders der Queen verantwortlich sind, achten sehr genau darauf, dass sich die königliche Gunst bei Besuchen außerhalb von London so ausgeglichen wie möglich auf alle Regionen des Landes verteilt. Die erste Juliwoche verbringt Elizabeth II. beispielsweise jedes Jahr in Schottland, eine Tradition, die von Königin Victoria begründet wurde. Die Queen und ihr Mann nehmen dann Residenz in Holyroodhouse, dem offiziellen Palast der Monarchin in Edinburgh.

Zu diesem Aufenthalt gehört immer auch der Besuch der St. Giles Kathedrale, wenn sich dort die Ritter des »Order of the Thistle« zu ihrem Gottesdienst versammeln. Der »Distelorden« ist das schottische Pendant zum Hosenbandorden in England – die höchste Auszeichnung, die von der Königin in dem jeweiligen Landesteil verliehen werden kann. Im Jahr 2000 war Prinzessin Anne – aus Anlass ihres 50. Geburtstags – zur Ordenslady ernannt worden, in Anerkennung ihres ganz besonderen Einsatzes für das Königshaus. Denn die vier Kinder und ihr Mann sind wesentliche Stützen der Königin. Als »Familienbetrieb Windsor & Co.« sorgen sie dafür, dass es im Vereinigten Königreich so gut wie kein gewichtiges Ereignis gibt, bei dem die Monarchie nicht vertreten ist. Und Anne gilt schon seit Jahren als das mit Abstand aktivste Familienmitglied der Windsors. Ihren besonderen Schwerpunkt hat die Prinzessin dabei auf karitative Tätigkeiten gelegt. Seit 1970 sitzt sie als engagierte Präsidentin dem »Save the Children Fund« vor, einer Organisation, die sich um die Kinder in der Dritten Welt kümmert. Und dabei beeindruckt sie nicht nur mit ihrer ungebrochenen Aktivität, sondern auch durch profunde Sachkenntnis.

Sozial engagiert und unermüdlich im Einsatz – Prinzessin Anne in Lagos beim Besuch eines Heims für Körperbehinderte, das mit Geldern aus Großbritannnien unterstützt wird.

Über ihr Privatleben lässt die zweifache Mutter so gut wie nichts nach außen dringen, was die Presse dann gern zu wilden Spekulationen über den Zustand ihrer zweiten Ehe veranlasst, zum Beispiel dann, wenn sie bei einem Termin ohne ihren Mann Timothy Laurence erscheint.

Auch die britische Bevölkerung honoriert den unermüdlichen Einsatz der Princess Royal: Als ein Fernsehsender vor einigen Jahren eine Umfrage machte, wer denn Präsident des Landes werden sollte, wenn man die Monarchie abschaffen würde, erhielt ausgerechnet ein Mitglied eben dieser Monarchie die meisten Stimmen, nämlich Prinzessin Anne. An zweiter Stelle folgte der Unternehmer Richard Branson, an dritter Stelle dann abermals ein Königskind: Prinz Charles.

Als Thronfolger ist Charles nach seiner Mutter natürlich der wichtigste Pfeiler der »Royal Firm«. Von Jugend auf darin geübt, das Königshaus in der Öffentlichkeit zu repräsentieren, hat er sich im Laufe der Jahre einen enormen Erfahrungsschatz angeeignet – inzwischen auch darin, die Queen zu vertreten. Denn Elizabeth II. tritt immer häufiger auch einmal offizielle Pflichten an ihn ab. So war es zum Beispiel Prinz Charles, der 1997 in einer großen Zeremonie die Kolonialherrschaft über die Kronkolonie Hongkong beendete. Und mit weitaus mehr als 500 Terminen im In- und Ausland ist er bei öffentlichen Auftritten inzwischen genauso präsent wie seine Mutter. (Auf den Prince of Wales, sein Engagement und seine Rolle als Kronprinz wird in Kapitel 5 dieses Buches eingegangen.)

Auch Prinz Philip ist keineswegs nur der Mann an der Seite der Königin, der im Achtungsabstand von zwei Schritten hinter seiner Frau herschreitet, sondern ein äußerst selbstständiger Kopf mit vielen Interessen. Nicht weniger als 800 Organisationen haben den Duke of Edinburgh als Präsidenten oder Schirmherrn auserkoren. Besonders am Herzen liegen ihm Fragen der Technik, der britischen Industrie und der Umwelt. Er war von 1961 bis 1982 der erste Präsident des WWF (heute »Worldwide Fund for Nature«) in Großbritannien; von 1981 bis 1996 hatte er auch dessen internationalen Vorsitz inne.

Untrennbar mit seiner Person verknüpft ist das »Duke of Edinburgh's Award Scheme«, das 1956 von ihm ins Leben gerufen wurde – ein Programm, mit dem junge Menschen zur Entwicklung von Eigeninitiative angeregt werden sollen. Gesunde ebenso wie behinderte Jugendliche im Alter von 15 bis 25 Jahren, die etwas Besonderes für die Gesellschaft geleistet,

Neben Industrie und Umwelt interessiert sich der Duke of Edinburgh auch sehr für technische Fragen. Hier besichtigt er das Stellwerk einer alten Dampfeisenbahn auf der Isle of Wight.

Holyroodhouse, die offizielle Residenz der Königin in Schottland.

Prinz Andrew mit seinen beiden Töchtern Eugenie (links) und Beatrice (rechts) in dem Schweizer Wintersportort Verbier. Obwohl die Eltern geschieden sind, feierte die Familie dort im Februar 2001 gemeinsam Eugenies Grundschulabschluss.

Prinz Edward und seine Frau Sophie. Dass beide neben ihrer Tätigkeit für die »Royal Firm« noch einen eigenen Beruf ausüben, wird in der Öffentlichkeit wegen möglicher Interessenkollisionen sehr kontrovers beurteilt.

Prinzessin Margaret engagierte sich besonders für Kunst, Literatur und Musik. Gesundheitlich stark mitgenommen, hatte sich die Schwester der Königin im Jahr 2001 sehr aus der Öffentlichkeit zurückgezogen. Sie starb am 9. Februar 2002 im Alter von 71 Jahren.

sich sportlich hervorgetan haben, ein besonderes Interessengebiet pflegen oder sich bei einer Expedition bewährt haben, erhalten alljährlich einen goldenen, silbernen oder bronzenen Preis, häufig aus der Hand des Herzogs persönlich. Und die Bilanz des Award Scheme ist beeindruckend: Seit der Gründung haben zwei Millionen junge Leute aus fünfzig Ländern daran teilgenommen.

Eine deutliche Verstärkung erhielt der königliche Familienbetrieb im Jahr 2001 dadurch, dass Prinz Andrew Ende Juli seinen Dienst in der Royal Navy quittierte. Seitdem erlebt man ihn überall im Land, wie er Museen besucht und an Veranstaltungen teilnimmt, die schon allein deshalb erheblich an Aufmerksamkeit gewinnen, weil eben ein Mitglied des Königshauses anwesend ist.

Der Duke of York hat nie ein Hehl daraus gemacht, wie gerne er die Marineuniform trug. Und er hatte als Hubschrauberpilot auch am Falkland-Krieg teilgenommen. Doch dann erhielt er das Angebot, für

Seit über 50 Jahren verheiratet – die Queen und der Duke of Edinburgh auf einer der alljährlich stattfindenden Gartenpartys im Buckingham Palast.

British Trade International, eine Regierungseinrichtung zur Förderung des Außenhandels, zu arbeiten. Und er nahm an. In Zukunft wird der Prinz daher vor allem als eine Art Botschafter der britischen Export-Industrie in Erscheinung treten. Diese Position hatte zuvor sein Vetter, der Herzog von Kent, inne, der dieses Amt im April des Jahres aus Altersgründen niedergelegt hatte.

In einer Position wird Prinz Andrew aber der Marine treu bleiben. Bereits 1992 hatte er von seinem Vater die Funktion eines Admirals des Seekadetten-Corps übernommen. Ein Pendant zu den Seekadetten in Großbritannien sind in Deutschland die Pfadfinder. Junge Menschen zu verantwortungsbewussten Erwachsenen auszubilden, indem man ihnen Selbstvertrauen gibt und sie zu Selbstdisziplin sowie Teamgeist anhält – das ist das weiter gesteckte Ziel derjenigen, die die jungen Kadetten in alle Belange der Seefahrt einführen, von Maschinenkunde und Navigation bis hin zu Erster Hilfe und Kochen.

Auch der jüngste Sohn der Queen, Prinz Edward, und seine Frau Sophie Rhys-Jones vertreten das Königshaus bei offiziellen Anlässen. Beide haben darüber hinaus noch einen eigenen Beruf: Der Graf von

Wessex ist Filmproduzent, die Gräfin besitzt eine PR-Firma. Ob sich beides – Beruf auf der einen, königliche Repräsentationspflichten auf der anderen Seite – auf die Dauer vereinbaren lässt, ist noch nicht endgültig entschieden. Jedenfalls gab es im Jahr 2001 eine Reihe von Interessenkollisionen, die von den Medien genüsslich ausgeschlachtet wurden.

Neben ihrem Mann und den Kindern gehören noch die Vettern der Königin, der Duke of Gloucester sowie der Duke of Kent, mit ihren Frauen zu der »Royal Firm«. Sogar Queen Mum hatte im Jahr ihres 101. Geburtstages damit überrascht, dass sie trotz ihres wahrhaft biblischen Alters regelmäßig einige Termine wahrnahm. Prinzessin Margaret hingegen, die am 9. Februar 2002 verstarb, war schon in diesem Jahr aus gesundheitlichen Gründen kaum noch öffentlich aufgetreten.

So, wie »Windsor & Co.« gegenwärtig organisiert ist, schafft die »Firma« es, im Laufe eines Jahres um die 4000 Termine im In- und Ausland zu absolvieren. Für Robert Lacey, den Biographen der Queen, ist diese Omnipräsenz des Königshauses zugleich eine seiner zentralen Funktionen. »Was die königliche Familie unter anderem wichtig macht, ist die Tatsache, dass sie den Willen der Nation zu freiwilligem Einsatz verkörpert. Insofern steht diese ganze langweilige Routine – Vorfahren im Auto, Besuche von Krankenhäusern und Schulen – im Mittelpunkt ihrer Arbeit. Republikaner haben nie gesagt, wer eigentlich diese Aufgabe übernehmen soll, wenn man die königliche Familie abschafft. Werden wir ein Begrüßungsministerium einrichten? Was passiert, wenn die Königinmutter stirbt und 320 Hilfswerke eine neue Schirmherrin suchen? Die Mitglieder der königlichen

Im Kreis ihrer Familie winkt die Königinmutter den Gratulanten vor Clarence House zu. V.l.n.r.: Beatrice, Queen Mum, Prinz Philip, Prinz Harry, Prinz Charles, Königin Elizabeth, Prinz William, Zara Phillips und ihre Mutter, Prinzessin Anne, Eugenie, Peter Phillips, Prinz Andrew und Timothy Laurence.

Queen Mum an ihrem 101. Geburtstag. Die Mutter der Königin gilt nach wie vor als das populärste Mitglied der Windsors.

Familie haben hier eine wirklich wichtige Funktion. Sie machen in großem Umfang Spenden locker. Bei ihren Empfängen gewinnen sie Leute, sich für Dinge zu engagieren, die ihnen eigentlich egal sind, und tragen so dazu bei, dass das gesellschaftliche Räderwerk gut geölt weiterläuft.«

Der finanzielle Aufwand, der zum Unterhalt dieses »Apparates« nötig ist, stößt bei einigen britischen Steuerzahlern allerdings auf Kritik. Denn seit das Königshaus 1760 auf alle Einkünfte aus dem Grundbesitz der Krone verzichtet hat, stellt im Gegenzug der Staat dem Monarchen in seiner Funktion als Staatsoberhaupt ein bestimmtes Budget, die »Civil List«, zur Verfügung. Aus diesem Etat werden unter anderem auch die ganzen Unkosten, die die immensen Repräsentationspflichten mit sich bringen, bestritten. Um dem Vorwurf, ihre ganze Familie auf Staatskosten »durchzufüttern«, keine Angriffsfläche zu bieten, ist die »Civil List« von der Queen in den letzten Jahren bereits drastisch gekürzt worden. Heute beziehen nur noch sie selbst, Prinz Philip und die Königinmutter ihr Einkommen vom Staat. Seit 1993 zahlt Elizabeth II. darüber hinaus freiwillig nach den geltenden Gesetzen Steuern auf ihr privates Einkommen.

Majestät lädt zum Tee

Während ihres Schottlandaufenthaltes im Juli findet auf dem Rasen um Holyroodhouse auch immer eine der traditionellen »Royal Garden Parties« statt, zu der die Königin jeden Sommer viermal einlädt. Die drei anderen werden im Buckingham Palast veranstaltet. Ungefähr 8000 Gäste, sorgfältig aus allen Kreisen der Bevölkerung ausgewählt, empfängt Elizabeth II. bei jeder dieser Veranstaltungen. Um mit so vielen wie möglich auch persönlich reden zu können, schreiten die Queen sowie diejenigen Mitglieder ihrer Familie, die ebenfalls anwesend sind, jeder einen unterschiedlichen, im vorhinein festgelegten Weg durch die Schar der Gäste entlang. Durchschnittlich 27 000 Tassen Tee, 20 000 Sandwiches und 20 000 Stück Kuchen werden jedes Mal von den Gästen verzehrt.

Die Queen und ihre Corgis sind unzertrennlich. Als einer ihrer Hunde im Alter von 17 Jahren starb, bekam sie von einem Schulkind diesen Corgi aus Pappmaché geschenkt.

Meist finden noch ein oder zwei weitere Partys statt, wenn beispielsweise eine wichtige Institution oder große Firma ein Jubiläum begeht – oder wenn es einen »persönlichen« Anlass gibt: So luden die Queen und Prinz Philip 1997 Ehepaare aus der Bevölkerung ein, die ebenso wie sie in diesem Jahr goldene Hochzeit feierten. Im Jahr des 50-jährigen Thronjubiläums von Elizabeth II. werden unter den Gästen auch zahlreiche Untertanen sein, die am 6. Februar 1952, dem Tag ihrer Thronbesteigung, geboren wurden.

Am 4. August findet das letzte öffentliche Ereignis der »Season« statt, bevor die königliche Familie am Tag darauf zu ihrem Sommeraufenthalt nach Balmoral aufbricht: Happy Birthday, Queen Mum. Auch der 101. Geburtstag von Elizabeths Mutter begann im Jahr 2001 mit einem Ritual, das sich seit Jahrzehnten unverändert abspielt: Nachdem die Königinmutter vor der Tür von Clarence House das Defilee einer Garde abgenommen hat, überreicht ihr die Gilde der so genannten Toastmaster eine Flasche Magnum. Gemeinsam wird dann mit einem Glas Champagner auf das Wohl von Queen Mother angestoßen – und die präsentierte sich auch an diesem Geburtstag wieder in erstaunlich rüstiger Verfassung.

Balmoral Castle. Kilometerweite Natur, Abgeschiedenheit und Landleben machen das schottische Domizil zu einem Ort, wo man die Queen am ehesten so erleben kann, wie sie wirklich ist.

»Im Grunde ihres Herzens ist sie eine Gutsfrau«

Sommerzeit in Balmoral: Das bedeutet für Königin Elizabeth und ihre Familie lange Spaziergänge, Reiten, Jagen, Fischen im schottischen Hochland. Auch wenn die roten Aktenkoffer aus London immer hinterherreisen: Am Ufer des River Dee gibt es, von ganz wenigen Ausnahmen abgesehen, zwei Monate lang keine Audienzen, keinen Termindruck.

Die Liebe der königlichen Familie zu Balmoral geht auf Queen Victoria und auf ihren Mann Albert zurück. Der gebürtige Prinz von Sachsen-Coburg-Gotha hatte sich in dieser Landschaft immer besonders wohl gefühlt, weil sie ihn an das heimatliche Thüringen erinnerte. Er war es auch, der das damalige alte Schloss abreißen und durch ein geräumigeres mit schönerem Blick ersetzen ließ. »Es war so still, so einsam«, vertraute Victoria ihrem Tagebuch an. »Es tat einem gut, herumzuschauen, und die reine Höhenluft war äußerst erfrischend. Alles schien Freiheit und Frieden zu atmen und einen die Welt und ihre traurigen Wirren vergessen zu lassen.«

»Im Grunde ihres Herzens ist sie eine Gutsfrau.« Die Queen, hier bei der königlichen Pferdeschau auf Schloss Windsor, ist in Fragen der Pferdezucht genauso bewandert wie in Staatsgeschäften.

Die Liebe ihrer Ururenkelin zu Balmoral reicht möglicherweise noch tiefer. Denn diejenigen, die sie gut kennen, sagen immer wieder, dass Elizabeth II. im Grunde ihres Herzens eine Gutsfrau ist, dass dies das Leben gewesen wäre, das sie eigentlich hätte führen mögen – ein Wunsch, den die jugendliche Prinzessin sogar einmal in einem Schulaufsatz niedergeschrieben hat: ein Leben auf dem Lande mit vielen Kindern, Hunden und Pferden. Ihr Biograph Robert Lacey bestätigt das. »Sie ist eine Landfrau. Wenn ich ihre Freunde interviewe, bin ich immer wieder auf Landstraßen unterwegs. Und wenn ich dann um die Ecke biege, stehe ich oft vor einem kleinen Bauernhof oder

Sie amüsieren sich königlich – die Queen, Prinz Charles und Prinz William bei den Hochlandspielen in Braemar. Neben Tanz und Musik gehören u.a. auch sportliche Disziplinen wie Baumstammwerfen, Kugelstoßen, Tauziehen und Sackhüpfen zu dem Wettbewerb.

vor einem Sommerhaus – jedenfalls nichts Großartigem. Meine Gesprächspartner tragen Tweedjacken, braune Hosen und haben auf dem Regal einen trockenen Sherry stehen. Das sind keine smarten Leute, wie die Freunde von Prinz Charles, sie fahren nicht BMW und haben keine Autokennzeichen mit ihren Initialen. Die Königin lebt sehr bescheiden. Ihre größte Freude sind die Pferde – und die Hunde, die eines der großen Rätsel ihrer Herrschaft sind: dass sie sich so viel mit diesen übellaunigen kleinen Biestern, den Corgis, abgibt. Vielleicht kann man da ja noch einen Schlüssel für das Geheimnis entdecken, was sie wirklich antreibt.«

Ein ganz normales Ehepaar – der Herzog von Edinburgh und Königin Elizabeth privat, ohne protokollarische Vorschriften.

Öffentlich zu sehen bekommt man Elizabeth II. während der Ferien in Schottland in der Regel nur einmal, und zwar bei den »Braemar Gatherings«. Ursprünglich handelte es sich dabei um eine Zusammenkunft der schottischen Clans, bei der die härtesten Soldaten und die flinkesten Boten ermittelt wurden. Inzwischen hat sich diese Veranstaltung zu einem Wettbewerb der örtlichen Athleten, Dudelsackpfeifer und Volkstanzgruppen entwickelt.

Selten erlebt man die Queen im Jahresablauf so gelöst wie bei dieser Veranstaltung, wo die Pflichten, die sie als Schirmherrin des Wettbewerbs zu erfüllen hat, denen ihrer eigenen Neigungen sehr ähnlich sind. So überrascht es auch nicht, dass die Königin bei den Menschen in Braemar, die sie Jahr für Jahr von Angesicht zu Angesicht erleben, einen Stein im Brett hat.

Aber wie ist es mit ihrem Ansehen im Vereinigten Königreich ganz allgemein bestellt, nach fünf Jahrzehnten auf dem Thron? »Vor kurzem hieß es, die Königin erreiche bei Meinungsumfragen eine Quote von 75 % Zustimmung«, antwortet Professor Ben Pimlott, Politikwissenschaftler und Queen-Biograph, auf diese Frage. »Das wäre für einen Präsidenten nach fünf Jahren Amtszeit ein sehr bemerkenswertes Ergebnis. Aber natürlich erst recht für jemanden mit 50 Jahren Amtszeit. Insofern hat sich die Popularität der Queen erstaunlich gut gehalten, wenn sie natürlich auch nicht mit der Begeisterung zu vergleichen ist, die 1947 bei der Hochzeit oder 1953 bei der Krönung herrschte. Vielleicht sollte man auch statt von Popularität eher von Respekt sprechen. Respekt für eine Persönlichkeit, die sich so gibt, wie sie ist, und nichts anderes vorgibt. Die nicht so tut, als mache ihr etwas Spaß, wenn es ihr keinen Spaß macht. Die keine falschen Gefühle zur Schau stellt.«

»God bless America«

Die Terroranschläge in den USA am 11. September 2001 brachten auch den sorgfältig geplanten königlichen Kalender durcheinander. Die Queen unterbrach ihren Urlaub, um am 14. September in einem Gottesdienst in der Londoner St. Paul's Kathedrale der Opfer der Anschläge zu gedenken. Dass es zwischen dem Vereinigten Königreich und den USA besonders enge Beziehungen gibt, wurde bei dieser Trauerfeier noch einmal besonders deutlich. Viele Briten trauerten um ihre Angehörigen, die den Terrorakten zum Opfer gefallen waren, viele Geschäftsleute der City of London um ihre New Yorker Partner, mit denen sie täglich Kontakt hatten. Auch Elizabeth II. hat sich in der langen Reihe der Präsidenten, die sie von Harry S. Truman bis George W. Bush während ihrer Herrschaft schon erlebt hat, einigen der amerikanischen Staatsoberhäupter besonders eng verbunden gefühlt. Es hatte etwas sehr Bewegendes, als die Anwesenden zu Beginn des Gottesdienstes spontan die amerikanische Nationalhymne sangen – allen voran die Queen.

Am 14. September 2001 fand in London ein Gedenkgottesdienst für die Opfer der Terroranschläge in den USA statt. Auf diesem Bild verlässt die Königin in Begleitung des US-Botschafters in Großbritannien, William Farish, die St. Paul's Kathedrale.

Eigentlich hatten die Königin und der Herzog von Edinburgh Anfang Oktober nach Australien reisen wollen, um dort unter anderem an dem Treffen der Staats- und Regierungschefs des Commonwealth teilzunehmen. Aber angesichts der New Yorker Ereignisse wurde die Konferenz verschoben, weshalb auch die Australienreise in diesem Jahr entfiel.

Eine unfreiwillige, aber vielleicht gar nicht ganz ungelegene Möglichkeit zur Atempause angesichts des randvollen Kalenders für das folgende Jahr, in dem die Queen ihr goldenes Thronjubiläum feiert – ein Fest, das ihr bei ihrer Geburt wahrlich nicht in die Wiege gelegt war. Denn als die kleine Elizabeth am 21. April 1926 auf die Welt kam, ahnte niemand, dass sie eines Tages Königin von England werden würde.

Prinzessin Lilibet

Prinzessin Elizabeth im Jahr 1926 auf dem Schoße ihrer Mutter, der Herzogin von York. Noch ahnte niemand, dass sie einmal den britischen Thron besteigen wird.

Am 6. Mai 1935, dem Tag des silbernen Thronjubiläums ihrer Großeltern König George V. und Königin Mary, durften auch die neunjährige Elizabeth und ihre vier Jahre jüngere Schwester Margaret dem Volk zuwinken.

Der 6. Mai 1935 war ein stolzer Tag in der Geschichte Großbritanniens: Das Königspaar feierte sein silbernes Thronjubliäum. König George V. und seine Frau Queen Mary fuhren vom Buckingham Palast zu einem Dankgottesdienst in der St. Paul's Kathedrale. Der Monarch war in all den Jahren kein Freund von großen Auftritten gewesen. Er war ein stiller Arbeiter, am liebsten nur umgeben von seiner Familie und engen Freunden. »Ich hatte keine Ahnung, dass sie mich so schätzen«, sagte er an diesem Tag, als er den Jubel des Volkes hörte. »Ich könnte fast glauben, dass sie mich so mögen, wie ich bin.«

Gesundheitlich war der inzwischen fast 70-Jährige ein wenig angeschlagen, doch hatte er große Freude an seinen Enkelkindern. Besondere Zuneigung empfand er von Beginn an zu Elizabeth, der ältesten Tochter seines zweiten Sohnes Albert, des Herzogs von York. Schon im Alter von drei Jahren hatte er ihr ein eigenes Pony geschenkt. Prinzessin Elizabeth war am Tag seines silbernen Thronjubiläums neun Jahre alt und ihre Schwester Margaret vier. Wenn die Eltern der beiden Mädchen auf Reisen gehen mussten,

nahmen die Großeltern ihre Enkeltöchter im Buckingham Palast auf und kümmerten sich um sie. Elizabeth ihrerseits liebte die Besuche bei ihrem Großvater, den sie aufheiterte, wenn es ihm nicht so gut ging.

Am Ehrentag Georges V. durften die Enkelinnen das Königspaar auf den Balkon des Buckingham Palastes begleiten. Dass Prinzessin Elizabeth dort selbst eines Tages als Königin stehen würde, war damals noch nicht abzusehen. Trotzdem interessierte sich die Bevölkerung vom ersten Tage an für die kleine Tochter des Prinzen Albert, die bereits im Alter von elf Monaten in der britischen Wochenschau »Movietone« gezeigt wurde. Die Öffentlichkeit gewann seinerzeit rasch den Eindruck einer sehr glücklichen Familie, der sich noch verstärkte, als die Herzogin von York 1930 die kleine Schwester Margaret Rose zur Welt brachte.

Tatsächlich verbrachte Elizabeth, die von allen Familienangehörigen nur »Lilibet« gerufen wurde, was man eine »sorglose Kindheit« nennt. Im Hause der Yorks am Piccadilly herrschte sogar ein besonders

Nach der Taufe von Prinzessin Elizabeth posierte die britische Königsfamilie 1926 in London für ein Foto.

Schon früh entdeckte die kleine Elizabeth ihre Liebe zu den Pferden. Hier steht die Siebenjährige neben einem Pony, auf dem ihre Schwester Margaret sitzt.

liebevoller Umgang zwischen den Eltern und ihren beiden kleinen Töchtern. So gehörte es zu ihren eingespielten Ritualen, dass die beiden Prinzessinnen ihre Eltern allmorgendlich in deren Schlafzimmer aufsuchten, um ihnen einen guten Morgen zu wünschen und ein wenig zu plaudern. Die damalige Gouvernante, Miss Marion Crawford, spricht in ihren Memoiren sogar von täglichem »Highlife« im elterlichen Schlafgemach. Am Abend wiederum kamen Vater und Mutter zu den Kindern, um mit ihnen gemeinsam den Tag fröhlich zu beschließen. Miss Crawford, die innerhalb der Familie »Crawfie« genannt wurde, berichtet, dass »nichts geduldet wurde, was diese familiären Zusammenkünfte hätte stören können«.

Offenbar ließ sich der Herzog von York zwischen der Erfüllung seiner Pflichten viel Zeit für die Familie und private Freuden. Er war häufig zum Mittagessen zu Hause, beschäftigte sich gern im Garten, spielte Verstecken mit den Kindern und gab ihnen die ersten Reitstunden. Als später der königliche Reitlehrer Horace Smith den Unterricht übernahm, brachte er

Auch wenn Elizabeth vier Jahre älter war als Margaret, hatten die beiden Schwestern in der Kindheit ein sehr inniges Verhältnis.

Die siebenjährige Prinzessin Elizabeth vor ihrem Kinderhaus im Park von Windsor, das ihr die walisische Bevölkerung zum Geburtstag geschenkt hatte.

Elizabeth war nicht nur ein hübsches, sondern auch sehr sportliches Mädchen, wie dieses bei einem Schwimmwettbewerb entstandene Foto zeigt.

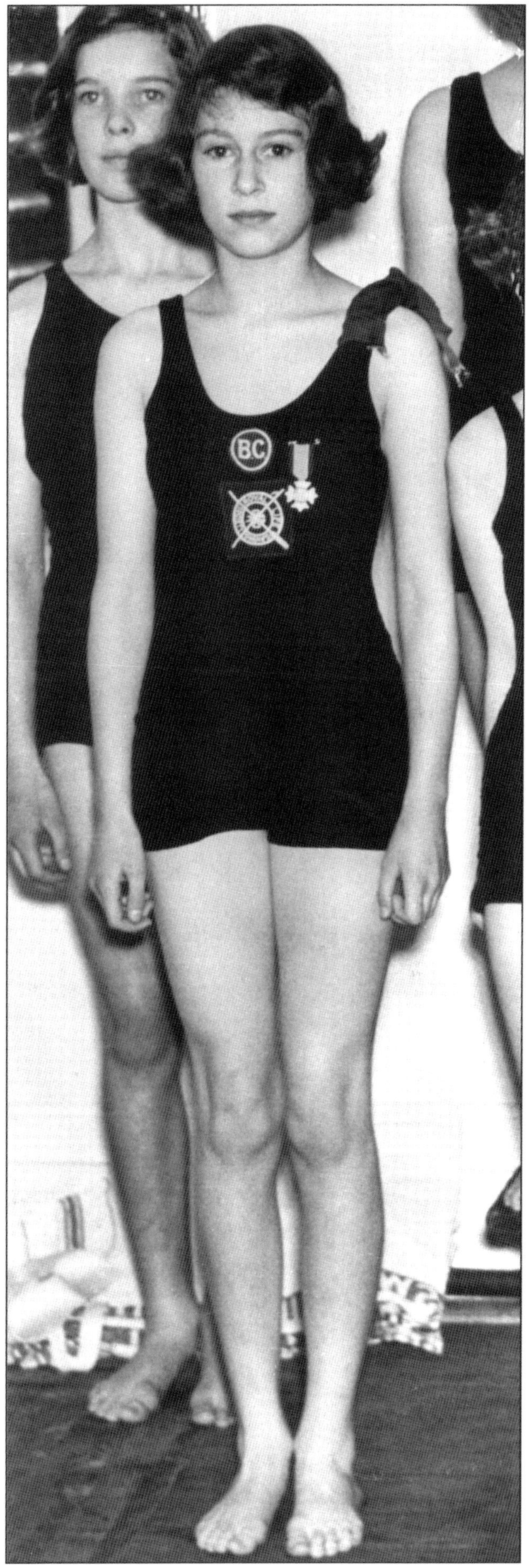

den Mädchen auch alles bei, was man über die Pflege und Aufzucht von Pferden wissen muss. Schon in jungen Jahren zeigte Elizabeth ein überaus großes Interesse an jenen Tieren, die später zu ihrer Leidenschaft werden sollten. Einstweilen begann sie eine Sammlung von Pferden aller Art anzulegen – aus Holz, Porzellan und Marmor, aus Stoff und auch Metall, kurz, aus jedem denkbaren Material. Und zu den bevorzugten Spielen der Schwestern gehörte das »Pferd-und-Wagen-Spiel», wobei mal die Gouvernante und mal Elizabeth die Rolle des Vierbeiners übernahm. An manchen Tagen zogen es die beiden York-Töchter jedoch vor, in ihrem Haus 145 Piccadilly stundenlang am Fenster zu sitzen und alle vorbeiziehenden Pferde, die damals zum normalen Straßenbild gehörten, zu beobachten und zu kommentieren.

Auch an Hunden fehlte es nicht im Haushalt der Yorks. Und obgleich die Zuneigung zu den Corgis nicht ganz so heftig war wie die Liebe zu den Pferden, berichtete die Presse immer wieder gerne darüber und veröffentlichte mehrfach Fotografien von den reizenden Prinzessinnen mit den Schoßhunden der Mutter.

In Zusammenhang damit scheint der Verdacht nicht unbegründet, dass die intensive Beschäftigung mit Tieren den fehlenden Umgang mit anderen Kindern ersetzen musste. Weder Elizabeth noch Margaret besuchten eine Schule, wo sie Gelegenheit gehabt hätten, mit Gleichaltrigen zusammenzutreffen und Freunde zu gewinnen. Andererseits entwickelte sich ein sehr enges, vertrauensvolles Verhältnis zwischen den Schwestern, das auf vielen Bildern augenfällig wird, obwohl sie im Alter immerhin vier Jahre auseinander lagen.

Die harmonische Beziehung der beiden kam besonders beim gemeinsamen Spielen in ihrem »Kinderhaus« zum Ausdruck: Es war ein begehbares Miniatur-Bauernhaus mit Reetdach, das die Bevölkerung von Wales Prinzessin Elizabeth zu ihrem sechsten Geburtstag geschenkt hatte. Trotz aller Existenznöte, unter denen die Arbeiter dieser Region damals litten, bauten sie das Haus mit aller Sorgfalt möglichst naturgetreu und statteten es mit allen nur denkbaren Finessen aus, bis hin zu einem Porträt der Herzogin im Esszimmer, einem winzigen Radio, elektrischem Licht mit echten kleinen Glühbirnen, einer kompletten Küche im passenden Maßstab und einem Badezimmer. Alle Materialien, aus denen die einzelnen Teile gefertigt waren, stammten aus Wales. Dahinter stand der Gedanke, die Prinzessinnen mit den Lebensumständen der Tausenden von Kindern bekannt zu machen, die in solchen Häusern wirklich wohnten. Und bis zu einem gewissen Grad sind sie diesem für sie so fremden Leben auch tatsächlich näher gekommen. Das kleine Gebäude, das man im großen Park von Windsor aufgebaut hatte, war lange Zeit ein sehr beliebter Aufenthaltsort der Schwestern. Die beiden probten darin den Alltag von »normalen« Leuten: Sie kochten selbst, aßen und spielten in der rustikalen Miniatureinrichtung, aber vor allem fegten und putzten sie immer wieder voller Begeisterung ihre kleine Wohnung. Die verantwortungsvolle Elizabeth wird dabei – wie sie es sehr häufig tat – die führende Rolle übernommen haben.

Die Herzogin von York hatte von Anfang an großen Wert darauf gelegt, dass beide Töchter von früh an lernten, sich »gut zu benehmen«. Selbst kleine Schnitzer wurden sofort sanft, aber unmissverständlich korrigiert. Später sorgte die Mutter dafür, dass sie Unterricht in Französisch und Geschichte erhielten. An eine systematische königliche Erziehung für Elizabeth dachte jedoch lange Zeit niemand. Dazu gab es auch keinerlei Anlass, denn schließlich sollte nicht ihr eigener Vater einmal König werden, sondern der Onkel. Und dessen Kinder wiederum würden in der Thronfolge vor Elizabeth rangieren. Der Queen-Biograph Ben Pimlott meint dazu: »Ich glaube, dass die damalige Prinzessin Elizabeth wie viele Angehörige der englischen Aristokratie heranwuchs. Man erwartete

Elizabeths Onkel dankte als Edward VIII. im Dezember 1936 ab, um seine große Liebe, die geschiedene Amerikanerin Wallis Simpson, heiraten zu können. Mit dem Titel Herzog von Windsor versehen, ging er kurz darauf ins Ausland.

damals noch, dass der Prince of Wales heiraten und selbst Kinder haben würde. Ihre Mutter, die Herzogin von York, war als schottische Aristokratin mit Hunden und Pferden aufgewachsen und in jungen Jahren als Debütantin bei Hofe präsentiert worden. So ähnlich erging es auch den Prinzessinnen Elizabeth und Margaret. Sie wurden praktisch als Landfrauen der englischen Oberschicht erzogen. Eine großartige akademische Bildung hielt man nicht für notwendig. Es wäre interessant, die heutige Königin mit ihren zwei wichtigsten Vorgängerinnen, Königin Elizabeth im 17. Jahrhundert und Königin Victoria im 19. Jahrhundert, zu vergleichen. Beide waren hochgebildet und sehr ernsthaft auf ihre Aufgabe vorbereitet worden. Im Unterschied dazu hatte die heutige Queen eigentlich nur eine Gouvernante als Lehrerin, die noch dazu selbst nicht besonders gebildet war.«

1939 besuchten die Schwestern noch einmal ihr altes Haus 145 Piccadilly, in dem sie glückliche Kinderjahre verbracht hatten. In dem kleinen Bett schliefen später auch die Kinder der Queen.

Die Tochter des Königs

Im Jahr 1936, in dem Prinzessin Elizabeth zehn wurde, fielen Schatten auf die bis dahin sorglose Kindheit. Im Januar starb der Großvater, König George V., der so viel Freude an seiner Enkelin gehabt hatte. Aber das Haus schien gut bestellt zu sein. Gemäß der traditionellen Devise »Der König ist tot – es lebe der König« trat der Prince of Wales als Edward VIII. die Nachfolge an. Die britische Wochenschau porträtierte den neuen König als »die bekannteste Persönlichkeit der Welt« und zeigte Bilder von seinen Reisen rings um den Globus. In politischen wie wirtschaftlichen Fragen gebe es kaum jemand, der besser informiert sei. Auch als Pilot wurde der neue König vorgestellt – kurzum: ein moderner Monarch.

Indessen, mit der Wahl der Frau an seiner Seite verhielt er sich moderner, als die Zeit es ihm erlaubte. Edward VIII. hatte auf einer seiner Reisen seine große Liebe kennen gelernt, die er auch heiraten und zur Königin machen wollte. Dass die Auserkorene aus den USA stammte, störte nicht so sehr, auch dass sie eine Bürgerliche war, mochte noch hingehen, schockierend aber wirkte der Umstand, dass sie bereits einmal geschieden war und sich gerade zum zweiten Mal scheiden lassen wollte, um den König heiraten zu können.

Die sonst so klatschsüchtige britische Presse bewahrte mustergültig Diskretion – selbst als im Mai der Name Mrs. Wallis Warfield Simpson in der offiziellen Gästeliste eines Dinners im Buckingham Palast auftauchte und wenig später der König in Begleitung seiner amerikanischen Herzensdame zu einem Teebesuch bei seinem Bruder Albert und dessen Frau Elizabeth am Piccadilly erschien. Doch hinter den Kulissen jagte nun eine vertrauliche Beratung die andere. Den politischen Gremien stand eine äußerst schwierige Entscheidung bevor, die in allen Facetten und hinsichtlich aller Folgen geprüft werden musste.

Der Krönungstermin war schon festgesetzt, als Premierminister Stanley Baldwin im Dezember den schweren Gang zum Buckingham Palast antrat und dem König unter Wahrung aller Formen bedeutete, dass Parlament, Nation und Commonwealth eine zweimal geschiedene Frau als Königin von England nicht akzeptieren könnten. Vor die Wahl »Herz oder Krone« gestellt, dankte Edward VIII. am 10. Dezember ab und erklärte zwei Tage später in einer Rundfunkansprache: »Sie müssen mir glauben, dass es mir unmöglich ist, als König meine Pflichten zu erfüllen ohne die Hilfe und Unterstützung der Frau, die ich liebe.« Mit einer Apanage und dem Titel Herzog von Windsor abgefunden, ging er alsbald ins Ausland.

»Was die Abdankung bedeutete, wurde Prinzessin Elizabeth erst klar, als alles vorbei war«, lautet die Einschätzung des Queen-Biographen Robert Lacey. »Von dem eigentlichen Ereignis hat sie mit zehn Jahren ja nicht viel mitbekommen.« Die Biographin Elizabeth Langford berichtet, sie sei von ihrer jüngeren Schwester gefragt worden: »Bedeutet das, dass du die nächste Königin werden musst?« Elizabeth habe darauf gelassen geantwortet: »Ja, eines Tages.« Darauf Margaret bedauernd: »Du armes Ding.«

Ihre ersten Reitstunden erhielt Elizabeth von ihrem Vater. Später brachte ihr der königliche Reitlehrer Horace Smith alles bei, was man über die Aufzucht und Pflege von Pferden wissen muss.

Selbstverständlich änderte sich das bislang vergleichsweise beschauliche Leben. Zunächst einmal musste die Familie umziehen – von dem väterlichen Wohnhaus am Piccadilly in den Buckingham Palast. Dieser lag nicht weit entfernt, häufig genug waren die Mädchen hinübergegangen, um ihre Großeltern zu besuchen und im Garten zu spielen. Nun wurde dort ihr künftiges Wohnquartier in aller Eile umgerüstet. Elizabeths Spielzeugpferd-Sammlung bekam einen neuen Platz, und ein Zimmer mit Aussicht auf den Palastgarten wurde zum Unterrichtsraum.

Elizabeths Eltern legten großen Wert darauf, möglichst viel Zeit mit ihren Töchtern zu verbringen.

Mit dem Umzug ging freilich auch eine Veränderung des familiären Lebensstils einher. In das Haus am Piccadilly waren nur wenige Besucher gekommen, zumeist Freunde der Familie. Im Palast dagegen musste der König laufend offizielle Besucher empfangen oder an Veranstaltungen teilnehmen. Auch die Königin war ständig beschäftigt. Außerdem schoben sich unablässig Neugierige an den Palastgittern entlang, um einen Blick auf die Königsfamilie zu erhaschen. Aus der Anfangszeit im neuen Zuhause weiß Ben Pimlott eine amüsante Anekdote zu berichten: Irgendwann bemerkte Prinzessin Elizabeth, dass der Wachposten sein Gewehr präsentierte, wenn sie an ihm vorüberging. Nachdem sie das entdeckt hatte,

Am 12. Mai 1937 wurde Elizabeths Vater, George VI., gekrönt.

Die königliche Familie nach der Krönung von König George VI.

Elizabeth mit ihrer Mutter auf dem Balkon

habe sie es nicht lassen können, immer wieder umzukehren und nochmals an ihm vorbeizugehen, um den Gruß wiederholt zu sehen.

Die Abdankung von Edward VIII. war nach Meinung von Robert Lacey auch mit entscheidenden Lehren für seine Nachfolger verbunden. »Hier hatte ein Mann seinen privaten Gefühlen den Vorrang eingeräumt vor einer öffentlichen Aufgabe. Hier war ein Mann in der Familie gescholten worden, weil er seine Hausaufgaben nicht machte. Denn was die Regierung an Edward VIII. wirklich ärgerte, war, dass er seine Akten nicht bearbeitete. Und wenn sie dann irgendwann zurückkamen, trugen sie Ringe von Cocktailgläsern. Er hatte offenbar die Staatspapiere einfach herumliegen lassen. Wenn die Königin später eines ausgezeichnet hat, war es ihre prompte und präzise Erledigung aller Papiere. Autoren, die der Königin ihre Manuskripte zur Durchsicht geschickt haben, wissen zu berichten, dass sie ihre Arbeiten innerhalb von ein, zwei Tagen zurückerhielten, auf das Sorgfältigste bearbeitet. In dieser Beziehung ist sie das genaue Gegenteil von Edward. Außerdem hat sie damals natürlich gelernt, was ein konstitutioneller Monarch überhaupt ist.«

An dem Tag, an dem eigentlich Edward VIII. in der Westminster Abbey gekrönt werden sollte, präsentierte sich nun dessen jüngerer Bruder Albert als König George VI. den jubelnden Londonern. Spätestens in diesem Augenblick, als Prinzessin Elizabeth den Vater im Schmuck der St. Edward's Krone, der zwei Zepter und des Krönungsgewandes erblickte, dürfte ihr bewusst geworden sein, dass eines Tages vielleicht sie selbst seinen Platz einnehmen könnte. Sie verfolgte die Zeremonie mit großer Aufmerksamkeit und achtete mit stets präsentem Verantwortungsgefühl gleichzeitig noch darauf, dass sich die kleine Margaret auch gut benahm. »Ich musste sie nur ein- oder zweimal anstoßen, als sie zu laut mit dem Programmheft spielte«, erinnerte sie sich später.

In der Königlichen Bibliothek wird ein Essay aufbewahrt, den Elizabeth gleich nach dem Ereignis mit Bleistift auf liniertem Papier geschrieben und »Mummy« und »Papa« gewidmet hat. Darin schildert sie aus ihrer Sicht den aufregenden Tag der Krönung, der damit begann, dass die Kinder frühmorgens von einer Marinekapelle geweckt wurden, sich anzogen und der Mutter präsentierten. Anschließend fuhren sie mit drei Tanten zur Westminster Abbey. »Dann begann der Gottesdienst. Ich fand das alles ganz, ganz wundervoll, und ich nehme an, das tat auch die ganze Abtei. Die Bögen und Querbalken waren überzogen mit einem ganz wundersamen Schimmer, als Papa gekrönt wurde, wenigstens erschien es mir so. Als Mummy gekrönt wurde und alle adligen Frauen ihre Krönchen aufsetzten, sah es so zauberhaft aus. Auch die Musik war so herrlich, und die Kapelle, das Orchester und die neue Orgel, sie alle klangen ganz wunderschön …«

Ganz offenbar war die Tochter des neuen Königs tief beeindruckt von der weihevollen Zeremonie. Doch gegen Ende wurde der Gottesdienst ziemlich langweilig, weil er aus einer langen Reihe verschiedener Gebete bestand: »Großmutter und ich sahen nach, wie viele Seiten noch kamen; schließlich schlug ich noch ein Blatt um und deutete dann auf das Wort am Ende der Seite: es hieß ›Finis‹. Wir lächelten uns an und wandten uns dann wieder dem Gottesdienst zu.«

Anschließend wird der Weg, den der Krönungszug von der Abtei zum Palast nahm, beschrieben und die Begeisterung von Tausenden, als die Königsfamilie auf dem Balkon erschien. Es war ein sehr bewegendes Erlebnis und gleichzeitig ein äußerst anstrengender Tag für die damals elfjährige Prinzessin. Sie

Schon früh war Elizabeth daran gewöhnt, dass ihre Auftritte in der Öffentlichkeit großen Zulauf fanden. Hier besucht sie in Begleitung ihrer Mutter ein Konzert für Kinder anlässlich der Krönung von George VI.

Hüte begleiten ihr Leben: Elizabeth und ihre Familie auf dem Weg zur Hochzeit einer Verwandten der Mutter in St. Margaret's, Westminster im Jahr 1938.

bedauert in diesem Dokument, dass man sich erst um sechs Uhr zum Tee versammeln konnte, und fährt fort: »Als ich ins Bett ging, schmerzten meine Beine schrecklich. Sobald mein Kopf das Kissen berührte, schlief ich ein und wachte erst kurz vor acht Uhr am nächsten Morgen wieder auf.«

Rückblickend stimmen die Historiker darin überein, dass George VI. – obwohl eigentlich nicht für das hohe Amt vorbereitet – seinem Land auch in schweren Zeiten ein guter König gewesen war. Dies hatte er vor allem seiner Frau zu verdanken, die ihm half, die angeborene Schüchternheit und seinen kleinen Sprachfehler zu überwinden, und bereit war, die Bürde der Krone mit ihm zu teilen. Dessen ist sich offenbar auch heute die ganze Nation bewusst, denn anders lässt sich kaum die große Sympathie erklären, die ihr – als Königinmutter ebenso burschikos wie zärtlich »Queen Mum« genannt – nach wie vor entgegengebracht wird.

Trotz des Bemühens der Eltern, die Kinder unbeschwert heranwachsen zu lassen, veränderte sich der Alltag von »Lilibet« ganz allmählich. So wurde sie schon wenig später bei einem Pony-Wettbewerb, den sie gemeinsam mit Margaret besuchte, zum ersten Mal gebeten, einige Preise zu überreichen – eine Aufgabe, die sie für den Rest ihres Lebens begleiten sollte. Für die Eltern aber wurde die Frage immer dringender, was man tun könnte, um die beiden Schwestern mit anderen Kindern zusammenzubringen. Schließlich entschloss man sich, im Buckingham Palast eine Pfadfindergruppe zu gründen, der Töchter von Freunden und Hofbeamten angehörten. Darunter waren viele, die wie Elizabeth und Margaret nur Privatunterricht bei einer Gouvernante genossen, aber auch manche, die öffentliche Schulen besuchten. Im Sommer fanden die Zusammenkünfte im Park statt, und im Winter traf man sich im Inneren des Palastes, wo man in den langen Korridoren wunderbar das Signalisieren üben konnte.

Die Vorgesetzte der beiden Prinzessinnen bei den Pfadfindern war damals Countess Patricia Mountbatten, eine entfernte Cousine von Elizabeth und ihre Spielgefährtin von Kindesbeinen an. »Ich hatte ganz schönen Respekt vor dir«, hat die Königin der zwei Jahre älteren Patricia später anvertraut. Diese hat ihrerseits ebenfalls nur gute Erinnerungen an diese Zeit: »Ich glaube, Prinzessin Elizabeth hat immer sehr in sich geruht. Sie war ein sehr nettes Kind, jemand, mit dem es Spaß machte, zusammen zu sein. Was die Pfadfindergruppe im Buckingham Palast angeht: Das war für sie eine Gelegenheit, eine Reihe von Altersgefährtinnen zu treffen und mit ihnen gemeinsam etwas zu unternehmen. Damit meine ich, dass man sich nicht nur sah, sondern wie jede andere Pfadfindergruppe eben auch etwas organisierte. Das hat ihr später sicher sehr geholfen.«

Liebe auf den ersten Blick

Im Juli 1939 reisten der König und seine Familie an Bord der Königlichen Jacht *Britannia* nach Dartmouth in Devon, wo George VI. einmal Kadett an der Königlichen Marine-Akademie gewesen war. Dort traf er auch einen ehemaligen Mitkadetten, seinen Vetter Lord Louis Mountbatten, den Vater von Countess Patricia.

Was als ein fröhlicher Familienausflug geplant war, ging später als ein historisches Datum in die Geschichte des Hauses Windsor ein. Nach einem Defilee der Kadetten fanden Vorführungen in der Turnhalle statt. Einer vor allen anderen hat es der 13-jährigen Prinzessin Elizabeth damals angetan: Ein 18-jähriger Griechenprinz namens Philip. Elizabeth verliebte sich Hals über Kopf in ihn.

Es ist immer wieder behauptet worden, dass Lord Louis Mountbatten, der ein Onkel von Prinz Philip war, die Verbindung seines Neffen mit Elizabeth aktiv vorangetrieben hätte, möglicherweise auch in der Erwartung, dass der Name Mountbatten bei einer Ehe den Namen Windsor ablösen könnte. Countess Patricia jedoch schätzt die Rolle ihres Vaters etwas anders ein: »Er kannte Prinzessin Elizabeth in ihren Teenagerjahren, und ich glaube, er hat sehr schnell gesehen, dass sich Elizabeth schon sehr früh in Philip

Prinz Philip von Griechenland besuchte das Internat von Gordonstoun in Schottland. Dieses Bild zeigt den 15-Jährigen als Schildwache in einer Hamlet-Aufführung.

verliebt hatte. Wahrscheinlich hat er dann gedacht, das könnte eine sehr glückliche Antwort auf eine sehr schwierige Frage sein, die sich in der Zukunft stellen würde – nämlich: Wen soll sie eines Tages heiraten? In diesem Sinne hat er bestimmt geglaubt, es sei eine gute Lösung, wenn sich beide so sehr mögen.«

Man kann sich nur schwer vorstellen, dass der König und die Königin die Überlegungen des Vetters Louis Mountbatten kannten, noch weniger, dass sie mit ihnen übereingestimmt hätten, auch wenn sie sich wahrscheinlich früh Gedanken über die Zukunft und das Glück ihrer Tochter machten. Sicher, der junge Mann stammte aus bestem Hause, war intelligent und sah zudem noch außerordentlich gut aus. Doch sein Leben war bis dahin in reichlich unruhigen Bahnen verlaufen. Sein Vater, der griechische Prinz Albert, musste 1922 unter dramatischen Umständen seine Heimat verlassen und ging mit seiner Frau, vier Töchtern und dem nicht einmal zwei Jahre alten Sohn Philip ins Exil nach Paris. Doch die bisher an ein ganz anderes Leben gewöhnte Gattin konnte das Leben in einem relativ einfachen Landhaus in der Nähe von St. Cloud mit den vielen Kindern psychisch nicht verkraften. Und jeder ihrer Sanatoriumsaufenthalte bedeutete für den kleinen Sohn den Umzug zu immer wieder anderen Verwandten.

Als der griechische Prinz neun Jahre alt war, wurde die Ehe der Eltern geschieden, und wenig später kam Philip nach Salem in die berühmte Schule von Kurt Hahn. Dort genoss er zwar die Fürsorge einer seiner Schwestern, die alle deutsche Prinzen geheiratet hatten, doch schon wenig später, nach dem Aufstieg der Nationalsozialisten 1933, stand ihm ein weiterer einschneidender Wechsel bevor: Er verließ Salem mit Kurt Hahn, der nach Schottland emigrierte, um dort das berühmte, aber wegen seiner strengen Erziehungsmethoden nicht ganz unumstrittene Internat von Gordonstoun zu gründen. Hier verbrachte der Griechenprinz die letzten Schuljahre, und in Anbetracht seiner späteren Entscheidung, auch den Sohn Charles dorthin zu schicken, muss man annehmen, dass er sich in dieser Institution gar nicht so unwohl gefühlt hat.

Das Ende dieser Periode lag noch nicht lange hinter ihm, als er im Juli 1939 mit der königlichen Familie zusammentraf. Doch nur zwei Monate darauf änderte sich das Leben für alle ganz gravierend.

Kriegszeiten

Am 1. September 1939 marschierten deutsche Truppen in Polen ein. Am Sonntag, dem 3. September, liefen die Ultimaten ab, die England und Frankreich Hitler gestellt hatten. Damit befand sich Großbritannien im Krieg, und im folgenden Jahr begannen die deutschen Bombenangriffe auf London. Da es sich das Königspaar zur Gewohnheit machte, nach Beendigung des Alarms die am schlimmsten betroffenen Stadtteile zu besuchen, galten König George VI. und seine Frau schon nach kurzer Zeit als Symbole des Durchhaltewillens der Nation. Auch der Buckingham Palast wurde von deutschen Bomben getroffen – insgesamt neunmal während des Krieges. Die spätere Queen Mum quittierte die Schäden mit erbitterter Genugtuung: »Ich bin froh, dass wir auch etwas abgekriegt haben. Jetzt kann ich doch den Ausgebombten im Eastend besser ins Auge blicken.«

Während König und Königin die Woche über in London waren, hielten sich die Töchter überwiegend außerhalb der Stadt auf Schloss Windsor auf. »Wir gingen dahin für ein Wochenende«, erinnerte sich später Prinzessin Margaret, »und dann blieben wir fünf Jahre.« Trotz vieler Schwierigkeiten scheinen die Schwestern unter dem Ortswechsel nicht allzu sehr gelitten zu haben. Sie liebten das Leben in der Natur, ritten durch den großen Park oder spannten die Ponys vor einen Wagen, um durch Wald und Feld zu kutschieren. Außerdem unternahmen sie viele Radtouren und gingen im Sommer zum Schwimmen. Es störte sie kaum, dass es in mancher Hinsicht an Komfort mangelte und zum Beispiel über dem Esstisch, an dem sie wochentags mit ihrer Gouvernante die Mahlzeiten einnahmen, anstelle eines Kronleuchters eine einsame Glühbirne die Szene erhellte.

An den Wochenenden kamen auch die Eltern nach Windsor. Dort verbrachte die Familie dann fernab von Luftalarm und Bomben in der schönen Parklandschaft zwei mehr oder weniger normale Tage miteinander. Die Idee, die Kinder nach Kanada in Sicherheit zu bringen, wohin viele Söhne und Töchter Londoner Bürger während der Kriegsjahre evakuiert wurden, hatte die Königin mit dem berühmt gewordenen Satz abgelehnt: »Die Prinzessinnen können das Land nicht ohne mich verlassen, ich könnte nie ohne den König gehen, und der König wird natürlich niemals gehen.«

Obwohl es während des Krieges ein wohl gehütetes Geheimnis blieb, an welchem Ort sich Elizabeth und Margaret aufhielten, sorgten die Eltern dafür, dass auch sie einen Beitrag zur Stärkung der Moral im Land leisteten. Wie wäre es, hatte die Kinderstunde der BBC angefragt, wenn Prinzessin Elizabeth im Radio zu den Kindern spräche? So hörten dann Menschen in aller Welt im Oktober 1940 die Stimme der 14-Jährigen, wie sie sich an britische Kinder wandte,

Während des Kriegs besichtigten König George VI. und seine Gemahlin viele der von Bomben getroffenen Londoner Stadtviertel.

Am Wochenende besuchten die Eltern ihre Töchter auf Schloss Windsor, um gemeinsam in der ländlichen Abgeschiedenheit Ruhe zu finden.

die auf dem Lande oder auch in Übersee in Sicherheit gebracht worden waren. »Tausende von euch mussten ihre Elternhäuser verlassen und sich von Vater und Mutter trennen. Meine Schwester Margaret Rose und ich fühlen sehr stark mit euch, weil wir aus eigener Erfahrung wissen, was es bedeutet, von denen getrennt zu sein, die wir am meisten lieben.« Gegen Ende ihrer Ansprache klang Elizabeth optimistisch: »Ein jeder von uns ist davon überzeugt, dass zum Schluss alles wieder gut werden wird. Gott wird für uns sorgen und uns Sieg und Frieden bescheren.« Dann forderte sie ihre Schwester auf, den Kindern draußen an den Radiogeräten mit ihr gemeinsam eine »Gute Nacht« zu wünschen.

Ebenfalls in der Kriegszeit übernahm die Prinzessin ihre erste militärische Aufgabe. Am Tage ihres 16. Geburtstages wurde sie zum Ehrenoberst eines königlichen Garderegiments, der Grenadier Guards, ernannt. Gemeinsam mit dem Vater inspizierte sie an diesem Tag in Windsor die angetretenen Soldaten. Außerdem meldete sich Elizabeth als Freiwillige für militärische Hilfsdienste. Aber davon wollte der König zunächst nichts wissen. Sie sei zu jung, befand er, während sie lieber heute als morgen angefangen hätte. Erst 1944, als sie 18 wurde, gab der Vater endlich nach. Prinzessin Elizabeth wurde als Leutnant bei einer Transporteinheit ausgebildet, lernte LKW-Fahren, Kartenlesen und Motorenkunde. Ob sie bei der Prüfung deshalb gleich zweimal um den Piccadilly Circus in London fuhr, weil sie an ihre frühe Kindheit denken musste und Ausschau hielt nach Häusern, die sie von damals kannte? Durchgefallen jedenfalls ist sie deswegen nicht.

Im Laufe der Jahre mehrten sich die Bitten um öffentliche Auftritte der Prinzessin. Doch zunächst wurden sie jedes Mal abgelehnt. Nur in Begleitung ihrer Eltern durfte die Tochter in der Öffentlichkeit

Wie viele Frauen und Mädchen griffen auch Margaret und Elizabeth während des Krieges zu den Stricknadeln und leisteten damit ihren Beitrag zur Unterstützung all jener, die Not litten.

Elizabeth war glücklich, als sie im Alter von 18 Jahren endlich militärische Hilfsdienste leisten durfte. Zu ihrer Ausbildung als Leutnant bei einer Transporteinheit gehörte auch Motorenkunde.

erscheinen. 1944 wurde auch diese Regel gemildert. Am 23. Mai sprach Elizabeth zum ersten Mal öffentlich auf der Jahrestagung eines Kinderkrankenhauses in Hackney, und im Herbst jenes Jahres nahm sie die Einladung an, die Schiffstaufe des größten Schlachtschiffes vorzunehmen, das jemals in Großbritannien gebaut worden war. Nach der Zeremonie trug sie bei einem Mittagessen sogar noch eine kurze Rede vor. Sehr behutsam wurde sie also in die Rolle eingeführt, die sie später so perfekt ausfüllen sollte.

Der auserkorene Gemahl

Am 8. Mai 1945 war der Zweite Weltkrieg zu Ende. Premierminister Winston Churchill verkündete den »Victory in Europe-Day« (VE-Day), den Tag des Sieges der alliierten Truppen in Europa. Die Bevölkerung Londons feierte auf den Straßen und Plätzen. Achtmal rief die jubelnde Menschenmenge das Königspaar und die beiden Prinzessinnen auf den Balkon des Buckingham Palastes. »Wir wollen den König! Wir wollen den König!«, riefen die Londoner, und auch Churchill ließ sich auf dem Balkon blicken. Später an diesem Tag erhielten die Töchter von den Eltern die Erlaubnis, sich unter das ausgelassene Volk zu mischen. Der Vater wollte ihnen diese besondere Freude gönnen, hatte er doch in seinem Tagebuch notiert: »Die armen Lieblinge, sie haben eigentlich in ihrem ganzen Leben noch keinen Spaß gehabt.«

Die Geschichte von dem Ausflug der beiden Königskinder am VE-Day ist erst Jahrzehnte später herausgekommen. Einer, der dabei war, der Earl of Carnarvon, erinnerte sich später: »Wir waren zwei oder drei junge Offiziere und ihr Detective. Wir bogen von Whitehall ab nach Piccadilly, machten kurz Station im Ritz Hotel und standen dann wieder vor dem Buckingham Palast. Überall herrschte ein unglaubliches Gedränge, die Männer trugen Uniform, viele hatten ein Mädchen untergehakt. Wir entdeckten irgendeinen Hofbeamten, der drinnen Bescheid sagte, dass die beiden Prinzessinnen draußen wären und nun gleich mitrufen würden: ›Wir wollen den König sehen! Wir wollen den König sehen!‹ Und genau das passierte dann: König und Königin erschienen abermals auf dem Balkon. Niemand hat die beiden Prinzessinnen erkannt, niemand wusste etwas von dem Ausflug, bis die Geschichte viele Jahre später

Als am 8. Mai 1945 der Zweite Weltkrieg zu Ende ging, verkündete Premierminister Churchill den »Victory in Europe-Day«. Ganz London feierte auf den Straßen.

Oben: Elizabeth im Damensitz: 1947 begleitete die Prinzessin ihren Vater bei der »Trooping the Colour«-Zeremonie.

Oben rechts: 1947 unternahm die königliche Familie eine Reise nach Südafrika, um dem Regierungschef der Südafrikanischen Union, General Smuts (zweiter von links), für den Beistand während des Krieges zu danken.

Rechts: Von Anfang an hatte König George VI. eine enge Beziehung zu Elizabeth, die einst seine Nachfolge antreten würde.

bekannt wurde. Sie trugen Khaki. Alle konzentrierten sich auf den Balkon und hofften, der König würde sich sehen lassen. Es war ein unglaublicher Abend des Glücks.«

Die Phase des Wiederaufbaus ging für die Königsfamilie mit der Einführung der Töchter in das gesellschaftliche Leben, mit Reisen und auch mit der graduellen Übernahme kleinerer Verpflichtungen durch die Thronfolgerin einher. Und schließlich wurde eine große Seereise der ganzen Familie geplant. Ende Januar 1947 nahm die Vanguard von Portsmouth aus Kurs auf Südafrika, an Bord das Königspaar und die beiden Prinzessinnen. Man wollte das Kap der Guten Hoffnung besuchen, um dem Regierungschef der Südafrikanischen Union, General Smuts, für den Beistand zu danken, den das Land Großbritannien während des Krieges gewährt hatte. Doch für das Unternehmen gab es auch noch einen ganz persönlichen Grund: Die Romanze zwischen Elizabeth und Philip, die 1939 begonnen hatte, hatte den Krieg überdauert, und nun wollten die Eltern ihrer Tochter noch einmal Gelegenheit geben, über ihre Zukunft an der Seite des Auserwählten nachzudenken.

Da es für beide Prinzessinnen das erste Mal war, dass sie den Äquator überquerten, sorgte der Kapitän der *Vanguard* dafür, dass Neptun eine zünftige Taufzeremonie zelebrierte, mit vielen vergnüglichen Einlagen. Aber bei all den Spielen musste Elizabeth ständig an Philip denken. Sein Foto stand auf ihrem Kabinentisch, und sie wurde nicht müde, immer wieder dieselbe Platte aufzulegen, die er ihr mit auf die Reise gegeben hatte: »People will say we're in love«.

Der König wird das nicht ohne Sorgen beobachtet haben, denn er und auch manche seiner Berater waren keineswegs davon überzeugt, dass der griechisch-orthodox getaufte Prinz, der zu jener Zeit noch nicht einmal die britische Staatsangehörigkeit besaß, ein optimaler Prinzgemahl sei. Vielleicht hätte man die formalen Schwierigkeiten leichter überwunden, wenn den jungen Mann nicht auch noch so viele Familienbande mit Deutschland verknüpft hätten und wenn er nicht neben seinem guten Englisch auch ein bisweilen unkonventionelles, etwas barsches Auftreten in Gordonstoun eingeübt hätte. Wusste nicht jeder, dass die Erziehungsziele jener Institution mit ihren Vorstellungen von sozialer Gleichheit erheblich von den in Eton gepflegten Idealen abwichen, die den meisten aristokratischen Familien des Landes selbstverständlich waren? Von Seiten des Königs spielten dabei natürlich auch ein Hauch väterliche Eifersucht eine Rolle und die Wehmut, dass seine geliebte Tochter ihn in Zukunft nicht mehr bei jedem Jagd- und Reitausflug begleiten würde, wie sie es sich angewöhnt und wie sie es beide genossen hatten.

Elizabeth in Begleitung ihrer Hofdame Lady Margaret Seymour auf dem Weg zum Londoner Rathaus, wo ihr die Ehrenbürgerrechte verliehen wurden.

So kam es, dass erst im März 1947 in der *London Gazette* bekannt gegeben werden konnte, dass Leutnant Philip Mountbatten die britische Nationalität gewährt worden sei. Da war die königliche Familie bereits in Südafrika angekommen. Was den offiziellen Teil der Reise angeht, entwickelte sich dieser Besuch zu einem großen Erfolg. Die traditionell guten Beziehungen zwischen der Smuts-Partei und London wurden vertieft. 1947 war von den politischen Gewitterwolken noch nicht viel zu erkennen, die später durch die Apartheidspolitik der Buren ausgelöst wurden und am Ende dazu führten, dass Südafrika aus dem Commonwealth ausgeschlossen wurde.

Allenfalls machte sich der König Gedanken darüber, dass dies wohl die letzte Reise in dieser Zusammensetzung sein würde. Er hätte es lieber gesehen, wenn das harmonische Familienquartett noch eine Weile unverändert zusammengeblieben wäre. Aber Elizabeths Entschluss stand fest: Sie hatte lange genug auf ihren Prinzen gewartet.

Am Tage ihres 21. Geburtstages, am 21. April 1947, hielt sie in Kapstadt eine weltweit beachtete, von Selbstbewusstsein, aber auch Verantwortung geprägte Rundfunkansprache: »Ich erkläre vor Ihnen allen, dass mein ganzes Leben, mag es lang oder kurz sein, dem Dienst an Ihnen und dem Dienst an unserem Commonwealth gewidmet sein wird, dem wir alle angehören. Aber ich werde nicht die Kraft besitzen, diesen Entschluss auszuführen, wenn Sie mir nicht zur Seite stehen, wozu ich Sie jetzt auffordere, damit ich weiß, dass ich jederzeit auf Ihre Unterstützung rechnen kann. Gott helfe mir, mein Gelübde zu erfüllen, und Gott segne alle, die bereit sind, es mit mir zu teilen.«

Bald nach ihrer Rückkehr ins heimatliche London wurde die Verlobung bekannt gegeben. Die Tochter

Das lange Warten hat ein Ende. Am 8. Juni 1947 gab der Buckingham Palast die Verlobung von Prinzessin Elizabeth mit Leutnant Philip Mountbatten bekannt.

hatte sich gegen den hinhaltenden Widerstand des Vaters durchgesetzt. Am 8. Juni 1947 verkündete der Buckingham Palast: »Es geschieht mit größter Freude, dass der König und die Königin die Verlobung ihrer innig geliebten Tochter Prinzessin Elizabeth mit Leutnant Philip Mountbatten, Royal Navy, bekannt geben.« Prinzessin Elizabeth war zu diesem Zeitpunkt 21 Jahre alt, Prinz Philip wurde zwei Tage später 26 Jahre.

Und wenn nun auch immer häufiger der schwarze Sportwagen von Prinz Philip vor dem Palast parkte und zudem im September seine Wandlung zu einem perfekten Engländer durch die förmliche Aufnahme in die anglikanische Kirche vollzogen wurde, war eine gewisse Abneigung gegen die Wahl der Prinzessin in Hofkreisen immer noch nicht überwunden. Die ambivalente Stimmung kennzeichnet eine Szene, die der Biograph Hugo Vickers erzählt: »Während die britische Öffentlichkeit eigentlich nur diesen sehr schönen Marineoffizier sah, bemerkte einmal einer der Hofbeamten boshaft zu ihm: ›Windsor Castle wird Ihnen gefallen, wenn Sie es kennen lernen!‹ Worauf Philip antwortete: ›Danke, meine Mutter ist da geboren worden!‹ Philips Mutter war ja eine Urenkelin von Queen Victoria und in der Tat auf Windsor zur Welt gekommen.«

Die Hochzeit fand am 20. November in der Westminster Abbey statt. Auf dem Trauschein stand Philips neuer Titel: Herzog von Edinburgh. Schon vorher hatte König George VI. seinen Schwiegersohn zum Ritter des Hosenbandordens ernannt, dessen

Am 20. November 1947 schlossen die 21-jährige Prinzessin Elizabeth und der fünf Jahre ältere Prinz Philip von Griechenland den Bund fürs Leben.

Im Anschluss an die Trauung trat das Hochzeitspaar auf den Balkon des Buckingham Palastes. Ganz links steht Prinzessin Margaret, ganz rechts die Brautjungfer Lady Pamela.

Stern der Bräutigam bei der Hochzeit stolz auf der Brust trug. Vettern und Cousinen aus ganz Europa wohnten der Trauung bei, darunter das Königspaar von Dänemark, die Könige von Norwegen und Rumänien, der König und die Königin von Jugoslawien, die Königin der Griechen, die Prinzregentin und Prinz Bernhard der Niederlande, wie auch der irakische König. Nicht geladen hingegen waren die Schwestern des Bräutigams. Sie waren wegen ihrer deutschen Ehemänner 1947 im von Bombenangriffen gezeichneten London noch unerwünscht.

Einige Tage nach der Hochzeit, die Hunderttausende auf den Straßen und Plätzen mitfeierten, erhielt Prinzessin Elizabeth einen Brief von ihrem Vater: »Ich kann sehen, dass Du mit Philip überglücklich bist. Das ist auch richtig so. Aber dass Du uns nicht vergessen mögest, ist der Wunsch Deines Dich liebenden Vaters.« In diesen Worten kommt einmal mehr zum Ausdruck, wie sehr sich George VI. seiner Tochter verbunden fühlte.

Als Brautjungfer nahm Lady Pamela Hicks an der Hochzeit teil. Sie ist die jüngere Schwester von Countess Patricia Mountbatten und eine Cousine von Philip. »Wer im Kriege aufgewachsen war, für den war es natürlich ein Märchen«, erzählt sie. »Am Vorabend der Hochzeit fand ein Ball statt, und ich kann mich daran erinnern, wie schockiert ich war, als Königin Juliana überall herumzog und sagte: ›Wie schmutzig unsere Juwelen sind.‹ Ich fand das alles ganz wundervoll. Ich hatte diese Tiaras und fantastischen Schmuckgebilde noch nie gesehen. Die Hochzeit selbst hat mich natürlich auch sehr bewegt. Ganz

Die Trauungszeremonie in der Westminster Abbey. In den düsteren Nachkriegsjahren war die Hochzeit von Elizabeth und Philip ein „Sonnenstrahl", wie es der damalige Premierminister Winston Churchill ausdrückte.

aufgeregt war ich wegen des Geschenks, das alle Brautjungfern erhielten. Wir bekamen eine kleine Puderdose aus Gold mit Edelsteinen besetzt und dem Monogramm E für Elizabeth und P für Philip. Jedes Döschen war von Prinz Philip unterschiedlich entworfen, sodass es sowohl sehr persönlich als auch sehr schön war.«

Die junge Familie

Der König war zu dieser Zeit erst Mitte fünfzig. Auch wenn er manchmal ein wenig kränkelte, sprach alles dafür, dass dem frisch vermählten Paar zunächst noch viel Zeit für sich bleiben würde, bevor es unweigerlich ins Rampenlicht der Weltöffentlichkeit rücken sollte. Bereits ein Jahr nach der Hochzeit wurde der erste Sohn, Prinz Charles, geboren. Er ist der erste Thronerbe der modernen Zeit, bei dessen Geburt kein Innenminister anwesend war, die in der Vergangenheit aufpassen mussten, dass der gebärenden Königin kein falsches Kind untergeschoben wurde, das dann später Anspruch auf die Thronfolge hätte geltend machen können. Erst König George VI. hatte diesen Brauch seiner »Lilibet« zuliebe abgeschafft. Und wiederum zwei Jahre später kam Prinzessin Anne zur Welt. Die Familie schien komplett, und im Buckingham Palast feierten vier Generationen des Hauses Windsor das Ereignis, denn zu diesem Zeitpunkt lebte auch noch »Granny«, die von der Enkelin geliebte Queen Mary. Bei solchen Gelegenheiten war auch immer Prinzessin Margaret dabei, obgleich sich die Wege der Schwestern inzwischen etwas getrennt hatten. Es hatte sich gezeigt, dass Margaret auf die Dauer intensiver an Kunst, Theater und Musik interessiert war und nicht so sehr an Politik und Sport wie ihre Schwester.

Die junge Familie der Thronfolgerin bewohnte nun eine angenehme eigene Residenz in London: Clarence House. Allerdings war Prinz Philip als Marineoffizier auf Malta stationiert, wo seinem Onkel, Lord Louis Mountbatten, ein stattliches Anwesen zur Verfügung stand, das er dem Neffen überließ, wenn Prinzessin Elizabeth zu Besuch kam. Das führte zu häufigen Reisen und einem abwechslungsreichen

Bereits ein Jahr nach der Hochzeit brachte Elizabeth am 14. November 1947 ihren ersten Sohn zur Welt. Dieses Bild zeigt den acht Monate alten Prinz Charles.

Am 15. August 1950 bekam Prinz Charles eine Schwester. Das kleine Mädchen wurde auf den Namen Anne Elizabeth Alice Louise getauft.

Familienzusammenkunft auf Balmoral Castle in Schottland. Der kleine Charles steht an der Seite der damaligen Königin Elizabeth, die ein halbes Jahr später den Tod ihres Mannes beklagen sollte.

Vier Generationen im Buckingham Palast: Bei der Taufe von Prinzessin Anne reden Großmutter und Urgroßmutter dem kleinen Charles zu, der offensichtlich nicht fotografiert werden will.

Im Oktober 1951 unternahmen Elizabeth und Philip eine Reise nach Kanada. Ungeachtet ihres Status genoss die Thronfolgerin die unbeschwerte Stimmung beim Tanz.

Als Prinzessin Elizabeth und ihr Gemahl am 31. Januar 1952 am Londoner Flughafen zu einer auf sechs Monate angelegten Reise aufbrachen, wurden sie von der gesamten Familie verabschiedet. An diesem Tag sollte Elizabeth ihren Vater zum letzten Mal sehen.

Privatleben. So widmete man sich in London zum einen gerne und ausgiebig den Kindern und zum anderen den repräsentativen Pflichten; in Malta dagegen genossen Elizabeth und Philip das recht ungezwungene Leben eines fast normalen jungen Paares.

Die Cousine von Prinz Philip, Countess Patricia Mountbatten, erinnert sich an die Zeit: »Sie hatten ihr eigenes Haus, sie hatten ihre kleine Familie, sie machten gemeinsame Ferien. Große Pflichten gab es nicht, die nahm ja der König wahr. Insbesondere in der Zeit, in der Philip auf Malta stationiert war, lebte Elizabeth eigentlich das Leben einer ganz normalen Offiziersfrau – mit Partys, gemeinsamen Unternehmungen, viel Freizeit und Schwimmen. Ich glaube, das war eine sehr gute Zeit für die beiden. Er konnte seiner Marinelaufbahn nachgehen, die ihn sicher bis ganz nach oben befördert hätte, wenn er sie nicht vorher hätte beenden müssen.«

Doch die Abstände, in denen die Pflicht rief, wurden kürzer. Im Oktober 1951 traten Elizabeth und Philip eine schon länger geplante Reise nach Kanada an. Ursprünglich sollte sie sich auf den Besuch des Commonwealth-Mitglieds beschränken, doch Lord Halifax, früher einmal Botschafter in Washington, hatte angemerkt, dass es unhöflich von dem königlichen Paar wäre, keinen Abstecher über die Grenze in die USA zu machen. So entschied man, eine Stippvisite dorthin ins Programm aufzunehmen, die schließlich zum Höhepunkt der Reise wurde.

Nachdem sie mit einem Sonderzug sämtliche Provinzen des Dominions Kanada besucht hatten, flogen Elizabeth und Philip am 31. Oktober nach Washington, wo sie von Präsident Truman begeistert empfangen wurden. Er begleitete sie auf ihren Wegen durch die Hauptstadt und machte gegenüber der Presse eine Bemerkung, die berühmt wurde: »Als ich ein kleiner Junge war, habe ich etwas über eine Märchenprinzessin gelesen – und jetzt ist sie hier!« Zu einem Empfang in der britischen Botschaft kamen 1500 Gäste, deren Hände das junge Paar schütteln musste.

Nach der Rückkehr konnten die beiden nicht sehr lange zu Hause bleiben. Schon am 31. Januar 1952 fuhren Prinzessin Elizabeth und der Herzog von Edinburgh wieder zum Londoner Flughafen, um eine Reise anzutreten, die auf annähernd sechs Monate angelegt war: mit dem Flugzeug nach Kenia und von dort per Schiff weiter nach Ceylon, Australien sowie Neuseeland. Auch König und Königin kamen mit Tochter Margaret, um den beiden Lebewohl zu sagen. Ursprünglich hatte George VI. die Reise selbst machen wollen, aber nach einer Lungenoperation gab er den Plan auf und bat die Tochter »Lilibet«, an seiner Stelle zu reisen. An diesem 31. Januar sollte die Prinzessin den Vater zum letzten Mal sehen. Nachdem die Maschine abgehoben hatte, kehrte das Königspaar nach Schloss Sandringham zurück, wo sich George VI. weiter von seiner Operation erholen wollte.

Die Kolonialregierung von Kenia hatte Prinzessin Elizabeth und Prinz Philip zur Hochzeit eine Farm geschenkt, die den Namen *Sagana Lodge* trug. Dort sollten die beiden ein wenig ausspannen, bevor die Seereise nach Ceylon beginnen würde. Von Nairobi aus fuhr das Paar nach Nyeri in seine Unterkunft und verbrachte die Nacht vom 5. zum 6. Februar in Treetops, einem Baumhotel, um Tiere an einer Tränke zu beobachten. Am Morgen kehrte es zurück in die *Sagana Lodge* – und dort erhielt es die Nachricht vom Tode des Königs.

»Sie schrieb gerade einen Brief an ihren Vater«, erinnert sich Lady Pamela, die bei der Reise als Hofdame fungierte, »und sagte dabei immer wieder: ›Mein Vater fände es herrlich hier, er muss hierher kommen!‹ Und dann rief der Sekretär der Queen den Adjutanten von Prinz Philip, Michael Parker, an und sagte: ›Du wirst es nicht glauben, aber Reuters hat eine Blitzmeldung verbreitet: Der König ist tot.‹ Mike schaltete sein Radio an, hörte die Nachricht selbst und musste nun zu Prinz Philip gehen. Der las gerade eine Zeitung, ließ sie aufs Gesicht fallen und sagte: ›Was ist das für ein Schicksalsschlag!‹ Er bat die nunmehrige Queen unter einem Vorwand zu einem kleinen Spaziergang in den Garten. Wir konnten beobachten, wie sie unten am Fluss entlanggingen, und dann kamen sie zurück ins Haus. Wie immer war

In Trauerkleidung: Acht Tage nachdem sie das Land als Prinzessin verlassen hatte, kehrte Elizabeth als Königin nach London zurück.

Elizabeth unglaublich ruhig und sagte: ›Es tut mir sehr Leid, aber wir werden alle heimkehren müssen.‹ Die nächsten zwei Stunden waren die reine Panik. Wir mussten alles packen, warfen die Sachen in Kisten und sagten auf Wiedersehen.«

Als die königliche Maschine im Anflug auf London war, hatte sich zur Begrüßung die gesamte politische Elite auf dem Flughafen eingefunden, darunter Premierminister Winston Churchill, Oppositionschef Clement Attlee und die Präsidenten der beiden Kammern des britischen Parlaments. Acht Tage nachdem sie das Land als Prinzessin verlassen hatte, kehrte Elizabeth nun als Königin zurück. Wann genau sie Königin geworden ist, weiß mit Bestimmtheit niemand zu sagen. In der Nacht, die sie in Treetops verbracht hatte, war der Vater von einem Nachtwächter gegen Mitternacht am Fenster seines Schlafzimmers in

König George VI. wurde am 11. Februar 1952 in der Westminster Hall aufgebahrt. In tiefer Trauer erwarten seine Gattin, Königin Elizabeth II. und Queen Mary die Ankunft des Sarges.

»Tod und Beisetzung gehören zur Monarchie.« Die feierliche Aufbahrung König Georges VI. in der Westminster Hall.

Sandringham gesehen geworden. Am nächsten Morgen fand man ihn tot im Bett.

Die Königin hatte erst kurz vor der Landung ihre Trauerkleidung angezogen, die unter abenteuerlichen Umständen von dem Schiff, das in Mombasa auf Elizabeth und Philip wartete, zum Flugzeug nach Entebbe geschafft worden war. »In dem Augenblick, als sie die Trauergarderobe anzog, ist ihr, glaube ich, bewusst geworden, dass das alles nicht nur ein schlimmer Traum war«, berichtet Lady Pamela. »Und als wir gelandet waren und erkennen konnten, wer sich da versammelt hatte, der Premierminister Winston Churchill, der Herzog von Gloucester, das ganze Kabinett, da sagte sie plötzlich: ›Oh, sie haben die Leichenwagen geschickt!‹ Das war die Bezeichnung, die sie selbst und Prinzessin Margaret für die großen schwarzen Limousinen verwendeten. Und da wurde dann auch noch einmal klar: Hier sitzt diese junge Frau mit 25 Jahren, zwei kleinen Kindern, einem Mann, der Marineoffizier ist, und alles in ihrem Leben wird sich ändern. Er wird sein eigenes Leben, seine eigene Laufbahn aufgeben müssen, und sie, die von Natur aus nichts mehr liebt als das Private, wird von nun an eine Person sein, die im Scheinwerferlicht der Öffentlichkeit steht, bis zum Ende ihrer Tage.«

Noch in Afrika hatte ihr Privatsekretär die junge Königin gefragt, wie sie in Zukunft genannt zu werden wünsche. »Mit meinem eigenen Namen natürlich – wie denn sonst?« So wurde sie denn in Großbritannien und im Commonwealth feierlich zur Königin Elizabeth II. proklamiert. Die Verkündigungsformel war nicht unumstritten, denn schottische Nationalisten protestierten, dass die junge Königin für sie Elizabeth I. und nicht wie für die Engländer Elizabeth II. sei. Der Privatsekretär hatte sich also nicht ohne Grund nach dem Namen Ihrer Majestät erkundigt.

Am 16. Februar 1952 trat George VI. seine letzte Reise an – von der Westminster Hall, wo der Leichnam aufgebahrt worden war, nach Windsor, wo er beigesetzt wurde. Das letzte Geleit gaben ihm seine Tochter und Thronfolgerin Elizabeth II., seine Frau, die nunmehr »Königin Elizabeth, die Königinmutter« hieß, sowie Prinzessin Margaret. Hinter der Kutsche, in der die weiblichen Familienmitglieder saßen, schritten vier königliche Herzöge: der Herzog von Edinburgh, der Herzog von Gloucester, der Herzog von Windsor, der einst als Edward VIII. für kurze Zeit König gewesen war, und der Herzog von Kent.

Als der König in der St. George's Kapelle zur letzten Ruhe gebettet wurde, hielt das ganze Land den Atem an. Die Nation hatte begriffen, was sie George VI. zu verdanken hatte. Er hatte die Bürde der Krone übernommen, obwohl sie ihm eigentlich zu schwer erschienen war. Er war in den Kriegsjahren zu einem Symbol des Widerstandswillens geworden. Er hatte die Würde der Krone wiederhergestellt, die sein Bruder mit der Abdankung so leichtfertig aufs Spiel gesetzt hatte. Nun begann ein neues Zeitalter.

Die junge Königin

Sechzehn Monate nach ihrer Thronbesteigung wurde Elizabeth II. am 2. Juni 1953 in der Westminster Abbey gekrönt. 650 Millionen Menschen rund um den Erdball feierten an diesem Tag ihre junge Königin.

Nachdem der Erzbischof von Canterbury Elizabeth II. gesalbt und ihr die schwere St. Edward's Krone aufgesetzt hatte, kniete der Herzog von Edinburgh zur Huldigung nieder.

Am 2. Juni 1953, dem Krönungstag der jungen Königin, regnete es in London. Elizabeths Thronbesteigung lag bereits sechzehn Monate zurück, und eigentlich hatte man diesen Frühsommertag unter anderem wegen des voraussichtlich guten Wetters für die feierliche Zeremonie bestimmt. Man dachte dabei insbesondere an die unzähligen königstreuen Untertanen, die als Zuschauer an den Feierlichkeiten teilnehmen wollten. Tatsächlich begann die Invasion der Hauptstadt schon in den letzten Tagen des Mai. Eine Million Menschen kamen nach London, um sich zuvor die Ausschmückung der Straßen anzusehen. Und da alle Plätze auf den Tribünen in kürzester Zeit ausverkauft waren, ließen sich viele Hunderte von Schaulustigen bereits am Sonntag vor der Krönung am Weg zwischen Palast und Kathedrale nieder, um sich für den Dienstag wenigstens einen Stehplatz zu sichern. Am Vorabend der Krönung sollen es bereits eine halbe Million gewesen sein, die bei strömendem Regen und heftigem Wind unter Schirmen und Zeltplanen, ausgerüstet mit Decken, Hockern, Spirituskochern, Radios und Lebensmittelkörben, auf die königliche Prozession warteten.

Elizabeth hatte sich gründlich auf diesen Tag vorbereitet. Es ist anzunehmen, dass dabei die Erinnerung an die Krönung ihres Vaters eine Rolle spielte, die sie nach persönlichen Aufzeichnungen als außerordentlich beeindruckende, ja geradezu mystische Zeremonie erlebt hatte. Als Krönungsgewand wünschte sie sich eine Robe aus weißem Satin, angelehnt an ihr Hochzeitskleid. Auf ihren ausdrücklichen Wunsch waren darauf neben den Pflanzen-Emblemen Großbritanniens – der englischen Rose, der schottischen Distel, dem irischen Kleeblatt und dem Lauch von Wales – auch die aller übrigen Commonwealth-Länder aufgestickt: der Lotos von Ceylon, die Akazie Australiens, die Proteasblüte von Südafrika, Weizen und Jute für Pakistan und viele mehr. Elizabeth war sich dessen bewusst, dass dieser Tag von 650 Millionen Menschen rund um den Erdball gefeiert würde und dass sie ihrer aller Königin war. Von überall her wurden auch offizielle Delegationen erwartet. Mit dem Premierminister besprach die Königin genau, welche Gäste der Zeremonie in der Westminster Abbey beiwohnen sollten. Die Liste trug schließlich 7000 Namen. Diesmal durften auch die nach Deutschland verheirateten Schwestern von Prinz Philip erscheinen, allerdings mit nicht mehr als zwei Kindern. Andere deutsche Verwandte wurden nicht zugelassen, obgleich das Kriegsende nun schon acht Jahre zurücklag. Die heikelste Frage betraf die Einladung des Herzogs von Windsor, der als König Edward VIII. wegen der Liebe zu seiner späteren Frau abgedankt hatte. Nachdem die neue Königin in dieser Angelegenheit den Erzbischof von Canterbury zu Rate gezogen hatte, waren sich beide einig, dass er, selbst wenn er kommen wollte, nicht eingeladen werden würde.

Schwierigkeiten bereitete die Beschaffung des Öls, mit dem der Erzbischof Elizabeth salben sollte. Die Apotheke, die seit der Krönung von Königin Victoria jeweils für die richtige Mischung aus Orangenblüten, Rosen, Zimt, Jasmin, Sesam, Moschus, Zibet und Ambra gesorgt hatte, gab es nicht mehr. Auch das Rezept war nicht mehr auffindbar, doch zum Glück

Die Königinmutter, der kleine Prinz Charles und Prinzessin Margaret verfolgten von der Königsloge aus die Krönungszeremonie.

hatte ein Verwandter aus Nostalgie einen Rest des Öls aufbewahrt, der nun wenigstens als Geruchsprobe dienen konnte. Nach längeren Überlegungen wurde beschlossen, sich an einer Formel zu orientieren, wie sie in etwa bei der Krönung Karls I. benutzt worden war. Der Apotheker J. D. Jamieson, der das Öl herstellen sollte, gab sogar vorher das Rauchen auf, um seine Geruchsnerven zu schärfen. So fand man auch für dieses Problem eine gute Lösung.

Zu den letzten Vorbereitungen gehörte für Elizabeth, dass sie alle der von ihr im Rahmen der Zeremonie gesprochenen Worte und Sätze auswendig lernte. Nichts sollte die weihevolle Stimmung stören. Ein Beobachter berichtete später, dass sie dies mit großem Vergnügen getan hätte.

Am Morgen des 2. Juni machte unter den Wartenden auf den Londoner Straßen die Zeitungsmeldung von einem besonderen Geschenk die Runde, das Edmund Hillary mit seinem Sherpa Tensing Norgay der Queen zu ihrem Ehrentag bereitete: Viele tausend Kilometer von London entfernt hatten sie den Mount Everest bezwungen. Das wurde als ein gutes Omen gedeutet. Mit umso größerer Gelassenheit ertrug man die Unbilden des Wetters.

Königin Elizabeth II. am Tage ihrer Krönung mit ihrer Familie und Angehörigen europäischer Königshäuser.

Bereits um acht Uhr begann die Auffahrt mit der von sechs Grauschimmeln gezogenen Karosse des Lord Mayor von London. Es folgte Wagen auf Wagen, nach genauem Plan. Um elf Uhr schließlich erreichte Elizabeth mit ihrem Gemahl die Westminster Abbey. Wie ihre Vorgänger benutzte sie an diesem Tag die goldene, mit barocken Szenen reich geschmückte Staatskarosse. Ursprünglich hatte König George III. die Kutsche 1761 in Auftrag gegeben, um damit zu seiner Trauung und dann zu seiner Krönung zu fahren. Leider war sie damals nicht rechtzeitig fertig geworden. Nun wurde sie von königlichen Kutschern und Leibgardisten in rot-goldenen Staatslivreen begleitet.

In Begleitung von königlichen Kutschern und Leibgardisten fuhr Elizabeth II. nach der Krönung in der goldenen Staatskarosse zum Buckingham Palast.

Im ersten Akt der Krönungszeremonie, der Anerkennung, präsentierte der Erzbischof von Canterbury die Königin, worauf ihr das Volk huldigte. Danach leistete sie den Krönungseid. Der dritte Akt, die Salbung durch den Erzbischof, wurde traditionsgemäß unter einem Baldachin vollzogen. Schließlich folgte die eigentliche Krönung mit der »St. Edward's Crown«. Als weitere Insignien ihrer Würde erhielt die Königin zwei Zepter, von denen eins mit dem größten Diamanten der Welt geschmückt ist, dem 500 Karat schweren »Stern von Afrika«. Die für Karl II. 1661 angefertigte St. Edward's Krone trug die Queen nur dieses eine Mal. Schon beim Verlassen der Kirche, als sie sich der jubelnden Menge zeigte, hatte sie die sehr schwere, aus massivem Gold gearbeitete Krone durch die »Imperial State Crown« ersetzt. Diese wurde ursprünglich zur Krönung von Queen Victoria 1838 angefertigt und 1953 für Königin Elizabeth angepasst. Sie trägt sie heute auch bei der alljährlichen Parlamentseröffnung.

Prinz Philip hatte schon bei der Verlobung verkündet, dass er seine Lebensaufgabe darin sehe, die künftige Königin zu unterstützen.

Der letzte öffentliche Auftritt des Tages: Elizabeth II. mit Prinz Charles, Prinzessin Anne und ihrem Gemahl auf dem Balkon des Buckingham Palastes.

Am Straßenrand hatten mehr als zwei Millionen Menschen dem schlechten Wetter getrotzt, um die Krönungsprozession zu erleben: die Rückfahrt der Königin und der Ehrengäste von der Westminster Abbey zum Buckingham Palast und den Aufmarsch von Elitetruppen aus dem gesamten Commonwealth in zum Teil farbenprächtigen Uniformen. Enthusiastischer Applaus wurde schließlich abermals laut, als sich die königliche Familie zum letzten öffentlichen Auftritt dieses Tages noch mehrfach auf dem Balkon des Palastes zeigte.

Später haben sich die Soziologen Edward Shills und Michael Young mit dem Phänomen dieses Tages beschäftigt, an dem trotz der riesigen Menschenmenge, die sich in London angesammelt hatte, weniger Einbrüche und Taschendiebstähle in der Stadt zu verzeichnen waren als an normalen Tagen. Die beiden kamen zu dem Ergebnis, dass das beeindruckende Zeremoniell der Gesellschaft wohl besonders nachdrücklich fest stehende moralische Werte ins Bewusstsein gerufen hatte.

Die Bilder von der Krönung erreichten die ganze Welt. Zum einen waren die Feierlichkeiten in einem Film festgehalten worden, der in fast allen Ländern vor ausverkauften Häusern lief. Zum anderen hatte es viele Diskussionen zwischen Kabinett und Königshaus darüber gegeben, in welchem Maße man den Wünschen des Fernsehens nachkommen sollte, wie viele Kameras zugelassen werden könnten und ob es erlaubt sein dürfte, das Gesicht der Königin in Nahaufnahme zu zeigen. Schließlich setzte sich die Ansicht durch, dass weite Teile der Bevölkerung gern auf diese Weise an dem Ereignis teilnehmen würden und das Fernsehen in der Zukunft von eminenter Bedeutung sein werde. Indem die Königin dem neuen Medium den Zutritt zur Westminster Abbey bei ihrer Krönung gestattete, begründete sie den Durchbruch des Fernsehens in Großbritannien. Inzwischen sind die elektronischen Kameras und die bisweilen sehr persönlichen Beobachtungen, die sie anstellen, aus dem Leben der Windsors nicht mehr wegzudenken.

Tatsächlich verdoppelte sich die Zahl der Fernsehteilnehmer an diesem bedeutenden Tag. Zudem wurde die Zeremonie nach Frankreich, in die Bundesrepublik Deutschland und die Niederlande übertragen und war auf Sendebändern, die man per Flugzeug über den Atlantik schickte, auch in den USA zu sehen. So kam es, dass zum ersten Mal eine ganze Nation und darüber hinaus weite Teile der Weltbevölkerung zusahen, wie einer Königin die Krone aufgesetzt wurde.

Der Queen-Biograph Robert Lacey meint in diesem Zusammenhang: »Elizabeth ist ein medienfreundlicher Monarch. Eigentlich passt das gar nicht zu ihr, denn sie ist eine sehr schüchterne Person, die einen Panzer von Würde und Privatheit entwickelt hat. Aber tatsächlich ist sie es gewesen, die schon Anfang 1952 entschied, dass ihre Krönung im Fernsehen übertragen werden sollte. Es ist in Vergessenheit geraten, dass Churchill und die britische Regierung das zunächst für ungebührlich hielten – ein Film ja, Fernsehen nein. Mit Philip zusammen war sie auch in den sechziger Jahren die treibende Kraft für den ›Royal Family‹-Film gewesen, der die Menschen noch ein bisschen mehr hinter die Palasttore blicken ließ.«

Die erste große Reise

Die erste große Herausforderung, der sich die junge Königin zu stellen hatte, war das Commonwealth. Noch im Krönungsjahr 1953 brach sie mit Philip auf, um sich während einer sechsmonatigen Reise ihren Untertanen zu zeigen. Überall wurde sie mit Begeisterung empfangen. Die Queen musste insgesamt 102 Reden halten. Als sie bei einem Staatsbankett in Sydney mit kleiner, hoher Stimme das Wort ergriff, erfreute sie die Australier mit ihrer Erklärung, wie wohl sich schon ihre Eltern »down under« gefühlt hätten. »Solch ein Marathon mit Reisen, Reden, Nationalhymnen, Truppenaufmärschen, Parlamentseröffnungen, Händeschütteln, Vorstellungen, Banketten, Blumensträußen und Mitbringseln«, meint der Biograph Ben Pimlott, »war noch niemals zuvor von einem britischen Staatsoberhaupt bewältigt worden.«

»Sie wurde Königin zu dem genau richtigen Zeitpunkt, als das neue Commonwealth Gestalt annahm«, erklärte der langjährige Generalsekretär des Commonwealth, Shridath Ramphal. »Denn 1949, drei Jahre vor ihrer Thronbesteigung, hatte das Commonwealth beschlossen, dass auch Republiken – also Länder, die Königin oder damals noch König nicht als ihr eigenes Staatsoberhaupt anerkannten – Mitglied werden konnten. Dieser Beschluss ging auf Nehru zurück, der wollte, dass Indien bei seiner Unabhängigkeit im Commonwealth bleibt, aber Republik wird. Darin bestand nun die Herausforderung: Würde das Commonwealth erwachsen werden, oder würde es sich rückwärts orientieren, an Zeiten, die passé waren? Dank der Unterstützung von Männern wie Clement Attlee, der damals Premierminister war, wurde die richtige Entscheidung getroffen. Insofern trat die Queen 1952 just zu dem Zeitpunkt auf den Plan, als das Commonwealth reif war für eine neue Ära. Und natürlich war sie genau die richtige Persönlichkeit, die das Commonwealth als sein Oberhaupt brauchte: nicht mehr Monarch aller Commonwealth-Länder, sondern eine junge Frau mit neuen Ideen.«

Den letzten Abschnitt dieser ersten großen Reise nach der Krönung legten die Königin und Prinz Philip an Bord der neu in Dienst gestellten königlichen Jacht *Britannia* zurück. Dieses eher wie ein kleiner

Im November 1953 brachen Elizabeth II. und Prinz Philip zu einer sechsmonatigen Reise durch die Commonwealth-Länder auf. Dieses Bild zeigt die Königin beim Verlassen des Parlamentsgebäudes im australischen Melbourne.

Zu Beginn des Jahres 1954 traf die Königin in Neuseeland mit einer Maori-Delegation zusammen. Zum Zeichen ihrer hohen Würde wurde ihr ein Umhang über die Schultern gelegt.

Ozeandampfer wirkende Schiff wurde mit großzügigen Kabinen für die königliche Familie und andere Würdenträger kostspielig ausgestattet, und auch der Unterhalt war nicht gerade billig. Doch schätzte man das Prestige der *Britannia* als so erheblich ein, dass sie immer wieder für Reisen der königlichen Familie genutzt wurde. Dabei stellte die Royal Navy die Besatzung.

Auf dieser Jacht sollten Prinz Charles und Prinzessin Anne den letzten Teil der Reise gemeinsam mit den Eltern machen. Zunächst durften sie im Hafen von Gibraltar zuschauen, wie ihrer Mutter in förmlicher Zeremonie die Schlüssel für die Stadt überreicht wurden. Die dann anschließende Szene, die in vielen Biographien überliefert ist, muss nachdenklich stimmen, wenn man bedenkt, dass die Kinder ihre Eltern ein halbes Jahr nicht gesehen hatten. Die Queen soll damals ihren kleinen Sohn beim ersten Wiedersehen mit den Worten »Nein, du nicht, mein Lieber« zurückgewiesen haben, als sie eine Reihe von Würdenträgern begrüßte, unter die sich Charles gemogelt hatte. Zwar ist der Wunsch zu verstehen, dass das private Wiedersehen lieber unter Ausschluss der Öffentlichkeit stattfinden sollte. Doch kann man so viel Rücksicht auf das Protokoll von einem Fünfjährigen erwarten, der sich nach seiner Mutter sehnte? Wenigstens gab es im Anschluss daran ein Kinderprogramm: Gemeinsam machte die Familie einen Ausflug zu dem berühmten Affenfelsen von Gibraltar.

Die Heimkehr der königlichen Familie wurde wie ein einziger Triumph gefeiert. Der britische Premierminister Winston Churchill hatte mit seinem überaus ausgeprägten Sinn fürs Zeremonielle zum Geleit der *Britannia* Schlachtschiffe und Zerstörer geordert. Auch er selbst war der Monarchin entgegengefahren und begleitete sie an Bord der königlichen Jacht die Themse hinauf nach London.

Die Queen und ihr Premierminister verstanden sich zu der Zeit schon sehr gut, nachdem sich beide Seiten zunächst nicht sicher gewesen waren, wie sie miteinander auskommen würden. »Ich kenne sie gar nicht. Sie ist ja noch ein Kind. Den König kannte ich sehr gut«, soll der alte Churchill auf Befragen geantwortet haben, als Elizabeth ihrem Vater nachfolgte. Umgekehrt lagen bei der jungen Königin die Nerven bloß, als der Premier sie zum ersten Mal in Balmoral besuchte. Doch Churchill änderte seine Meinung rasch, nachdem es ihm einmal passiert war, dass er über einen die Königin interessierenden wichtigen Sachverhalt nicht ausreichend informiert gewesen war. Und bald wurden die jeden Dienstag stattfindenden Audienzen immer länger. Hatten sie mit einer halben Stunde begonnen, dehnten sie sich schon bald um mehr als das Doppelte aus. Und schließlich war das Verhältnis der beiden so gut, dass die Königin auf die Frage, mit welchem ihrer Premierminister sie am liebsten zusammengearbeitet hätte, ganz untypisch direkt antwortete: »Mit Winston natürlich, weil das immer viel Spaß gemacht hat.«

Lady Pamela Hicks, geb. Mountbatten, begleitete die Königin bei der Commonwealth-Reise als Hofdame.

Die Queen war glücklich, als sie im Mai 1954 endlich wieder heimatlichen Boden betrat. Sie freute sich, wieder mit der Mutter und der Schwester vereint zu sein, und darüber, in ihre Privatsphäre heimkehren zu können, unbeobachtet von Kameras und Mikrofonen. Davon hatte während der halbjährigen Commonwealth-Tour ja kaum die Rede sein können. Unab-

Mit der 1952 in Dienst gestellten königlichen Jacht *Britannia* legten Elizabeth II. und Prinz Philip den letzten Abschnitt der großen Reise zurück.

lässig war von ihr verlangt worden, dass sie ein fröhliches Gesicht machte, dass sie winkte und wie aus dem Ei gepellt aussah, dass sie sogleich ein Gesprächsthema fand, wenn ihr jemand vorgestellt wurde. Eigentlich war das eine völlige Überforderung für einen Menschen, der lieber im kleinen Kreis lebte als auf dem Präsentierteller. Aber die junge Königin lernte schnell dazu. Auch die Londoner konnten dies beobachten, als sie am Tag ihrer Rückkehr in offener Kutsche vom Themse-Ufer zum Buckingham Palast fuhr.

Hofdame bei der Commonwealth-Reise war Lady Pamela Hicks, eine Tochter von Lord Louis Mountbatten, die bei der Hochzeit von Philip und Elizabeth als Brautjungfer fungiert hatte. Später erinnerte sie sich daran, wie die Queen in Australien oft stundenlang aus dem Auto oder einem Eisenbahnwaggon winken musste. »Die Königin hat mir dann einmal gesagt, wie sehr ihre Mutter dies lieben würde. Für sie selbst war das keineswegs so eine natürliche Sache wie für die Königinmutter. Aber sie hat es gelernt und machte es hervorragend. Noch schwieriger war das alles für Prinz Philip, der ja als Marineoffizier eigentlich Dienst auf hoher See hätte verrichten sollen. Jetzt musste er Stunde um Stunde winken und sich bejubeln lassen. Natürlich ist es besser, man wird

Nachdem sie ihre Kinder ein halbes Jahr nicht gesehen hatte, war die Königin froh, wieder im Kreise ihrer Familie weilen zu können.

bejubelt als ausgebuht. Aber es ist anstrengend, das Tag für Tag und Woche für Woche zu tun, zwei Monate lang in dem einen Land und sechs Wochen in dem anderen. Es war anstrengend. Aber die beiden haben es wunderbar geschafft.«

Der Heiratswunsch der Schwester

Den Sommer 1954 verlebte die Familie in Balmoral, dem weitaus beliebtesten der vier königlichen Schlösser in Schottland neben Birkhall, Glamis Castle und Holyroodhouse. Es waren wie fast jedes Jahr entspannende Ferien – Pferde, Jagden, Ponys, Corgis und Schaukeln inbegriffen. Zu den regelmäßigen Unternehmungen gehörte auch der Besuch des Gottesdienstes in der Kirche von Crathie. 1954 hatte die Königinmutter die Idee, für die Kirche einen Basar in Abergeldie Castle zu veranstalten, an dem alle Familienmitglieder – die beiden Töchter, der Schwiegersohn und die Enkelkinder – teilnehmen mussten. Elizabeth bereiteten solche Auftritte keinerlei Schwierigkeiten. Sie fand schon immer großen Gefallen an dieser Welt fern offizieller Pflichtprogramme und einer sozusagen nachbarschaftlichen Atmosphäre, in der man sich nach den Kindern erkundigt und über die Ernte spricht. Man hat von der Königin oft gesagt, dass sie sich auf dem Lande besonders wohl fühlt und dass sie gewiss heute irgendwo als Gutsherrin leben und Pferde züchten würde, wenn ihr Onkel damals nicht abgedankt hätte.

Die ersten Jahre nach der Thronbesteigung waren für die Königin von einer großen Sorge begleitet, die ihre Schwester betraf. Margaret hatte schon während der Familienreise nach Südafrika im Jahr 1947 Vertrauen zu einem Adjutanten ihres Vaters gefasst, der eigentlich nur vorübergehend wegen seiner persönlichen Vorzüge von der königlichen Luftwaffe in den Buckingham Palast abkommandiert worden war: Group Captain Peter Townsend. Als ebenso gewandter wie diskreter und gebildeter Mann wurde er für den König schnell unentbehrlich. Das sicherte ihm auch die Dankbarkeit von dessen Gemahlin. 1952 berief sie ihn nach dem Tod des Königs als Administrator in

Die königliche Familie während der Sommerferien auf Balmoral Castle in Schottland.

Prinzessin Margaret mit ihrer großen Liebe, dem Group Captain Peter Townsend. Doch der Romanze sollte kein Glück beschieden sein.

Im Oktober 1955 gab Prinzessin Margaret schweren Herzens bekannt, dass sie Peter Townsend nicht heiraten werde. Da Townsend geschieden war, hätten die beiden nur eine Zivilehe eingehen können.

ihren Haushalt. Damals nahm sie noch keinerlei Anstoß daran, dass sich der ehemalige Offizier von seiner Frau scheiden ließ, doch das sollte sich ändern.

Als Prinzessin Margaret ihrer Mutter und ihrer Schwester einige Wochen vor der Krönung mitteilte, dass sie Peter Townsend heiraten wolle, stürzte das die Königin in Gewissenskonflikte. Nach dem 1772 erlassenen »Royal Marriages Act« konnte Margaret als Dritte in der Thronfolge nur mit königlicher Zustimmung eine Ehe eingehen. Nun war die Schwester ihre engste Gefährtin in Kindheits- und Jugendtagen gewesen, und sie hatte sich stets für Margaret verantwortlich gefühlt, zumal diese jünger, verletzlicher und spontaner als sie selbst war. Elizabeth II., der die Zukunft der Schwester am Herzen lag, konnte den Wunsch sehr gut verstehen. Andererseits betrachtete die Kirche, deren Oberhaupt sie nun als Königin war, eine Scheidung ganz eindeutig als Sünde, und die dramatischen Ereignisse von 1936, die für ihren Onkel ein Leben im Exil zur Folge hatten, waren unvergessen. Außerdem war sie verpflichtet, die Angelegenheit mit dem Premierminister zu erörtern.

Und Winston Churchill war strikt dagegen. Eine Ehe zwischen der Schwester der Königin und einem geschiedenen Hofbediensteten ausgerechnet im Krönungsjahr hielt er für absolut undiskutabel. Man entschied sich dafür, die ganze Angelegenheit zwei Jahre zu vertagen. Dann würde Margaret ihren 25. Geburtstag feiern und könnte dem Gesetz nach selbst eine Entscheidung treffen. Allerdings müsste sie dann auch die Konsequenzen tragen, die sich aus einer etwaigen Ehe ergeben würden. Einstweilen bedeutete dies für das Paar zwei Jahre Trennung. Peter Townsend wurde nach Brüssel versetzt.

Nach dieser Zeit, in der sie sich viele Briefe schrieben und oft miteinander telefonierten, und einem zunächst glücklich wirkenden Wiedersehen stand am Ende dann doch eine schmerzhafte Einsicht. Am 31. Oktober 1955 veröffentlichte der Buckingham Palast eine Erklärung von Prinzessin Margaret: »Ich möchte zur Kenntnis geben, dass ich mich entschlossen habe, Oberst Peter Townsend nicht zu heiraten. Mir ist bewusst, dass eine Zivilehe möglich gewesen wäre, wenn ich mein Thronfolgerecht aufgegeben hätte. Im Bewusstsein der kirchlichen Lehre, dass eine christliche Ehe nicht auflösbar ist, und im Wissen um meine Verpflichtung gegenüber dem Commonwealth habe ich mich entschlossen, diese Erwägungen allen anderen überzuordnen. Ich bin vollkommen allein zu diesem Entschluss gelangt, und dabei bin ich bestärkt worden durch die ungebrochene Unterstützung und Hingabe von Oberst

Am 6. Mai 1960 heiratete Prinzessin Margaret den Fotografen Antony Armstrong-Jones. Die Queen hatte ihn kurz zuvor in den Adelsstand erhoben und ihm den Titel »Earl of Snowdon« verliehen.

Townsend. Ich bin zutiefst dankbar für das Mitgefühl derer, die beständig für mein Glück gebetet haben.«

»Die Townsend-Geschichte ist deshalb tragisch«, erinnert sich der Biograph Hugo Vickers, »weil er in jeder Hinsicht ein perfekter Partner war, von der einen Ausnahme abgesehen. Er war ein in der Battle of Britain hochdekorierter Pilot, sehr charmant, sehr gut aussehend, er hatte George VI. als Hofbeamter gedient und wurde von der ganzen Familie verehrt. Aber er war eben schon einmal verheiratet gewesen, was in den 50er Jahren als ein sehr ernsthaftes Problem bewertet wurde. Die Rolle der Königin in dieser Affäre ist schwer zu beurteilen. Ich schätze sie als eher passiv ein, wenn auch nicht so passiv wie die der Königinmutter. Aber am Ende war es Prinzessin Margaret, die selbst die Entscheidung treffen musste. Es heißt, sie hätte sich damals mit anderen Fällen auseinander gesetzt, mit dem Herzog von Windsor beispielsweise, der im selbst gewählten Exil ein eher miserables Dasein fristete. Vielleicht ist es aber auch so gewesen, dass sich die Affäre etwas abgekühlt hatte und die Prinzessin ihren Group Captain nicht mehr so aufregend fand, weshalb sie zu dem Schluss gelangt war: Der Krone auch weiter zu dienen ist wichtiger und lohnender.«

Es war ein Entschluss, der die Queen dankbar, aber nicht glücklich stimmen konnte. Sie musste befürchten, dass dieses Opfer das Leben ihrer Schwester überschatten würde, und tatsächlich hatten sich die Königin und auch die Königinmutter nicht sehr darum bemüht, in der Affäre ein Happy End herbeizuführen.

Viele betrachteten es daher als Trostpflaster, als Prinzessin Margaret 1957 aus der Hand ihrer Mutter, die damals Chancellor der Universität London war, einen Doktor ehrenhalber der Musik erhielt. Die Schwester der Königin hatte inzwischen gelernt, trotz ihrer künstlerischen Neigungen den Verpflichtungen als Vertreterin des Königshauses Priorität einzuräumen. Nach der Verleihung der Doktorwürde sagte sie höflich: »Meine Freude ist umso größer, als ich die Ehrung aus der Hand meiner Mutter entgegennehmen durfte.«

Fünf Jahre nach der Trennung von Peter Townsend präsentierte Prinzessin Margaret der Öffentlichkeit einen neuen Mann an ihrer Seite. Er hieß Antony Armstrong-Jones, war von Beruf Fotograf und bürgerlicher Herkunft. Aber diese Tatsache war für die Königin kein Hinderungsgrund, einer Ehe ihrer Schwester zuzustimmen. Nachdem sich die beiden im Februar 1960 verlobt hatten, erhob die Queen ihren zukünftigen Schwager in den Adelsstand: aus Antony Armstrong-Jones wurde »The Earl of Snowdon«. Im darauf folgenden Mai erlebte London abermals eine Traumhochzeit.

Heute wissen wir, dass leider auch dieser Romanze auf Dauer kein Glück beschieden war. Nach 18 Jahren Ehe ließen sich die beiden 1978 scheiden.

Die Königin und ihre Premierminister

Eine weitere große Herausforderung für die junge Königin in der ersten Dekade nach ihrer Krönung war die Behauptung ihrer Rolle als Souverän gegenüber der jeweiligen Regierung. Sir Winston Churchill hatte sie väterlich an die Hand genommen, aber die Ära dieses herausragenden Staatsmannes ging 1955 zu Ende. Zu Ehren ihres alten Lehrmeisters nahm die Queen an einem Abschiedsbankett in No. 10 Downing Street, seinem langjährigen Amtssitz, teil. Viele zweifelten daran, ob es noch einmal ein so herzliches und freimütiges Verhältnis zwischen Königin und Premierminister geben würde.

Der Nachfolger Churchills wurde für lediglich anderthalb Jahre Anthony Eden. Er war für die glücklose Politik verantwortlich, die als »Suezkrise« in die Geschichte eingegangen ist. Nachdem Oberst Gamal Nasser 1956 den Suezkanal verstaatlicht hatte, landeten Truppen aus Großbritannien und Frankreich in Ägypten, und Eden warnte Nasser in einer Rundfunkansprache. Doch dieses gefährliche Abenteuer endete mit einem doppelten Desaster: Die Truppen kehrten unverrichteter Dinge heim, und

Elizabeth II. mit Sir Winston Churchill und dessen Gattin anlässlich des Abschiedsbanketts zu Ehren des von ihr sehr geschätzten Premierministers am 5. April 1955.

Anthony Eden trat als Premierminister »aus gesundheitlichen Gründen« zurück. Seitdem rätselt das politische Großbritannien über die Frage, ob die Queen für oder gegen den Suez-Einsatz gewesen ist. Gewiss hat sie alles gewusst und damals viele Ratschläge sowohl pro als auch contra Suez erhalten. Sicher ist schließlich auch, dass sie dem scheidenden Premier in einem sehr sorgfältig formulierten Brief für seine Verdienste gedankt und Verständnis dafür geäußert hat, dass er dem Rat seiner Ärzte gefolgt sei. »Aber man kann nur ahnen«, fügte sie mitfühlend hinzu, »welche Überwindung es Sie gekostet hat, dieses zu tun.« Sie hielt auch weiterhin losen Kontakt zu Anthony Eden, der später einmal gesagt hat, die Königin sei weder für noch gegen ein militärisches Eingreifen gewesen. Damit hatte sie offenbar auch in dieser heiklen Frage das wichtigste Gebot für einen britischen Monarchen befolgt, immer über dem Parteienstreit zu stehen.

Auch bei der Entscheidung, wer 1957 die Nachfolge Edens antreten sollte, holte die Queen Rat ein. Einer der Ratgeber war ein alter Familienfreund, der Marquis von Salisbury. Auch bat die Königin Sir Winston Churchill in den Palast, um seine Meinung zu hören. Ein potenzieller Kandidat für den Premierministerposten war Rab Butler, dessen Name auch schon bei der Churchill-Nachfolge gefallen war. Aber dann entschloss sich die Queen doch, nicht Butler, sondern Harold Macmillan mit der Regierungsbildung zu beauftragen. Macmillan war offenbar der Favorit derer, die sie bei ihrer Entscheidung berieten. Obgleich dieses Prozedere auch auf Kritik gestoßen ist, hat Elizabeth II. in Harold Macmillan schließlich einen sehr kompetenten und liebenswürdigen Gesprächspartner für die Dienstags-Audienzen gefunden. Was das ritterliche Verhalten des betagten Politikers gegenüber der jungen pflichtbewussten Königin betrifft, entwickelte sich sogar eine gewisse Ähnlichkeit zu der guten Beziehung mit Winston Churchill.

Schon im Februar 1957 bewies der neue Premierminister ein großes Maß an Loyalität und Takt gegenüber seiner Königin und diplomatisches Ge-

Als Nachfolger von Anthony Eden wurde 1957 Harold Macmillan (rechts) Premierminister. Dieses Bild entstand am 5. Juni 1959 bei der Eröffnung eines Kongresses der NATO-Länder.

schick in einer etwas heiklen Angelegenheit. Der Herzog von Edinburgh war von einer monatelangen Reise, die ihn unter anderem nach Neuseeland, Ceylon und Gambia geführt hatte, etwas später als erwartet zurückgekehrt. Das hatte in der stets hungrigen Sensationspresse zu lautstarken Vermutungen über Verstimmungen zwischen ihm und seiner Gattin geführt. In dieser Situation schlug Macmillan der Königin vor, ihrem Mann den Status und die Würde eines Prinzen des Vereinigten Königreichs zu gewähren. Danach sollte in Zukunft sein offizieller Titel lauten: Prinz Philip, Herzog von Edinburgh. Macmillan begründete diesen Schritt mit den Verdiensten des Herzogs für die Nation und das Commonwealth und fügte hinzu: »...insbesondere während der gerade beendeten Reise.« So geschah es, und die Gerüchte verstummten.

Umstritten wie der Übergang von Eden auf Macmillan war später auch der Übergang von Macmillan auf Alexander Douglas-Home. Ben Pimlott bezeichnete diese Entscheidung als das »größte politische Fehlurteil ihrer Herrschaft« und führte weiter aus: »Ihre Berater vertraten die Auffassung, dass sich die Queen den Rat der Partei zu eigen machen sollte. Die Königin sollte sich im Hintergrund halten, um von ihrem Vorrecht nur dann Gebrauch zu machen, wenn es wirklich einmal notwendig sein würde. Aber nach außen entstand in beiden Fällen eher der Eindruck, wichtige Politiker der Konservativen hätten die Nachfolgefrage unter sich ausgemacht. Das Verfahren sei durchgepeitscht worden, ohne dass man die Partei selbst ordentlich beteiligt hätte. Um einen poltischen Fehler handelt es sich insofern, weil die Königin und ihre Berater glaubten, dem Monarchen das alte Vorrecht zu bewahren, während in Wirklichkeit das genaue Gegenteil eintrat.«

Heute hat die Königin das Vorrecht, den künftigen Premierminister zu bestimmen, eingebüßt. Stattdessen entscheidet die Partei, die im Unterhaus die Mehrheit hat, über den zukünftigen Regierungschef.

Elizabeth II. hat von Beginn an großen Wert auf die wöchentlichen Audienzen mit dem Premierminister gelegt, in denen sie sich über die aktuelle politische Lage informiert.

Die Beauftragung mit der Regierungsbildung ist dann nur noch ein förmlicher Akt, der von der Königin vollzogen wird. Nach wie vor finden allerdings die wöchentlichen Audienzen des jeweiligen Premierministers bei der Königin statt. Neben der kontinuierlichen, zeitraubenden Bearbeitung der roten Aktenkoffer mit den Regierungspapieren bilden die Gespräche mit dem Amtsinhaber die Grundlage ihrer Information.

»Die wichtigste Funktion dieser Begegnung«, sagt ihr Biograph Robert Lacey, »besteht darin, dass es sich um ein Vier-Augen-Gespräch handelt, dessen Vertraulichkeit absolut garantiert ist. Das allein hat schon eine sehr rar gewordene Qualität. Inzwischen helfen ihr natürlich auch die Erfahrungen, die sie in fünfzig Jahren gesammelt hat. Im Übrigen sollte man ihren Einfluss auf die Regierungspolitik nicht überbewerten. Die eigentliche Bedeutung der Queen liegt in ihrer Symbolkraft. Bei ihrer China-Reise in den 80er Jahren, die das Verhältnis zu Großbritannien grundlegend verändert hat und auch das Hong-Kong-Problem zu lösen half, machte sich der damalige Außenminister Geoffrey Howe Vorwürfe, dass er die Königin vor ihrer Begegnung mit der chinesischen Staatsführung nicht besser gebrieft hatte. Dann kam der Ausflug zur Großen Mauer, wo die Briten von den Chinesen bejubelt wurden. Und Howe begriff: Nicht, was die Queen in Worten ausdrückte, war wichtig, sondern wie sie auftrat, Zustimmung erntete und in Kontakt mit der Öffentlichkeit trat. Darum ging es damals und darum geht es auch heute, wenn man über ihre Rolle in der britischen Politik spricht.«

Die Erziehung der Kinder

Eine immerwährende Herausforderung für die junge Königin waren ihre Kinder und deren Ausbildung. Bis heute gehen die Meinungen weit darüber auseinander, ob es ihr und Prinz Philip wirklich gelungen ist, ihren Kindern das Gefühl von Geborgenheit und liebevoller Anerkennung zu vermitteln und ihnen gleichzeitig eine Ausbildung zukommen zu lassen, die ihrer persönlichen Veranlagung ebenso gerecht wird wie den künftigen Aufgaben. Vermutlich waren die Eltern in dieser Beziehung eher überfordert, zumal sie selbst auf unterschiedliche Weise unter Defiziten in ihrer Kindheit gelitten hatten.

Fest stand für die Königin von vornherein, dass der künftige Thronfolger eine bessere Schulerziehung genießen sollte als sie selbst. Einmal fand sogar eine Art von Konferenz mit dem Premierminister und dem Erzbischof von Canterbury über die Frage statt, welcher Bildungsweg am besten geeignet sei. Schließlich wurde Charles der erste Prinz des Königshauses, der gemeinsam mit Kindern von Untertanen eine

Charles, hier im Alter von neun Jahren, war der erste Prinz des Königshauses, der eine öffentliche Schule besuchte.

Ein Corgi ist immer dabei: Die neunjährige Prinzessin Anne wird schon von den Fotografen erwartet, als sie am Liverpool Street Bahnhof in London ankommt.

öffentliche Schule besuchte. Er begann seine schulische Karriere in der Hill House School, wo er sich anscheinend gut einfügte und wohl fühlte. Wochenschaubilder aus jener Zeit zeigen einen anscheinend gut angepassten Prinzen bei einem Sportfest, immer im Mittelfeld, nie ganz vorn, nie ganz hinten. Und tatsächlich brachte der Achtjährige ein sehr ansehnliches Zeugnis nach Hause. Darin stand unter anderem: Lesen: »herausragend gut, ausdrucksstark«, Schreiben: »gut, kräftig, klar, formschön«, Französisch: »Erfolg versprechend«, Latein: »ein ordentlicher Anfang«, Kunst: »gut; liebt Zeichnen und Malen«. Von der insgesamt sehr vorteilhaften Beurteilung hebt sich nur das Fach Rechnen ab mit der Bemerkung: »unter Klassendurchschnitt; sorgfältig, aber langsam; nicht sehr interessiert«.

Dass auf diesen positiven Anfang eine als sehr bedrückend erlebte Zeit folgte, weiß man aus erster Hand, nämlich von Prinz Charles selbst. Das, was sich in der Erinnerung des Thronfolgers als eine endlos erscheinende Leidensphase darstellt, begann 1957 mit

Freizeitvergnügen auf dem Lande: Elizabeth II. mit ihren Kindern Charles und Anne bei einem Reitwettbewerb in Badminton.

Als Internatsschüler war Charles froh, wenn er die Ferien mit seiner Familie verbringen konnte. Auf diesem Bild reitet er mit seiner Mutter über das Anwesen von Windsor Castle.

1960 und 1964 erblickten zwei weitere Königskinder das Licht der Welt: Rechts neben der Königin blickt Prinz Andrew aufs Wasser, und im Kinderwagen macht Prinz Edward seine ersten Stehversuche.

der Einschulung in die Internatsschule Cheam in der Grafschaft Surrey. Die Eltern hatten entschieden, dass diese Lehranstalt für ihren Ältesten genau das Richtige sei. Auch der Vater war in den 30er Jahren in Cheam zur Schule gegangen und soll sich dort sogar wohl gefühlt haben. Aber Charles hatte eben kein so selbstbewusst-kraftvolles Auftreten und keine so unbeirrbare Widerstandskraft wie sein Vater, sondern war eher ängstlich, verträumt und sensibel. Während seine Schwester es zum Beispiel genoss, dass die Gardisten vor dem Palast bei ihrem Erscheinen strammstehen und die Waffen präsentieren mussten, vermied es der Kronprinz, an ihnen vorbeizugehen. Es war ihm eher peinlich, die Ursache solcher Zwänge zu sein.

Dennoch wurde Charles im Alter von zwölf Jahren in Gordonstoun angemeldet, dem Elite-Internat in schottischer Einsamkeit mit speziellem Anspruch: Klassische Bildungsideale verband man hier mit rigorosen Vorstellungen von Selbstdisziplin, mit Gleichheitsideen und dem Primat sportlicher Leistung. Der Junge fügte sich dem strengen Regiment von morgendlichem Laufen, kalten Duschen, Bettenbauen und Küchendienst. Letztlich verdankte er dieser Schule trotz aller negativen Erfahrungen die Förderung seiner Neigungen: Malerei, Musik und

Theater. Während er litt, blieben die Eltern unerbittlich. Schließlich mussten viele Söhne der Oberschicht mit ähnlichen Problemen fertig werden, und gerade jemand, der sich nach Hause zurücksehnte, sollte lernen, sich in der rauen Wirklichkeit zurechtzufinden. Vielleicht hätte der Prinz diese Wirklichkeit ja auch als weniger schmerzhaft empfunden, wenn er nicht schon in früher Kinderzeit so manche Enttäuschungen und Einsamkeit hätte erleben müssen. Schließlich hat die Königin ihre langen Reisen immer als Verpflichtung ihres Amtes als Staatsoberhaupt verstanden. Doch zugleich stellt sich die Frage, ob sie ihren Kindern wirklich eine gute Mutter gewesen ist.

Während dieses Thema unter britischen Pädagogen kontrovers geführte Diskussionen ausgelöst hat, zweifelt die der Familie nahe stehende Countess Patricia Mountbatten keineswegs an den Erziehungsprinzipien der Königin. »Ich weiß wirklich nicht, was sie hätte anders machen sollen. Sie hätte ja nicht beschließen können, ein paar Jahre lang keine Auslandsreisen zu machen. Schließlich ist sie auch Königin von Kanada, Australien und Neuseeland. Die Menschen dort wollen sie sehen und mit ihr in Verbindung bleiben. Sie hätte sich dem nie verweigern können. Und ganz kleine Kinder sechs Monate lang auf eine Weltreise zu nehmen, heute hier, morgen da, wäre bestimmt auch nicht so gut gewesen.

Was die Internatserziehung angeht, so stand die Idee dahinter, dass die Kinder das Leben gemeinsam mit anderen Kindern erkunden sollten, also eigentlich normal leben sollten. Wenn man sie zu Hause behalten und dort unterrichtet hätte, wie es bei ihr selbst der Fall gewesen war, hätte man die Uhr zurückgestellt. Es war schon richtig, den Kindern die Erfahrung zu verschaffen, unter Altersgefährten ihren eigenen Weg zu gehen.«

Im Gegensatz dazu findet Robert Lacey durchaus kritische Worte. »Für mich gibt es keinen Zweifel, dass ihre Elternschaft die eine Schwachstelle ihrer Herrschaft ist. Da sind diese vier Kinder mit ihren Anflügen von Arroganz. Gewiss haben sie auch viele gute Qualitäten, wie Charles, der ein witziger und origineller Kopf ist und die Herzen der Briten gewinnen wird. Aber sogar Prinzessin Anne mit ihrem Pflichtgefühl verhält sich gelegentlich unstet.

Elizabeth II. ist eine ›Laissez faire‹-Person. Als Königin muss sie keine wirklichen Entscheidungen treffen. Dinge werden ihr angeboten, zu denen sie ja oder nein sagt und meistens das, was man ihr ohnehin zu sagen gesagt hat. Das war für die Familie nicht hilfreich. Während Prinz Philip den Kindern immer wieder ein wenig Disziplin beizubringen versuchte, hat sich die Queen sehr zurückgehalten. Das Ergebnis ist, dass sie heute besonders enge Beziehungen zu ihren Enkeln hat, und die betrachtet man in Großbritannien nunmehr als die neue Hoffnung der Monarchie.«

Im Februar 1960 wurde Königin Elizabeths drittes Kind geboren. Obwohl Andrew für viele eine Überraschung war, hatte die Queen nie einen Hehl daraus gemacht, dass sie sich eine große Familie wünschte. Ihre letztlich doch unerwartet frühe Thronbesteigung hatte dazu geführt, dass zwischen den Geburten von Prinzessin Anne und Prinz Andrew beinahe zehn Jahre lagen. Als dann nach weiteren vier Jahren noch ein dritter Bruder dazukam, Prinz Edward, war komplett, was die Queen ihre »zweite Familie« nennt. Sie scheint das gemeinsame Leben in dieser zweiten Familienperiode mehr genossen zu haben als in der ersten mit Charles und Anne. Damals hatte sie sich weniger Zeit für den Nachwuchs genommen. Sie war jünger gewesen, erst seit kurzem verheiratet und noch nicht so routiniert in der Wahrnehmung ihrer Pflichten.

Obgleich mehrfach beschrieben worden ist, wie die Königin schon wenige Stunden nach Andrews Geburt wieder senkrecht im Bett saß, um den Inhalt ihrer roten Aktenkoffer zu bearbeiten, freute sie sich, wenn das Kindermädchen frei hatte und sie selbst die Kleinen baden und ins Bett bringen konnte. Damals wurde es Mode, den Kindern das Alphabet beizubringen, bevor sie in den Kindergarten kamen. Diese Aufgabe übernahm Elizabeth II. selbst. Berufsmäßige Beobachter des Königshauses meinten damals, in den Gesichtszügen der Königin eine größere Zufriedenheit und in ihren öffentlichen Auftritten eine neue Gelassenheit erkennen zu können.

1964 erlebte die Queen insofern eine Premiere, als sie nach vier konservativen Premierministern einen Labour-Politiker mit der Regierungsbildung beauftragte: Harold Wilson. Wie dieser später berichtete, hatte er sich während einer der ersten wöchentlichen Audienzen bei der Königin erheblich blamiert. In Bereichen, in denen er sich nicht ausreichend kundig gemacht hatte, sah er sich den gezielten und sachkundigen Fragen der bestens eingelesenen Majestät ausgesetzt. Sie hatte inzwischen große Erfahrung im Umgang mit den Staatspapieren gewonnen und sich in besagtem Fall ganz besonders gründlich damit befasst. »Ich werde meinem Nachfolger dringend raten«, sagte Wilson seinerzeit, »vor der Audienz seine Hausaufgaben zu machen und alle Depeschen und Kabinettspapiere rechtzeitig zu studieren und damit nicht bis zum Wochenende zu warten. Denn sonst kann er sich leicht vorkommen wie ein unvorbereiteter Schuljunge.«

Es dauerte aber nicht lange, bis sich das Verhältnis zwischen diesem Labour-Premier und der Königin positiv entwickelte, obgleich die Umstände ursprünglich nicht danach ausgesehen hatten. Es gab Zeiten, in denen sie fast wie ein Team agierten. Noch viele Jahre später war Harold Wilson anzumerken, wie

Nach vier konservativen Premierministern beauftragte Elizabeth II. mit Harold Wilson (vorne links) 1964 erstmals einen Labour-Politiker mit der Regierungsbildung. Dieses Bild entstand bei der Paralamentseröffnung am 3. November des Jahres.

Am 1. Juli 1969 wurde Prinz Charles in Carnarvon zum 21. »Prince of Wales« proklamiert. Kniend legt er gegenüber seiner Mutter den feierlichen Treueeid ab.

gern er an seine Begegnungen mit der Queen zurückdachte – nicht nur an die wöchentlichen Audienzen, sondern vor allem auch an seine Besuche in Balmoral, wo jeder Premierminister auf Einladung der Königin im Sommer ein ganzes Wochenende als Gast auf dem Schloss verbringt.

»Es ist einer der Höhepunkte des Jahres. Die Königin ist ganz sie selbst. Beim letzten Mal, als wir in Balmoral waren, hatte sie gerade ein Sommerhäuschen bauen lassen«, erinnerte sich Wilson. »Das war im Jahr ihrer Silberhochzeit. Die Queen fuhr mit uns dahin, sie selbst am Steuer, kein Sicherheitsbeamter dabei. Wir tranken gemütlich Tee und aßen Toast mit Orangenmarmelade. Und dann ging sie in die Küche, trocknete ab, gab auch meiner Frau ein Küchenhandtuch und schien ganz selig. Ich bin ganz sicher: Weil ihr Leben sonst so formal geregelt ist, weil so viel von anderen Leuten für sie gemacht wird, liebt sie diese selbstständige Hausfrauenrolle ganz besonders.«

Eine stolze Mutter an der Seite ihres Sohnes: Für Charles war die Krönung ein großes Ereignis, das er hervorragend meisterte und das ihm als »Prince charming« viele Sympathien eintrug.

Ähnliche Szenen hatte Elizabeth schon als Kind mit ihrer Schwester geradezu genossen, nachdem ihr die Bevölkerung von Wales das komplett ausgestattete Spielhaus geschenkt hatte.

Charles wird »Prince of Wales«

Charles war neun Jahre alt, als die Mutter ihm den Titel »Prince of Wales« verlieh, den alle britischen Thronerben erhielten, seit Edward I. im 13. Jahrhundert das keltische Fürstentum Wales im Westen der Insel unterworfen hatte. Der jetzige Thronerbe wurde der 21. Träger dieses Titels in der Geschichte des englischen Königshauses.

Seine feierliche Investitur war im Juli 1969, also zwölf Jahre später, als eine Art Krönungszeremonie auf Carnarvon Castle, dem Geburtsort des ersten Prince of Wales, geplant. Was jedoch von königstreuen Briten als ein historisch bedeutungsvolles, großartiges Schauspiel betrachtet wurde, galt walisischen Nationalisten als empörender Hinweis auf einen fragwürdigen Anspruch der englischen Krone. Es kam zu Protestdemonstrationen und sogar Sprengstoffanschlägen.

Während Lord Snowdon im Auftrag der Königin für das Ereignis die alten Mauerreste mit viel Rasen und einem durchsichtigen Baldachin fernsehgerecht in Szene setzte, bereitete sich der Prinz auf seine ganz eigene Weise für den großen Auftritt vor. Er wollte dem Unwillen auf andere Art begegnen, lernte am University College in Aberystwyth die schwierige walisische Sprache, ließ in vielen Interviews Verständnis für keltische Eigenständigkeit und Traditionen erkennen und gab zu verstehen, dass er die Devise »Ich dien«, die neben Straußenfedern sein neues Wappen zierte, als Aufforderung betrachtete.

Das alles verschaffte ihm Sympathien, und die aufwändige, beeindruckende Zeremonie verlief ohne Zwischenfälle: Die Königin gürtete ihren Erstgeborenen mit dem Schwert, das schon sein Großonkel König Edward VIII. getragen hatte. Dann folgte die Krönung mit einer modernen Kreation, die extra für diesen Anlass gefertigt worden war, und als Symbol der Einheit zwischen Fürst und Fürstentum setzte die Queen dem Prinzen einen Ring auf. Schließlich überreichte sie ihm das Zepter als Zeichen seiner weltlichen Herrschaft und den purpurnen Krönungsmantel. Dann legte der Sohn einen feierlichen Treueeid gegenüber der Mutter ab, um sich anschließend in der neu erlernten Sprache an die Waliser zu richten. Es war ein Tag, der die Mutter mit großem Stolz erfüllte, und Charles etablierte sich in einer in vielen Ländern ausgestrahlten Fernsehdokumentation als »Prince charming«.

Die Schwester von Prinz Charles, Prinzessin Anne, machte in den 60er und 70er Jahren als Reiterin von sich reden. Den Höhepunkt ihrer Karriere erreichte sie, als sie 1976 für Großbritannien an den Olympischen Spielen in Montreal teilnehmen durfte. Beim Turniersport lernte sie auch ihren künftigen Ehemann kennen, Leutnant Mark Phillips, Reitlehrer bei den Queen's Dragoon Guards. Mit ihm trat sie im November 1973 vor den Traualtar. Sie war damals 23 Jahre alt und schien in ihrer burschikosen Art ein geradezu idealer Ehepartner für Leutnant Mark Phillips zu sein. Leider trog der Schein auch hier, ebenso wie in den Ehen von Prinz Charles und Prinz Andrew, die alle in einer Scheidung endeten, sodass man sich oft gefragt hat, ob nicht das Scheitern der Ehen auch etwas mit der Erziehung der Kinder zu tun hatte.

Als Vertraute des Königshauses verneint Countess Patricia Mountbatten diese Frage. »Das ist eine Krankheit, die weltweit grassiert, dass junge Leute sich so oft keine Mühe geben, zu lernen, wie man zusammenlebt und sich versteht. Im Fall der Königin ist es eine schreckliche Prüfung, die Scheidung ihrer Kinder mitzuerleben. Schon bei Privatpersonen ist das alles schlimm genug, vor allem wenn auch Enkelkinder betroffen sind. Aber wie viel schlimmer muss es sein, wenn sich das alles vor der Weltöffentlichkeit abspielt, wenn jedes kleine Detail weltweit erörtert wird? Ich weiß wirklich nicht, wie sie diese schrecklichen Erfahrungen überlebt hat, wie sie die Ruhe bewahrt und offensichtlich immer kontrolliert gehandelt hat.«

Die so unterschiedliche Bewertung von Ehe und Scheidung verdeutlicht den tief greifenden Wandel, mit dem die Queen sich auseinander setzen, den sie akzeptieren muss. 1955 war Margaret, die Schwester der Königin, von Kirche, Hof und Kabinett davon abgehalten worden, einen geschiedenen Mann zu heiraten. Geschiedene Personen durften damals nicht einmal die königliche Loge am Rennplatz von Ascot betreten. 1992, vier Jahrzehnte später, wurde Anne, der einzigen Tochter der Königin, nicht nur erlaubt,

Prinzessin Anne und Leutnant Mark Phillips heirateten am 14. November 1973. Die hervorragende Reiterin hatte ihren Mann beim Turniersport kennen gelernt.

Am 7. Juni 1977 feierte Königin Elizabeth II. ihr silbernes Thronjubiläum. Zur großen Überraschung der Schaulustigen stieg sie nach dem Dankgottesdienst in der St. Paul's Kathedrale nicht in die Kutsche, sondern ging zu Fuß, um mit den Menschen zu sprechen.

sich scheiden zu lassen, sondern auch, ein zweites Mal zu heiraten. Sie wählte Timothy Laurence, einen Rittmeister, der zeitweise auch auf der königlichen Jacht *Britannia* Dienst getan hatte, dem Schiff, das gewissermaßen die andere Seite der Monarchie verkörpert, die Beständigkeit von Symbolen und Traditionen.

1977 feierte die Queen ihr silbernes Thronjubiläum. Mit 25 Dienstjahren und 51 Lebensjahren war sie keine junge Königin mehr, obwohl sie erstaunlich jung wirkte. In all der Zeit hatte sie sich immer bemüht, die Distanz zur Bevölkerung zu verringern. Statt vom Dankgottesdienst in der St. Paul's Kathedrale in der Kutsche zum Mittagessen in die Guildhall zu fahren, ging sie zu Fuß und sprach mit den Menschen, was ihr Vater oder ihr Großvater nie getan hatten. Tatsächlich gibt es für diese »royal walkabouts« eine Geburtsstunde. Als die Queen und der Herzog von Edinburgh 1970 Neuseeland besuchten, ließen sie in Wellington ihre Fahrzeuge halten und gingen die letzten 400 Meter zum Rathaus zu Fuß – zur großen Überraschung von Tausenden Schaulustiger, die allenfalls gehofft hatten, einen flüchtigen Blick beim Vorbeifahren der Autos zu erhaschen.

Mag sein, dass die junge Königin 1952 die Fantasie der Menschen mehr beflügelt hatte als die älter gewordene Königin. Mag sein, dass man sich im Laufe der Jahre auch einfach an sie gewöhnt hatte und sie als Person akzeptierte, wie man die Institution akzeptierte, die sie verkörperte, die Monarchie. Aber 1977 spürte man wieder die Begeisterung, die bei ihrer Thronbesteigung geherrscht hatte. Auch ihre Kritiker waren sich einig: Elizabeth II. hatte ihre Sache in diesen 25 Jahren gut gemacht. Das nächste Vierteljahrhundert sollte sie vor noch größere Herausforderungen stellen.

In den Schlagzeilen

Königin Elizabeth II. an ihrem Schreibtisch.
Die 80er und 90er Jahre sollten mit großen Feierlichkeiten und tragischen Ereignissen in jeder Hinsicht turbulent werden.

Am 29. Juli 1981 fand in der St. Paul's Kathedrale die »Traumhochzeit des Jahrhunderts« statt: Prinz Charles und Lady Diana Spencer gaben sich das Jawort. Weltweit wurde die Trauung von Millionen Menschen am Bildschirm verfolgt.

In die Schlagzeilen gerät man eher mit schlechten als mit guten Nachrichten. Zu den Ausnahmen dieser Regel gehören Hochzeiten von prominenten Persönlichkeiten, insbesondere wenn die Braut jung und charmant, der Bräutigam von hohem Rang, wohlhabend und geistreich ist. Eine solche Hochzeit wurde in London am 29. Juli 1981 mit unvergleichlichem Aufwand gefeiert: In der St. Paul's Kathedrale gaben sich Lady Diana Frances Spencer und Prinz Charles Philip Arthur George das Jawort – und ganz London, nein, das ganze Commonwealth jubelte.

Als die künftige Princess of Wales am Arm ihres Vaters den langen Gang der Kathedrale zum Altar schritt, ging eine Romanze zu Ende, die nicht nur Großbritannien, sondern Zeitungsleser und Fernsehzuschauer in aller Welt monatelang beschäftigt hatte. Man hatte sich über alles Mögliche Gedanken gemacht, wie zum Beispiel den Altersunterschied. Diana war gerade 20 geworden, Charles immerhin schon 32. Auch die unterschiedlichen Interessen der beiden waren ein viel besprochenes Thema. Diana, so hörte man, sei eine fröhliche Partygängerin und möge flotte Rhythmen, während sich der Thronfolger lieber um den ökologischen Anbau von Getreide auf seinen Ländereien kümmerte und klassische Musik bevorzugte. Aber als der Hochzeitstermin dann feststand, war nur noch von dem Märchenszenario die Rede: von dem Prinzen, der seine Prinzessin gefunden hatte – von der mädchenhaften, bildhübschen Braut und Europas begehrtestem Junggesellen als Bräutigam. Und so wurde das Ereignis von den Medien in der branchenüblichen Übertreibung nicht etwa nur zur »Traumhochzeit des Jahrzehnts«, sondern gar zur »Traumhochzeit des Jahrhunderts« hochstilisiert.

Niemand konnte an diesem Sommertag des Jahres 1981 ahnen, dass die Verbindung des Prince of Wales

Bereits ein Jahr später brachte Prinzessin Diana einen Jungen zur Welt. Die Taufe von Prinz William, mit dessen Geburt nunmehr die Thronfolge in zweiter Generation gesichert war, wurde am 4. August 1982 gefeiert.

mit Lady Diana Spencer jenes Ereignis sein könnte, das der Königin mehr Glanz, aber auch mehr Elend als jedes andere ihrer zweiten Herrschaftsperiode bescheren sollte. Schließlich hielt die junge Gattin von Prinz Charles in den ersten Jahren nach der Hochzeit nicht nur, was sich das Haus Windsor von dem neuen Familienmitglied versprochen hatte, sondern übertraf alle Hoffnungen. Wo sie im Namen des Königshauses auftrat, strömten mehr Menschen zusammen als bei allen anderen Royals. Diana wurde zu einem Zuschauermagnet bei Veranstaltungen, ja, zu einem Superstar. Und der Prince of Wales musste immer häufiger erleben, dass sich Aufmerksamkeit und Kameras weniger auf ihn als auf die Frau an seiner Seite richteten, und dies sowohl bei offiziellen Anlässen im Königreich als auch bei Reisen ins Ausland. Zuerst mit charmant-schüchterner Zurückhaltung, dann mit wachsendem Selbstbewusstsein und offener Fröhlichkeit gewann Lady Di, wie sie bald überall genannt wurde, wohlwollendes Interesse für die britische Monarchie selbst bei jenen jungen Leuten, die dem System eher mit Skepsis gegenüberstanden. Sie war ein Phänomen.

»Monarchien mit ihrem altertümlichen Pomp verkörpern üblicherweise eher ein Zeitalter, das vergeht, als eines, das kommt«, schrieb das amerikanische *TIME-Magazine*. »Das Geheimnis von Dianas Verjüngung von Royalty besteht darin, dass sie das Heute verkörpert. Sie ist eine postfeministische Frau, das neumodische altmodische Mädchen, das Tradition und Pop vermischt.«

Im Juni 1982 wurde Prinz William geboren, und als erster Prince of Wales war Charles bei der Geburt eines Nachkommen zugegen. Das Ereignis schien das Glück der Familie zu besiegeln, wurde aber auch von der britischen Öffentlichkeit gefeiert, weil nunmehr die Thronfolge in zweiter Generation gesichert war. Die Queen konnte in jeder Beziehung zufrieden sein mit ihrer schönen und charmanten Schwiegertochter. Daran änderte auch die Tatsache nichts, dass die Princess of Wales, die sich beruflich mit der Entwicklung von Kindern und unterschiedlichen Erziehungsmethoden beschäftigt hatte, manches anders machte, als es bisher bei Hofe üblich gewesen war. So nahmen die Eltern den kleinen Prinzen mit auf eine Reise nach Neuseeland, als er erst ein Jahr alt war. Die Queen hatte ihre eigenen Kinder bei ähnlichen Unternehmungen stets zu Hause gelassen. Sie fürchtete, Familienleben und Commonwealth-Pflichten nicht miteinander verbinden zu dürfen, und glaubte auch, die Kinder seien zu Hause besser aufgehoben.

Und wiederum ein Jahr später, im September 1984, kam im Hause Wales ein zweiter Junge auf die Welt – Prinz Henry, genannt Harry. Auch er gesund und kräftig wie sein Bruder, obgleich man vorher etwas von Essstörungen seiner Mutter gehört hatte. Doch das war schnell vergessen angesichts der vielen Bilder eines intakten Familienlebens und einer glücklichen Ehe, die um die ganze Welt gingen.

Bei genauerem Hinsehen wurden aber hier und da Schwierigkeiten erkennbar, die sich durch unterschiedliche Lebensauffassungen ergaben. Der Prinz schien sich häufiger in ländliche Stille zurückzuziehen, während die Prinzessin mit Freundinnen durch Londons Boutiquen bummelte. Ähnlich waren sich Charles und Diana in ihrem empfindlichen sozialen Gewissen. Doch setzten sie verschiedene Akzente in ihrer Sorge für die vielen Untertanen Ihrer Majestät, die auf der Schattenseite der Gesellschaft leben. Während Diana Kleinkinder zärtlich auf den Arm nahm, Schwerkranken teilnahmsvoll und Zuversicht

Im September 1984 wurde Prinz Henry, genannt Harry, geboren. Dieses Bild zeigt die stolzen Eltern mit ihrem Sprössling beim Verlassen des Londoner St. Mary's Hospitals. Nach außen hin schien das Familienglück damals noch durch nichts getrübt zu sein.

vermittelnd die Hand gab oder in Seniorenheimen mit gewinnendem Lächeln Blumen verteilte und anschließend den jeweiligen Institutionen einen Scheck überreichte, absolvierte Prinz Charles das normale Programm etwas zügiger, bewegte sich dafür aber länger abseits des vorgeschriebenen Protokolls. Um sich ein konkretes Bild der Situation von Hilfsbedürftigen zu machen, streift er nach wie vor durch Londons heruntergekommenen Osten oder Elendsviertel in anderen Industriestädten, wo Armut weit verbreitet ist. Dabei bemüht er sich, in persönlichen Gesprächen den Problemen der sozialen Not und der Arbeitslosigkeit auf den Grund zu gehen, um nachhaltig helfen zu können.

Die heimliche Diplomatin

Die häufigen Auftritte des Thronfolgers und seiner Frau entlasteten auch die Queen in der täglichen Routine. Das wird sie begrüßt haben, nahm doch die nun nicht mehr so junge Königin auch alle anderen Verpflichtungen sehr ernst. Eines der Probleme, denen Elizabeth II. nach ihrem Thronjubiläum weiterhin besonders viel Zeit und Aufmerksamkeit zuwendet, ist die Entwicklung des Commonwealth. Neben den gefestigten, wohlhabenden Demokratien wie Kanada gehören zu dieser großen Organisation, deren Oberhaupt sie ist, sehr viele Entwicklungs- und Schwellenländer, in denen immer neue Konflikte nach neuen Studien und neuen Hilfen verlangen. Für das Commonwealth geht die Königin immer wieder auf Reisen. Meist begleitet von Prinz Philip, hat sie schon alle Hauptstädte besucht, oft genug mehrfach. Stets bemüht sie sich, auch bei der alle zwei Jahre in einem anderen Land stattfindenden Konferenz der Staats- und Regierungschefs der Commonwealth-Länder (CHOGM) anwesend zu sein. Getreu ihrer repräsentativen Rolle bleibt sie zwar den Beratungen fern, ist aber die zentrale Figur bei der Eröffnung und allen gesellschaftlichen Veranstaltungen. Darüber hinaus gewährt sie jedem der anwesenden Regierungschefs eine private Audienz. Da sie sich vorher gründlich über die jeweilige Situation informiert hat, kann

Als Oberhaupt des Commonwealth unternimmt die Queen zahlreiche Reisen. Dieses Bild zeigt sie mit dem sambischen Staatspräsidenten Kenneth Kaunda nach einer Konferenz der Staatengemeinschaft im Jahr 1979.

Das Verhältnis zwischen Elizabeth II. und Margaret Thatcher galt immer als etwas unterkühlt. Die »Eiserne Lady« war von 1979 bis 1990 als erste Frau in der britischen Geschichte Premierministerin.

sie wirkliches Interesse zum Ausdruck bringen und zumindest auf das Klima der Verhandlungen einwirken. Das hat unterschwellig mehrmals zum Erfolg dieser Konferenzen beigetragen.

So besuchte Elizabeth II. im Jahr 1979 im Zusammenhang mit einer Afrika-Rundreise trotz ernsthafter Sicherheitsprobleme auch Lusaka, wo die Commonwealth-Konferenz tagte. Dabei ging es insbesondere um Rhodesien, das heutige Simbabwe. Dieses afrikanische Land südlich des Sambesi hatte 1965 einseitig seine Unabhängigkeit von London erklärt. In den 70er Jahren schwoll dann der Strom von Flüchtlingen, die in den Nachbarländern Zuflucht vor den blutigen Auseinandersetzungen zwischen Schwarz und Weiß suchten, immer mehr an. Nachdem es der britischen Regierung mehrfach misslungen war, die abtrünnige Kolonie und ihr weißes Regime auf den Pfad der Legalität zurückzuholen, hatte das Commonwealth die Rhodesienfrage 1979 ganz oben auf die Tagesordnung gesetzt.

Tatsächlich stand das Problem dieses afrikanischen Landes bei der Konferenz der Staats- und Regierungschefs in Lusaka auf des Messers Schneide. Margaret Thatcher, die Rhodesiens afrikanische Nationalisten schlicht als »Terroristen« bezeichnete, musste überredet werden, überhaupt an der Konferenz teilzunehmen. Ihre Kollegen im Commonwealth waren der Auffassung, dass sie nicht wirklich daran interessiert sei, die Rebellion zu beenden. Im Konferenzsaal der sambischen Hauptstadt konnte man die Spannung förmlich spüren, als Mrs. Thatcher ihren Platz einnahm. Kenneth Kaunda, Sambias Präsident und Gastgeber der Konferenz, ließ in seiner Rede keinen Zweifel daran, dass er die von den Weißen eingesetzten schwarzen Politiker in Rhodesien nur als Marionetten betrachtete. Auf ein Mandat der schwarzen Mehrheit könnten sie sich nicht berufen. Julius Nyerere, der Präsident von Tansania, stieß in dasselbe Horn, so dass die große Auseinandersetzung mit Margaret Thatcher unausweichlich schien. Aber die schlug dann zur großen Überraschung aller Anwesenden eher versöhnliche Töne an. Und man erzielte tatsächlich eine Lösung, die schließlich zu dem unabhängigen Staat Simbabwe führte. Viele politische Beobachter glauben, dass diese Einigung ohne die Königin nicht zustande gekommen wäre. Offenbar hat sie hinter den Kulissen ihr ganzes Ansehen und ihre in 25 Jahren als Staatsoberhaupt gewachsene Erfahrung für eine friedliche Lösung des Problems eingesetzt.

»Die Königin hat in politischen Fragen nie eine öffentliche Rolle gespielt«, sagt der ehemalige Generalsekretär des Commonwealth, Sir Shridath Ramphal. »Es war eine private Rolle, in der sie Einfluss ausgeübt hat. Ich denke, sie würde ihre Rolle so beschreiben, dass sie Einfluss ausübt, um das Commonwealth zu erhalten. Aber wenn man sich dann in einer Situation wie damals in Lusaka befindet, eine britische Premierministerin gegen ungefähr fünfzig andere Regierungschefs, dann bekommt es leicht den Anschein, dass man sich der Mehrheitsmeinung anschließt, obgleich man sich eigentlich nur für den Zusammenhalt innerhalb des Commonwealth stark macht. Es war gut für das Commonwealth, dass dieser großen Mehrheit damals auch weiße Länder angehörten. Es war nicht so, dass die Queen und das farbige Commonwealth Front machten gegen die Premierministerin.«

Dabei mussten in Lusaka zwei auf unterschiedliche Weise bedeutende und selbstbewusste Damen kooperieren, deren Verhältnis immer als etwas unterkühlt galt. Zwar gab es wenige Britinnen, die einen so perfekten Hofknicks zustande brachten wie die so genannte »Eiserne Lady«. Aber je länger sie in No. 10 Downing Street residierte, desto großartiger inszenierte sie sich selbst. Die Königin, die eher bescheiden auftritt und neben ausgeprägtem Taktgefühl zugleich Sinn für Situationskomik besitzt, muss diese Wandlung der Regierungschefin merkwürdig berührt haben. Mit den diversen männlichen Premierministern hatte es solche Schwierigkeiten nie gegeben.

Im April 1982 wurde die Queen sehr persönlich von einem Konflikt berührt, der diesmal eine kleine britische Kolonie im fernen Südatlantik betraf. Es ging um die Falklandinseln, die der argentinische Diktator Galtieri kurzerhand besetzt hatte. Der zweite Sohn der Königin, Prinz Andrew, diente zu der Zeit bei einer Einheit der Royal Navy, die zu dem nicht ganz ungefährlichen Einsatz abkommandiert wurde, die Inseln zurückzugewinnen. In London fragten die Zeitungen im Buckingham Palast nach, was die Mutter von seinem Kriegseinsatz hielt. »Prinz Andrew ist ein Offizier im Dienst«, erklärte der Palast, »und es gibt bei der Queen keinen Zweifel daran, dass er mitgehen sollte.« Als Elizabeth II. im Mai eine öffentliche Ansprache hielt, begann sie mit den Worten: »Unsere Gedanken sind heute bei denen, die im Südatlantik sind, und wir beten für ihren Erfolg und eine sichere Rückkehr in ihre Heimat und zu denen, die sie lieben.«

Als der amerikanische Präsident Ronald Reagan im Juni des Jahres Großbritannien besuchte, wurde er mit seiner Frau als Hausgast in Schloss Windsor aufgenommen. Dabei ließ er an der Unterstützung der USA im Falkland-Problem keinen Zweifel. Aber

Schon bei ihrem ersten Treffen in London im Jahr 1982 verstanden sich die Queen und der amerikanische Präsident Ronald Reagan ausgesprochen gut. Sieben Jahre später wurde Reagan, hier mit seiner Frau Nancy, von Elizabeth II. zum Ritter ernannt.

schon wenige Tage später nahmen britische Truppen Port Stanley ein – und der Krieg war zu Ende. Er hatte die Engländer 255 und die Argentinier 650 Gefallene gekostet, doch der Anschlag auf ein Territorium Ihrer Majestät war erfolgreich abgewendet. Die Popularitätskurve der Premierministerin Margaret Thatcher schoss steil nach oben. Und mit vielen Vätern und Müttern von Soldaten und Offizieren der Royal Navy waren auch Königin Elizabeth II. und Prinz Philip erleichtert, dass ihr Sohn unversehrt aus dem Südatlantik heimkehrte.

Im darauf folgenden Februar kam es im Zusammenhang mit einer Reise in die Karibik und nach Mexiko zu einem Gegenbesuch der Queen und ihres Prinzgemahls in den USA. Nach einem Aufenthalt in Hollywood traf man sich privat mit den Reagans auf deren Ranch.

Ganz offensichtlich hatten sich die beiden Staatsoberhäupter bei dem ersten Treffen in London ausgesprochen gut verstanden, was bei den Unterschieden in Herkunft und Lebensstil so nicht unbedingt vorauszusehen war. Aber beide waren große Pferdeliebhaber und gute Reiter, was gewiss der Vertiefung ihrer Beziehung förderlich war. Und von zwei verschiedenen Standpunkten aus die gemeinsamen historischen Wurzeln der beiden Weltmächte zu betrachten kann dem gegenseitigen Verständnis nur dienlich gewesen sein. Bezeichnenderweise schwoll bei dieser Gelegenheit die immer präsente Aufmerksamkeit der Presse, die beide Staatsoberhäupter ständig begleitete, auf über dreitausend Journalisten und vierzig Fernsehteams an.

Die Familie wächst

Das Jahr 1986 brachte wieder positive Schlagzeilen. Eine weitere Traumhochzeit stand an: Prinz Andrew hatte sich entschlossen zu heiraten. Der 1960 geborene zweite Sohn der Königin war in vielem das genaue Gegenteil des Prince of Wales: Robust, sportlich und unbekümmert, nahm er das Leben eher von der leichten Seite. Zwar hatte auch er die harte Schule

Der kleine Prinz William mit einer Brautjungfer bei der Hochzeit seines Onkels, Prinz Andrew.

Bei ihrer Hochzeit im Juli 1986 erhielten Prinz Andrew und Lady Sarah Ferguson die Titel Herzog und Herzogin von York.

von Gordonstoun besucht, war aber – anders als sein Bruder – mit dem strengen Reglement gut zurechtgekommen. Diese unterschiedliche Veranlagung hat jedoch das besonders enge Verhältnis der Brüder zueinander nie beeinträchtigt. So wie Charles sechs Monate in Timbertop bei Melbourne in Australien studiert hatte, besuchte Prinz Andrew für ein halbes Jahr das Lakefield College im kanadischen Ontario, bevor er seine militärische Ausbildung bei der Royal Navy begann. Eine große Ehre war es, dass die Königin ihren Zweitgeborenen zum Herzog von York erhob. Die Verleihung muss bei Elizabeth II. viele Erinnerungen wachgerufen haben, hatte diesen Titel doch zuletzt ihr Vater innegehabt. Ja, sie selbst war zusammen mit ihrer Schwester als Prinzessin von York am Piccadilly aufgewachsen, bevor ihr Vater nach der Abdankung von Edward VIII. zum König gekrönt wurde. Das war lange her. Nun trug den Titel jener Sohn, der in der Presse gelegentlich als »Randy-Andy«, also »scharfer Andy«, apostrophiert wurde, da sein gutes Aussehen, sein strahlendes Lächeln und seine Bereitschaft zu fröhlichem Tändeln viele Damenherzen schmelzen ließ. Doch 1986 hatte er seine Wahl getroffen: Sarah Ferguson sollte fortan als Ehefrau an seiner Seite leben. Die in einem Kunstverlag beschäftigte Tochter des Polomanagers von Prinz Charles schien mit ihrer fröhlichen Unbekümmertheit dem Prinzen sehr ähnlich zu sein. Von dem eher scheuen, schüchternen Auftreten der Prinzessin Diana, das man aus der Frühzeit ihrer Ehe mit Prinz Charles noch im Gedächtnis hatte, war bei »Fergie«, wie sie bald überall genannt wurde, keine Spur.

Auch wenn der Königin die Spontaneität ihrer zweiten Schwiegertochter wahrscheinlich etwas fremd war, wird sie sich für ihren Sohn und über das Wachsen der Familie gefreut haben. Elizabeth II. hatte nie einen Zweifel daran gelassen, wie wichtig ihr das Familienleben war. Sie legte ganz entschieden Wert darauf, dass während der Sommerferien auf Balmoral und der Weihnachtsferien in Sandringham wirklich alle kamen, die Kinder natürlich, aber auch die Königinmutter und ihre Schwester mit Kindern. Zu ihrer Freude hatte die Schar der Enkel seit Ende der 70er Jahre den Kreis kontinuierlich erweitert. 1977 und 1981 kamen die Kinder von Prinzessin Anne dazu, Peter und Zara, gleich gefolgt von den beiden Söhnen der Wales, 1982 William und 1984 Harry. Schließlich wurden dem Herzogspaar von York 1988 und 1990 die Töchter Beatrice und Eugenie geboren. Eine große Familie – aber das große Glück darüber war nicht von Dauer.

Die Familie wächst beständig: Das Herzogspaar von York mit seinen beiden Töchtern Beatrice (geb. 1988) und Eugenie (geb. 1990). Doch bereits sechs Jahre nach der Hochzeit zerbrach die Ehe: 1992 wurde die Trennung von Prinz Andrew und »Fergie« bekannt gegeben, die Scheidung erfolgte 1996.

Das schreckliche Jahr

Mit dem Jahreswechsel 1991/1992 brach ein schwarzes Jahr für das Haus Windsor an. Eine negative Schlagzeile folgte der nächsten. Nur sechs Jahre nach der Hochzeit zerbrach die Ehe zwischen Andrew und Fergie. Im März gab der Buckingham Palast die Trennung bekannt, und die Herzogin von York verließ mit den beiden Kindern das gemeinsame Heim in Sunninghill Park. Das Ende kam, nachdem eine Zeitung Bilder von Fergie veröffentlicht hatte, die sie mit einem angeblichen texanischen Millionär turtelnd am Swimmingpool gezeigt hatten.

Bereits einen Monat später, im April, ging die Ehe eines anderen Königskindes endgültig zu Bruch. Nach 18 Ehejahren sprach ein Gericht die Scheidung von Prinzessin Anne und Hauptmann Mark Phillips aus. Gerüchte über Eheprobleme gab es seit langem, aber die Beteiligten hatten immer wieder betont, dass ihnen davon nichts bekannt wäre.

Gerüchte kursierten schließlich auch über eine bevorstehende Trennung im Hause Wales. Gemeinsame Auftritte von Charles und Diana waren schon seit längerer Zeit die Ausnahme geworden. Mitschnitte von Telefongesprächen schienen zu belegen, dass sich der Prince of Wales wieder regelmäßig mit Camilla Parker-Bowles, einer alten Jugendfreundin, traf. Auch Prinzessin Dianas Telefon wurde abgehört. Die Nachrichten von Affären und gegenseitigen Demütigungen überschlugen sich förmlich. Als das Paar Indien besuchte, machte Diana einen Abstecher zum Taj Mahal ohne ihren Mann. Auf einem in vielen Zeitungen abgedruckten eindrucksvollen Foto sieht man sie ganz allein auf einer Bank am Rande des riesigen leeren Platzes vor dem Monument sitzen. Die Geste war unmissverständlich, denn das Taj Mahal gilt als Symbol zweier Liebender. Neuen Auftrieb erhielten die Gerüchte im Juni 1992, als in Buch- und Zeitungsveröffentlichungen enthüllt wurde, Diana habe angeblich fünfmal versucht, sich das Leben zu nehmen.

Seinen Höhepunkt erreichte das schreckliche Jahr 1992 schließlich im letzten Monat mit einer Erklärung, die der damalige Premierminister John Major am 9. Dezember vor dem Unterhaus abgab: »Der Buckingham Palast gibt bekannt, dass sich Prince und Princess of Wales mit Bedauern entschlossen haben, sich zu trennen. Ihre Königlichen Hoheiten planen nicht, sich scheiden zu lassen, und ihre verfassungsrechtliche Stellung bleibt unberührt.«

Es ist viel darüber orakelt worden, welche Rolle die Queen selbst nicht nur bei dieser Trennung, son-

Prinzessin Diana war im Laufe der Jahre zu einem Medienstar aufgestiegen. Nachdem gemeinsame Auftritte mit ihrem Gatten selten geworden waren, wurde schließlich im Dezember 1992 die Trennung des Paares bekannt gegeben.

dern überhaupt als Schwiegermutter Dianas gespielt hat. »Man hat der Königin vorgeworfen, dass sie sich Diana gegenüber herzlos verhalten habe. Das ist, glaube ich, nicht fair«, meint der Queen-Biograph Robert Lacey. »Sie kannte Dianas Probleme wohl sehr genau und hat dann und wann auch Partei für sie ergriffen. Schließlich wusste sie ja, wie schwierig Charles sein konnte. Wir sollten nicht vergessen, dass es die Königin war, die Psychiater nach Balmoral holte, als sich schon im September 1981 bei Diana die ersten Anzeichen einer Instabilität bemerkbar machten. Es war die Königin, die danach die Chefredakteure von Fleet Street zu sich in den Buckingham Palast bat und sie ersuchte, Diana in Ruhe zu lassen. Denn damals war das Problem nicht die Bulimie, die sie vor jedermann zu verbergen versuchte, sondern der Druck, Tag für Tag auf dem Präsentierteller zu sein. Als Diana in der BBC-Sendung *Panorama* ein Interview gab, änderte sich die Haltung der Queen. Sie sah Diana jetzt als eine zweite Mrs. Simpson. Sie war jemand, der Verrat geübt und gedroht hatte, die Familie zu zerstören. Im Fernsehen die Fähigkeit ihres Ex-Mannes in Frage zu stellen, ein guter König zu werden, das konnte man ihr nicht vergeben. Insofern war auch die Tatsache, dass man ihr den Ehrentitel einer Königlichen Hoheit aberkannte, ganz unvermeidlich.«

Im November 1992 brach auf Schloss Windsor ein großes Feuer aus. Zum Glück konnten die meisten der dort bewahrten Kunstwerke vor den Flammen gerettet werden.

Als ob die Probleme innerhalb der Familie für die Queen nicht schon schlimm genug gewesen wären, war im November auf Schloss Windsor auch noch ein verheerendes Feuer ausgebrochen. Das größte bewohnte Schloss der Welt mit mehr als tausend Räumen und unschätzbaren Kunstwerken war in Gefahr, ein Raub der Flammen zu werden. Zum Glück gelang es 200 Feuerwehrleuten, den Brand unter Kontrolle zu bringen und die meisten Kunstschätze unversehrt zu bergen. Eine Woche nach dem Feuer, als der Oberbürgermeister und die Stadt London die vierzigjährige Regentschaft von Elizabeth II. feiern wollten, sprach die Königin mit belegter Stimme von 1992 als dem »annus horribilis«, dem »schrecklichen Jahr«.

Und noch ein weiteres Ereignis beschäftigte die Medien in diesem düsteren Jahr. Es geschah am frühen Morgen des 9. Juli. An diesem Tag wurde die Königin in ihrem Schlafzimmer durch einen Mann aufgeschreckt, der in den Garten gestiegen und ein Regenrohr hinaufgeklettert war. Im Korridor hatte ihn niemand aufgehalten. Im Zimmer der Königin angekommen, öffnete der Eindringling namens Michael Fagan die Vorhänge und erzählte, wie schlecht es seiner Familie ginge – bis es Elizabeth gelang, die Palastwache anzurufen und ihn abführen zu lassen.

Dieses auf den ersten Blick weniger bedeutende Ereignis wies die Öffentlichkeit auf eine Gefährdung hin, von der man angenommen hatte, dass seit mindestens zehn Jahren alles getan sei, sie prinzipiell auszuschließen. Denn es hatte einen Präzedenzfall gegeben: Im Juli 1982 war ein arbeits- und obdachloser junger Mann aus Petersborough über die Mauer des Buckingham Palastes gestiegen und durch eine weit offen stehende Terrassentür hineingegangen. Damals wurde er noch zwanzig Meter vor den Privatgemächern der Königin am weiteren Vordringen gehindert. »Ich bin kein Fan der Königsfamilie«, erklärte er, »aber ich wollte auch niemandem etwas Böses antun. Ich habe es aus Protest getan.« Seitdem sind die Sicherheitsmaßnahmen des Palastes immer wieder ein Gesprächsthema.

Der Buckingham Palast zählt zum nationalen Erbe und ist somit kein persönliches Eigentum der Queen. Nachdem 1998 während einer Ordensverleihung in Anwesenheit der Königin ein Teil des Deckenputzes herabgestürzt war, musste der Ballsaal aufwändig renoviert werden.

Die Finanzen im Visier

Begleitet wurden die vielen für die Königin schmerzlichen und unangenehmen Ereignisse des Jahres 1992 auch noch von einer nicht ablassenden Diskussion über ihre finanziellen Verhältnisse. Man bemängelte, dass sie keine Steuern zahle, entrüstete sich über die Höhe ihres Einkommens und stellte Mutmaßungen mit astronomischen Zahlen über ihr Vermögen an. Dass viele der Berichte mehr von antiroyalistischen Gefühlen als von Sachverstand geprägt waren, machte die Sache nicht besser. Sie veranschaulichten die damals im Land herrschende Stimmung, was Elizabeth II. zusätzlich belasten musste.

Dabei stand die in diesem Zusammenhang häufig laut gewordene Behauptung, die Queen sei die reichste Frau der Welt, auf tönernen Füßen. Ihr Vermögen ist auch deswegen nicht zu beziffern, weil sich noch nicht einmal eindeutig bestimmen lässt, was genau dazu gehört. Zum Beispiel zählen von den vielen Residenzen und Schlössern der Royals nur Balmoral in Schottland und Sandringham in Norfolk zum persönlichen Eigentum der Königin. Alle anderen Immobilien mit royalistischem Glanz, wie Windsor Castle, Buckingham Palace, Kensington Palace, St. James Palace, Clarence House oder Marlborough House, sind Teil des nationalen Erbes. Deshalb kommt der Staat, das heißt in diesem Fall das Umweltministerium, auch für deren Unterhaltung auf. Äußerst kompliziert wird die Trennung des Privateigentums vom Staatseigentum, wenn es um die Einrichtung der Gebäude, die Bibliotheken und die Kunstschätze geht.

Was die Einkünfte von Elizabeth II. angeht, so bezieht sie diese wie ihre Vorfahren zum großen Teil aus dem Herzogtum Lancaster, aus riesigen Ländereien, Wäldern und Immobilien, die teilweise auch außerhalb des Herzogtums liegen. Die Zahlungen im Rahmen der Zivilliste, der »Civil List«, die gelegentlich Anlass für Kritik sind, gehören nicht zum Einkommen, sondern sind Aufwandsentschädigungen. Damit werden Kosten abgedeckt, die der Königin im Rahmen ihrer Tätigkeit als Staatsoberhaupt entstehen, und zwar hauptsächlich für Personal, aber auch für vieles andere, wie Veranstaltungen, Wohltätigkeiten und Gastgeschenke oder Pflege und Unterhaltung der königlichen Ställe mit Pferden und Kutschen. Eigene Zuwendungen aus der Zivilliste erhalten außer ihr die Königinmutter und Prinz Philip. Die Kosten aller weiteren Mitglieder der Familie, die repräsentative Aufgaben übernehmen, werden aus dem Fonds der Königin beglichen. Prinz Charles hat als Herzog von Cornwall auf alle staatlichen Aufwandsentschädigungen verzichtet und sich darüber hinaus bereit erklärt, einen Teil seiner Einnahmen aus dem Herzogtum an den Fiskus abzutreten.

Seit der legendäre Lord Altrincham im Jahr 1957 zum ersten Mal nach der Thronbesteigung der Queen fundamentale Kritik am Königshaus und dessen Beratern geübt hatte, sind in Abständen negative Stimmen laut geworden, die der Hof nicht immer übergehen konnte, wie es zuvor eigentlich immer die Praxis gewesen war. Aber 1992 fand eine bisher nicht gekannte monarchiefeindliche Stimmung in den Medien immer größere Verbreitung. Vielleicht beeinflusst durch die Skandale der jüngeren Royals einerseits und die bedrückende wirtschaftliche Situation mit wachsender Arbeitslosigkeit andererseits, kulminierte die Kritik an den finanziellen Privilegien des Königshauses ausgerechnet nach dem für die Königin schmerzlichen Brand in Schloss Windsor. Vielen erschien es ungerecht, dass der Staat, also letztlich die Steuerzahler, den Wiederaufbau des Gebäudes finanzieren sollten, dessen Kosten auf zwanzig bis vierzig Millionen Pfund geschätzt wurden. Eine entsprechende Ankündigung des für den Erhalt der Schlösser zuständigen Ministeriums rief einen Sturm der Entrüstung hervor. Während in diesem Zusammenhang besonders scharf die Steuerfreiheit der Königin kritisiert wurde, hatte es hinter verschlossenen Türen bereits seit längerem Verhandlungen über Modus und Höhe eventueller Steuerabgaben der Queen gegeben. Für die allgemeine Stimmung war es dann etwas spät, als im November erklärt wurde, dass die Königin von 1993 an Steuern auf ihr privates Einkommen zahlen würde. Einzelheiten einer umfassenderen Neuregelung ihrer Bezüge folgten im April 1993.

Unterwegs in Russland und anderswo

Bei allem Kummer und Ärger nahm die Queen vereinbarte Pflichten auch in diesem Jahr wahr. Gleich im Februar stand eine Reise nach Australien auf dem

Der Raum für Staatsbankette auf Schloss Windsor. Nach umfänglichen Restaurationen erstrahlte die Residenz vor den Toren Londons 1997 rechtzeitig zur goldenen Hochzeit von Elizabeth II. und Prinz Philip in neuem Glanz. Die Arbeiten wurden zum größten Teil aus den Eintrittsgeldern der Besucher in Windsor und im Buckingham Palast finanziert.

Programm. Sie hatte dieses weite Land schon 1954 bei einer zweimonatigen Rundreise kennen und schätzen gelernt. Damals war sie bejubelt worden, als sie erklärte, dass sie in der Tat stolz darauf sei, »... an der Spitze einer Nation zu stehen, die so viel geleistet hat«. Man hoffte, mit vielen weiteren königlichen Besuchen die freundschaftlichen Beziehungen des Landes zur Krone zu festigen, obgleich die republikanischen Bestrebungen in Australien nicht zu ignorieren waren. Doch als die Königin 1992 zur 150-Jahrfeier des Stadtrats von Sydney kam, empfing sie eine äußerst gedämpfte Stimmung. Ganz offenbar waren die Gerüchte von den diversen Skandalen der Königskinder bis hierher gedrungen. In seiner Willkommensansprache betonte der Labour-Premierminister Paul Keating ausführlich die Bedeutung der regionalen Beziehungen für Australien und ging nur oberflächlich auf den königlichen Besuch ein. Obgleich sich die Queen als Staatsoberhaupt dadurch nicht sonderlich willkommen fühlte, trat sie mit der gewohnt distanzierten Liebenswürdigkeit auf, mit der sie immer wieder die Menschen gewinnt. Für wie lange sie den Ablösungsprozess des Landes von seiner fernen Königin damit aufhalten konnte, ist allerdings nicht abzusehen. Bis heute ist Elizabeth II. noch immer auch die Queen von Australien. Aber es gibt auf dem fünften Kontinent inzwischen nach den Einwanderungswellen aus allen Weltteilen immer weniger Abkömmlinge britischer Bürger, die vorrangig an der traditionellen Verbindung zum Königshaus interessiert sind.

Im Oktober 1992 unternahm Elizabeth II. ihren dritten Staatsbesuch in Deutschland. Mit einem Gang durch das Brandenburger Tor betrat die Queen, hier in Begleitung von Richard von Weizsäcker und Prinz Philip, erstmals ostdeutschen Boden.

In der Dresdener Kreuzkirche nahm Elizabeth II. gemeinsam mit Gästen aus Coventry an einem Versöhnungsgottesdienst teil, bei dem Prinz Philip auf Deutsch einen Text aus der Bibel vorlas.

Ganz anders waren die Erfahrungen, die Elizabeth II. bei ihrem dritten Staatsbesuch in Deutschland machen konnte. Das Ende des Ost-West-Konfliktes und der Fall der Berliner Mauer erschlossen auch für die Königin Reiseziele, die bis dahin für sie tabu gewesen waren. Nachdem sie die alte Bundesrepublik auch außerhalb der Staatsbesuche relativ gut kennen gelernt hatte, war sie nun neugierig auf die neuen Bundesländer. An der Seite von Bundespräsident Richard von Weizsäcker und dem Regierenden Bürgermeister von Berlin, Eberhard Diepgen, durchschritt sie 1992 zum ersten Mal das Brandenburger Tor.

»Sie war an dem Zusammenwachsen Deutschlands wie auch an den Schwierigkeiten sehr interessiert«, erinnert sich Richard von Weizsäcker. »Wie ja überhaupt für unsere westlichen Partner sowohl in der Europäischen Union als auch im Atlantischen Bündnis die Frage, wie es nun weitergeht mit dem vereinigten Deutschland, von sehr großem eigenen nationalen Interesse ist, und daran nahm sie teil. Sie war auf ihre Besuche jeweils sehr gut vorbereitet.«

Für den vierten Tag ihres Deutschlandaufenthaltes hatte die Queen einem Besuch Dresdens zugestimmt, der Stadt, die als ein Symbol sinnloser Zerstörung schlechthin gilt. In drei Angriffen britischer und amerikanischer Bomberverbände war Dresden am 13. und 14. Februar 1945 binnen weniger Stunden in ein drei Kilometer langes Trümmerfeld verwandelt worden. War dieser Ort ein geeignetes Reiseziel für die Queen? Auch wenn der Beifall durchaus geteilt war:

Ein historisches Ereignis: Als erstes Staatsoberhaupt Großbritanniens besuchte die Queen im Oktober 1994 Russland. Dort waren sie und Prinz Philip zwei Tage Gast des damaligen Präsidenten Boris Jelzin im Moskauer Kreml.

Was ihre offiziellen Pflichten angeht, hat sich Elizabeth II. unbequemen Situationen nie entzogen – in Dresden genauso wenig wie in Nordirland oder irgendwo anders im Commonwealth. Nun feierte man gemeinsam mit Gästen aus Coventry in der Dresdener Kreuzkirche einen Versöhnungsgottesdienst. Denn was Dresden für die Deutschen ist, ist Coventry für die Briten: ihr Symbol für sinnlose Zerstörung durch deutsche Bomben.

Auch in dieser Stadt wurde die Königin von dem damaligen Bundespräsidenten begleitet. »Wir sind an verschiedenen Stellen in Dresden gewesen und nebeneinander im Auto ganz langsam an der Frauenkirche vorbeigefahren«, erzählt er. »Dann sind wir in die Kreuzkirche gegangen. Es war eine Art ökumenischer Feier, bei welcher der sächsische Ministerpräsident auf Englisch und Prinz Philip, ihr Mann, auf Deutsch einen kurzen Text aus der Bibel vorlasen. Im Anschluss daran fuhren wir weiter nach Leipzig. Dort ging es dann mehr um die neuen kulturellen wie auch wirtschaftlichen Fähigkeiten dieser Stadt. Nach der langsamen Fahrt durch Dresden war sie dann doch sichtlich erleichtert. Wer würde ihr das verdenken?«

Im Oktober 1994, zwei Jahre nachdem die Dresden-Reise stattgefunden hatte, landeten die Königin und der Herzog von Edinburgh auf dem Prominentenflughafen Vnukowo vor den Toren von Moskau. Es war ein historischer Besuch: Solange das Sowjetregime an der Macht gewesen war, war ein Staatsbesuch für die Queen nicht in Frage gekommen. Schließlich hatten die Revolutionäre 1918 »Vetter Russland«, wie der Zar im englischen Königshaus genannt wurde, mit seiner ganzen Familie umgebracht. Kein Wunder, dass das Medieninteresse an diesem Besuch außergewöhnlich groß war.

Aber kaum hatte Elizabeth II. den Fuß auf russischen Boden gesetzt, holten sie die Querelen im Hause Wales wieder ein. Es gab neue Spekulationen über eine bevorstehende Scheidung von Prinz Charles und Prinzessin Diana. Diese Nachricht verdrängte im Fernsehen die Bilder von der historischen Begegnung der Queen mit Präsident Jelzin und seiner Frau im Kreml auf den zweiten Platz. Dabei hatten die Hofbeamten, die mit der Vorbereitung des Besuches betraut gewesen waren, große Hoffnungen gehegt, dass die englische Krone bei diesem Anlass endlich einmal wieder in ungetrübtem Glanz erstrahlen würde.

Biographen und Journalisten, die Elizabeth II. häufiger auf ihren Auslandsreisen begleitet haben, sind immer wieder überrascht davon, wie leicht es der

Königin offenbar fällt, selbst Gastgeber, die ihr vorher noch nie begegnet sind, für sich zu gewinnen. Ein Teilnehmer der Russland-Reise, Hugo Vickers, erinnert sich: »Wenn ich an Jelzin denke, fällt mir immer diese Szene in der St. Georges Halle ein, wo sich die beiden Seiten zum ersten Mal begegneten – sehr formell mit wenig Spielraum für irgendeinen intimeren Meinungsaustausch. Zweieinhalb Tage später, als er sich von der Queen verabschiedete, küsste Jelzin ihre Hand und hatte beinahe Tränen in den Augen. Er hatte in ihr eine gute Freundin gefunden, obgleich er ihr nie wieder begegnet ist. Aber diese Wirkung hat die Königin auf Menschen. Wenn sie die Konferenz der Staats- und Regierungschefs des Commonwealth besucht, das ihr ja besonders am Herzen liegt, so hat sie einmal ihre Rolle dort mit der einer Ärztin verglichen. Sie bittet vier Regierungschefs am Morgen und vier Regierungschefs am Nachmittag zu sich – und die wollen sich alle mit ihr über ihre verschiedenen Probleme unterhalten.«

Am 8. Mai 1995 gab es endlich wieder ein Ereignis, das positive Schlagzeilen machte: Es war der VE-Day, der »Victory in Europe-Day«. Wie damals vor fünfzig Jahren erschien die Queen Mum mit ihren beiden Töchtern auf dem Balkon des Buckingham Palastes, um sich des Sieges der alliierten Streitkräfte über das Deutsche Reich zu erinnern. Wie jung waren sie damals gewesen, wie fröhlich hatten sich die Schwestern unter die Menge gemischt, die dem König zujubelte. Nun hörten sie wieder die alten Lieder und mussten auch nicht lange überredet werden, mit einzustimmen. Selbst zwischen Charles und Diana schien am VE-Day eine Art Waffenstillstand zu herrschen. Beide waren bereit, gemeinsam bei einer Parade der Veteranen in Erscheinung zu treten. Es war kein wirklich glänzendes, aber doch immerhin ein positives Zwischenspiel.

Die ganze Nation trauert

Bitteres folgte im Sommer 1996, obgleich es auch von vielen als erlösend empfunden wurde: die Nachricht, dass die Ehe zwischen dem Prince und der Princess of Wales endgültig geschieden worden sei. Nach neuen Enthüllungen und Beschuldigungen hatte die Königin schließlich selbst die Initiative ergriffen und das Ehepaar zu diesem Schritt gedrängt. Wie sehr hatten sich die Anschauungen in den vergangenen vierzig Jahren doch geändert! Was im Jahr 1955 noch strikt gegen eine Ehe von Prinzessin Margaret mit Peter Townsend gesprochen hatte, war inzwischen gegenstandslos geworden. Eine Scheidung hatte jetzt keine konstitutionellen Folgen mehr.

Ein Jahr darauf, am Sonntag, dem 31. August 1997, kam das Kapitel »Diana und die Windsors«, das nie zu enden schien, zu einem abrupten Abschluss. Um einer Meute von Fotografen zu entgehen, verließen Diana und ihr Freund Dodi al-Fayed nachts gegen halb eins das Ritz Hotel in Paris durch einen rückwärtigen Ausgang und beeilten sich mit der Abfahrt. Vier Minuten später raste der Wagen in einer Straßenunterführung gegen einen Betonpfeiler. Dodi und der Fahrer waren auf der Stelle tot, Diana starb wenige Stunden später in einem Pariser Krankenhaus. Es überlebte nur ein Sicherheitsbeamter.

Das Königshaus tat sich schwer, das Ereignis richtig einzuordnen. Diana hatte sich aus der Perspektive der Queen durch die Scheidung aus dem Zentrum der Familie an den Rand katapultiert. Zwar reiste Prinz Charles zusammen mit den beiden Schwestern Dianas noch am Sonntag nach Paris, um den Leichnam nach London zu überführen. Doch bei der Rückkehr wurden Thronfolger und Sarg auf dem Flughafen nur von Premierminister Tony Blair erwartet.

Ein Meer aus Blumen: Die ganze Nation trauerte um Prinzessin Diana, die am 31. August 1997 ums Leben kam. Die Queen hielt eine kurze Fernsehansprache, in der sie ihren Respekt gegenüber der verstorbenen Schwiegertochter zum Ausdruck brachte.

Am 6. September 1997 wurde der Sarg von Prinzessin Diana auf einer Geschützlafette durch die von Trauernden dicht gesäumten Straßen Londons zur Westminster Abbey gefahren.

Auf den letzten Kilometern bis zur Westminster Abbey gaben fünf Familienmitglieder der Prinzessin das letzte Geleit: Prinz Philip, Prinz William, Earl Spencer, der Bruder Dianas, Prinz Harry und sein Vater, Prinz Charles.

Von den Windsors war niemand erschienen – sie machten gerade Ferien in Balmoral wie jedes Jahr und dachten noch gar nicht daran, nach London zurückzukehren.

Fünf Tage später hatte sich die Szene total verändert. Nicht nur, dass sich Prinz Charles und seine beiden Söhne vor Beileidsbekundungen, Blumen und Kondolenzadressen kaum retten konnten, als sie am Freitag, dem Tag vor der Beisetzung, in den Kensington Palast zurückkehrten. Auch die Königin und Prinz Philip mussten jetzt begreifen, dass in diesen Tagen etwas Außergewöhnliches passiert war. Die ganze Nation trauerte um einen Menschen, in dem sie eine Hoffnungsträgerin gesehen hatte – jemanden, der in der Lage gewesen war, die Welt zum Positiven zu bewegen. Gerade weil Diana in sich selbst so widersprüchlich war, launisch, verschwenderisch, eitel auf der einen, warmherzig, aktiv, überzeugend auf der anderen Seite, hatte sie die Sympathien im eigenen Land und weit darüber hinaus erobert.

Die Queen, die in den Zeitungen heftig kritisiert wurde, weil sie zunächst in Schottland geblieben war, hielt an dem Abend eine kurze Fernsehansprache, in der sie mit ihrer verstorbenen Schwiegertochter gewissermaßen Frieden schloss. »Sie war ein außergewöhnlicher und begabter Mensch«, sagte sie. »In guten wie in schlechten Tagen hat sie nie ihre Fähigkeit verloren, zu lächeln und zu lachen und andere mit ihrer Wärme und Freundlichkeit zu inspirieren. Ich habe sie bewundert und respektiert – wegen ihrer Energie und ihres Einsatzes für andere und vor allem wegen ihrer Liebe zu ihren beiden Jungen.«

Ein Staatsbegräbnis für Diana war zunächst nach dem Protokollverständnis des britischen Königshauses ausgeschlossen. Aber am Ende wurde die Prinzessin doch wie eine richtige Königin zu Grabe getragen. Die BBC übertrug Bilder von der Beerdigung in 180 Länder. Nie zuvor haben sich so viele Menschen rund um den Globus in Trauer verbunden gefühlt wie an jenem Sonnabend im September.

Elizabeth II. und ihre Familie standen am Straßenrand, als der Trauerzug den Buckingham Palast erreichte. Sie verbeugten sich vor der Toten. Von »Präzedenzen«, der ewigen Angst, das vertraute Protokoll zu verlassen und Neues zu wagen, war plötzlich keine Rede mehr. Am St. James Palast hatten sich fünf Familienmitglieder versammelt, um der Prinzessin während der letzten zwei Kilometer bis zur Westminster Abbey das Geleit zu geben. Hinter dem Sarg schritten der Herzog von Edinburgh, Prinz William, Prinz Harry, der Prince of Wales und Earl Spencer, der Bruder Dianas.

Robert Lacey ist der Meinung, dass damals in der Trauerwoche zwei unterschiedliche Prioritäten miteinander kollidierten. »Die Woche nach Dianas Tod hat die Widersprüche der konstitutionellen Monarchie wirklich auf den Punkt gebracht. Die Königin hat sich verhalten, wie sich jedermann verhalten hätte. Ihre erste Priorität galt den Enkeln. Hätte sich ein solcher Trauerfall in einer ganz normalen Familie ereignet, mit einer Schwiegertochter, die so viel Kummer über die Angehörigen gebracht hätte, wäre niemand auf die Idee gekommen, dass die Schwiegermutter in ihrer Trauer vorangehen müsse. Man hätte das als heuchlerisch empfunden. Die Teilnahme an der Beisetzung hätte völlig gereicht. Aber von der Königin wurde erwartet, dass sie sich aufmacht und die Trauernden anführt. Insofern hat der Kompass ihrer Gefühle sie diesmal falsch gesteuert. Sie verließ sich zu sehr auf das Protokoll. Aber dass man zum Beispiel die Fahne auf dem Buckingham Palast nicht auf Halbmast gesetzt hat, war rückblickend ein Fehler. Es mag harsch klingen, aber sie hat nicht wirklich getrauert. Sie hat es traurig gefunden für ihre Enkel, aber den Verlust für die Nation, wie die Nation ihn selbst empfand, hat sie nicht gespürt.«

Familienfeste und Abschied

So groß auch die Trauer im Sommer 1997 war, am 20. November gab es doch noch einen Anlass für erfreuliche Schlagzeilen: Königin Elizabeth und der Herzog von Edinburgh feierten ihren 50. Hochzeitstag – und ganz London feierte mit. Diese goldene Hochzeit ist vielen Briten deshalb in besonderer Erinnerung geblieben, weil es sehr selten vorkommt, dass ein Angehöriger des Hauses Windsor öffentlich über ein anderes Familienmitglied spricht. Und davon wurde an diesem Tag eine Ausnahme gemacht. In den fünfzig Ehejahren hatte es immer wieder Spekulationen gegeben, dass es die Queen mit dem Raubein Philip nicht eben leicht habe. Die Zahl der belegten Zitate aus seinem Munde unterstützen diese Vermutung. Insofern überraschte es bei der Feier viele, wie warmherzig der eine von dem anderen sprach. Das begann am Vortag mit einer Rede, die der Herzog von Edinburgh in Londons Guildhall hielt. Prinz Philip erinnerte an das Jahr 1952, als sich nach dem unerwarteten Tod von Georg VI. alles von einem Tag auf den anderen änderte. Er hatte damals geahnt, dass seine junge Frau, die nun eine Königin war, unglaublich viel Kraft brauchen würde.

Wie die Queen glaubt auch ihr Biograph Robert Lacey, dass der Prinzgemahl oft falsch eingeschätzt

Prinz Harry, Zara Phillips, die Tochter von Prinzessin Anne, und Prinz William nahmen anlässlich der goldenen Hochzeit ihrer Großeltern an einem Essen in Greenwich teil, zu dem der Prince of Wales geladen hatte.

Am 20. November 1997 feierten Elizabeth II. und Prinz Philip ihren 50. Hochzeitstag. Als Höhepunkt der Festlichkeiten fand in Anwesenheit ihrer Familie und zahlreicher gekrönter Häupter Europas in der Westminster Abbey ein Dankgottesdienst statt.

worden ist: »Ich denke, dass die Stärke der Ehe von Philip und Elizabeth das bislang nicht enthüllte Geheimnis ihrer Herrschaft ist. Als sich Philip 1947 mit der Prinzessin verlobte, hat er einen alten Marinefreund, den Australier Michael Parker, gebeten, ihm innerhalb der Hofmaschinerie beizustehen, und gesagt: ›Das ist meine Lebensaufgabe, die künftige Königin zu unterstützen.‹ Selbst Mitglied eines europäischen Königshauses, hat er das sicher klarer gesehen, als das irgendein britischer Ehemann erkannt hätte. Und genau das hat er getan.«

Das Jahr 1997 endete mit dem Abschied von der königlichen Jacht *Britannia*. Für die Queen war das ein besonders wehmütiger Augenblick, denn das Schiff war ihr als schwimmender Palast ans Herz gewachsen wie die Lieblingsschlösser Windsor und Balmoral. Aber nach 44 Jahren im Dienst der Royal Navy und mit einer Million Seemeilen im Logbuch war der Moment gekommen, zu dem der Maschinentelegraph nun unwiderruflich auf »Stop« einrasten würde. Das Schiff war technisch überholt, sein Betrieb zu aufwändig. Zum Abschiedsgottesdienst hatte sich fast die gesamte königliche Familie in Portsmouth versammelt. Doch die *Britannia* wurde nicht abgewrackt, sondern am Pier des Hafens von Edinburgh in Schottland als Museumsschiff festgemacht. Wie jedermann inzwischen im Sommer den königlichen Buckingham Palast besichtigen kann, so darf man nun auch an Bord der *Britannia* gehen und sich vorstellen, was sich dort bei familiären Reisen oder bei Staatsbanketten abgespielt hat.

Die 90er Jahre gingen besser zu Ende, als sie begonnen hatten. Im Juni 1999 konnte sich die Queen darüber freuen, dass auch ihr jüngster Sohn Edward mit Sophie Rhys-Jones an seiner Seite vor den Traualtar in Windsor trat. Die Braut galt als patente junge Frau. Sie hatte Karriere gemacht in einer PR-Firma, wo sich Braut und Bräutigam auch kennen gelernt hatten: Als Prinz Edward, der ein begeisterter Tennisspieler ist, für ein Werbefoto posieren wollte und seine Partnerin den Termin kurzfristig absagen musste, war Sophie für sie eingesprungen.

Prinz Edward, der jüngste Sohn der Queen, und Sophie Rhys-Jones heirateten am 19. Juni 1999 in der St. George's Kapelle auf Schloss Windsor.

Alljährlich zeigt sich Königin Elizabeth II. zu ihrem Geburtstag mit ihrer Familie auf dem Balkon des Buckingham Palastes.

Und dann, im Jahr 2000, ein Ereignis, das es in der Geschichte des englischen Königshauses so noch nie gegeben hatte: Der 100. Geburtstag von Königin Elizabeth, der Königinmutter, allseits liebevoll »Queen Mum« genannt. Drei Generationen zogen auf dem Paradeplatz der Horse Guards an ihr vorüber, jede von ihnen mit eigenen Erinnerungen an die Jubilarin. Die Queen selbst fehlte bei dem Fest – sie wollte der Mutter an ihrem Ehrentag nicht die Schau stehlen. Dafür stand ihr der Lieblingsenkel Prinz Charles zur Seite. Und als ob das alles nicht schon anstrengend genug gewesen wäre, bestand die Queen Mum am Ende darauf, allen Beteiligten ein kurzes Dankeswort zu sagen.

Wie also lautet die Bilanz nach so vielen Jahren in den Schlagzeilen? Robert Lacey meint: »Großbritannien hegt für die Königin enorme Zuneigung und Respekt, die vielleicht umso tiefer verwurzelt sind, als sie nicht zum Ausdruck kommen. Darauf vor allem ist es zurückzuführen, dass die Monarchin die 90er Jahre und die Extravaganzen der Kinder überlebt hat. Die Königin hat die 90er Jahre, die für die Popularität des Königshauses ja verheerend waren, ziemlich unversehrt überstanden. Mittlerweile überwiegt ein Gefühl des Mitleids für die Queen, wenn man an Charles und Diana denkt und die anderen Ehen. Man sagt, das passiert eben mit Kindern – dafür kann man die Mutter nicht verantwortlich machen.«

Nach all den zurückliegenden Turbulenzen scheint zu Beginn des neuen Jahrtausends ein wenig Ruhe in das Haus Windsor eingekehrt zu sein. Bleibt nun, angesichts des goldenen Thronjubiläums, den Blick nach vorne zu richten. Welche Zukunft wird die Krone in Großbritannien haben?

Am 4. August 2000 konnte das Königshaus ein besonderes Ereignis feiern: Die Königinmutter wurde 100 Jahre alt. In Begleitung ihres Lieblingsenkels Prinz Charles verlässt sie auf diesem Bild die St. Paul's Kathedrale, in der zum Auftakt der Feierlichkeiten am 11. Juli ein Dankgottesdienst stattgefunden hatte.

Die Zukunft der Krone

Seit 50 Jahren Königin: Bereits am Tage ihres 21. Geburtstages und in ihrem Krönungseid im Jahr 1953 hatte Elizabeth II. versichert, dass sie Großbritannien und dem Commonwealth ihr ganzes Leben, möge es lang oder kurz sein, dienen werde.

Wird die Queen in absehbarer Zukunft zugunsten von Prinz Charles auf die Krone verzichten? Mehrere Jahre lang haben Beobachter des Königshauses jedes Wort von Elizabeth II. auf die Goldwaage gelegt, um herauszubekommen, ob sie eine solche Möglichkeit tatsächlich in Betracht ziehen könnte. Angesichts des niederländischen Königshauses schien ihnen eine solche Frage nicht völlig aus der Luft gegriffen zu sein: Sowohl Königin Wilhelmina als auch später Königin Juliana haben bereits zu Lebzeiten das Zepter an ihre jeweiligen Töchter weitergegeben. Unmittelbar vor dem goldenen Thronjubiläum sind diese Stimmen jedoch verstummt, niemand rechnet derzeit damit, dass die Queen eine solche Entscheidung fällen wird. »Sie wird nicht abdanken«, verneint auch Hugo Vickers, Biograph und Kenner des britischen Königshauses, diesen Gedanken. »Zwar ist es für Außenstehende schwer, etwas vorherzusagen, aber sowohl beim Krönungseid als auch in ihrer Rede anlässlich ihres 21. Geburtstags brachte sie eindeutig zum Ausdruck, dass sie diesem Land ein Leben lang dienen werde, ob ihr Leben nun kurz oder lang sein werde. Hinzu kommt ihr immer größer werdender Erfahrungsschatz. Jedes Jahr, das vergeht, macht sie wertvoller für Großbritannien. Sie wird als Souverän immer wichtiger.«

Auch Countess Patricia Mountbatten, die der königlichen Familie persönlich nahe steht, ist sich in diesem Punkt sicher: »Abzudanken als Souverän ist bei uns nicht üblich. Es hat sich nur einmal ereignet, und wir erinnern uns daran als ein Desaster. Andererseits haben wir dieser Abdankung unsere wunderbare Königin zu verdanken, aber die Erfahrung als solche möchte man wohl nicht noch einmal machen. Wer König oder Königin ist, hat sich unserer Auffassung nach bei der Krönung verpflichtet, ein Leben lang das Beste für sein Land zu leisten. Ich würde nicht einen Augenblick glauben, dass die Königin sich vorstellen könnte, das Amt, so lange sie es so glänzend versieht, jemandem anderen zu übertragen. Ich halte das für sehr, sehr unwahrscheinlich.«

Hinter der Frage, ob die Queen abdanken wird oder nicht, steht natürlich immer der Gedanke, dass Prinz Charles den Thron möglicherweise erst besteigen wird, wenn er selbst schon im »Rentenalter« ist – eine Wahrscheinlichkeit, die angesichts der Langlebigkeit im Hause Windsor, besonders bei den weiblichen Mitgliedern, nicht eben gering ist. Aber auch Robert Lacey, der wie die Countess ebenfalls an Elizabeths Onkel, Edward VIII., erinnert, hält einen Thronverzicht zugunsten des Sohnes für ausgeschlossen: »Die Königin wird nie abdanken. Abdankung ist ein Wort, das bei ihr schlimme Erinnerungen weckt. Sie weiß um das Geheimnis, wenn man von der Wallmauer verkündet: ›Der König ist tot, lang lebe der König.‹ Tod und Beisetzung gehören zur Monarchie wie Leben und Krönung. Dass in Großbritannien jemand feierlich gekrönt wird, während der Vorgänger als Pensionär daneben sitzt und auf seine goldene Uhr schaut, ist einfach nicht vorstellbar.«

Für den Prince of Wales bedeutet dies, dass er bis zum Antritt der Thronfolge allenfalls die Möglichkeit haben wird, einige hoheitliche Aufgaben mehr als bisher zu übernehmen, dies jedoch immer nur im Auftrag und in Vertretung der Mutter. Er wird sich auf diese Weise weiter als Nachfolger profilieren – eine Rolle, in der er auch unbestritten wieder akzeptiert wird. Dies hatte mehrere Jahre lang anders ausgesehen.

Als Prinzessin Diana 1997 starb, war es um das Image des Prince of Wales nicht zum Besten bestellt. Fünf Jahre später genießt Prinz Charles jedoch wieder ein hohes Ansehen unter der Bevölkerung.

Prinz Charles und sein Image

Anlässlich des Todes von Prinzessin Diana im Jahr 1997 waren zahlreiche Stimmen laut geworden, die die Auffassung äußerten, dass sich der Prince of Wales durch sein Verhalten gegenüber Diana und während des öffentlich ausgetragenen Ehestreits diskreditiert habe. Vielerorts wurde darüber debattiert, ob die Krone nicht direkt auf seinen Sohn William übergehen solle.

Charles' Imageverlust war bereits in den vorangegangenen Jahren enorm gewesen. Aus dem »Caring Prince« von 1981 war im Laufe seiner Ehe in den Augen vieler ein wunderlicher Eigenbrötler geworden, der mit Pflanzen sprach und sich in die Einsamkeit des schottischen Hochmoors zurückzog, um Aquarelle zu malen. Als dann die Prinzessin von Wales begann, öffentlich und medienwirksam ihr Unglück zu enthüllen, später Charles' anscheinend bereits seit Jahren bestehendes Verhältnis mit Camilla Parker-Bowles publik wurde, warf man ihm vor, dass Charles das Schicksal seiner Frau und seiner Kinder offenbar völlig gleichgültig war. Auf der Beliebtheitsskala sank er Stück für Stück gen Null. Selbst der Tod Dianas wurde ihm unterschwellig noch von manchem angelastet, denn wenn er ein guter Ehemann und Vater gewesen wäre, hieß es, hätte die Prinzessin keinerlei Anlass gehabt, aus dem Schoß der Familie, zu anderen Männern zu flüchten, und wäre schließlich auch nicht mit ihrem letzten Begleiter, Dodi al-Fayed, auf so tragische Weise ums Leben gekommen.

Fünf Jahre später ist die Kritik an seiner Person jedoch verstummt: Prinz Charles genießt wieder dasselbe hohe Ansehen wie 1981, mit dem Plus versehen, dass er inzwischen als eine gereifte Persönlichkeit betrachtet wird. Sein ausgeprägtes soziales Gewissen und sein entschiedenes Engagement für die unterschiedlichsten Belange der Bevölkerung tragen ihm viele Sympathien ein. Ebenso seine Rolle als fürsorgender Vater – ja, man ist sogar bereit zuzugestehen, dass er Letzteres wohl früher schon gewesen ist, nur hatte das zuvor niemand zur Kenntnis nehmen wollen. Und auch wenn es angesichts der in der Vergangenheit erhobenen Vorwürfe überrascht, billigt man Charles darüber hinaus inzwischen durchaus zu, dass er mit seiner Jugendliebe Camilla Parker-Bowles zusammen ist.

Die Medien und insbesondere die Hofberichterstatter haben einen nicht unerheblichen Teil zur Aufwertung von Charles' Image beigetragen. Den Prince of Wales zu übergehen und auf William zu setzen hieße nämlich in letzter Konsequenz, das ganze amtierende Königshaus abzuschreiben – womit sie

Gemeinsame Ferien: Prinz Charles mit seinen Söhnen William und Harry während eines Skiurlaubs im schweizerischen Klosters.

auch Gefahr liefen, sich um ihren eigenen Job zu bringen. William, der keinen Zweifel daran lässt, dass er seinen Vater als den nächsten König sieht, ist ohne Prinz Charles nicht vorstellbar. Und so richtete sich in der Folge der Blick der Journalisten immer auch auf Charles als Vater, der sich an Mutters statt um das Wohl seiner Söhne sorgte, sie oft auf Reisen mitnahm und sehr darauf achtete, in welcher Obhut sie sich befanden. Dies alles ließ ihn in einem positiven Licht erscheinen und steigerte seine Popularität zunehmend. Daran änderte sich auch nichts, als nach William sein Bruder Harry 1998 aufs Eton College kam und die Fürsorge des Vaters nicht mehr in so starkem Maße wie zuvor erforderlich war.

Ebenso bemühte man sich im St. James Palast, der offiziellen Residenz von Prinz Charles, darum, durch langsame, sorgfältig geplante Schritte Camilla Parker-Bowles als Partnerin des Thronfolgers zu Akzeptanz zu verhelfen. Noch lange nach Dianas Tod vermied es das Paar bewusst, zusammen in Erscheinung zu treten, obwohl ihre Beziehung allgemein bekannt war. Man hielt den Zeitpunkt noch für verfrüht. Es war keinem Fotografen gelungen, auch nur ein einziges Bild zu ergattern, das Charles und Camilla gemeinsam zeigte. Statt sich der Gefahr auszusetzen, von Schlagzeilen und Gerüchten überrollt zu werden, setzten – und lancierten – die beiden geschickt selbst den Zeitpunkt, wann sie als Paar in die Öffentlichkeit treten würden. So geschah es, dass sie im Januar 1999 gemeinsam das Ritz Hotel in London verließen und von einem wahren Blitzlichtgewitter empfangen wurden – mit dem Effekt, dass keines der geschossenen Bilder von exklusivem Wert war und für eine reißerische Titelblattstory getaugt hätte.

Im Januar 1999 zeigten sich Prinz Charles und Camilla Parker-Bowles erstmals gemeinsam in der Öffentlichkeit. Rund 150 Fotografen hielten den Moment fest, als die beiden das Londoner Ritz Hotel verließen.

Zur »Operation Parker-Bowles«, wie die Presse diese sorgfältig geplante Strategie des St. James Palast gelegentlich nennt, gehört auch eine geschickte Inszenierung, den Prince of Wales und seine Partnerin getrennt und doch gemeinsam in Erscheinung treten zu lassen. Bei der Feier zum 50-jährigen Bestehen der berühmten britischen Radioseifenoper »The Archers« im Jahr 2001 konnte man beispielsweise beobachten, wie Prinz Charles eine Rede hielt und im Anschluss daran bei einem Glas mit den Gästen plauderte. Irgendwann mischte sich auch Camilla unter die Gesellschaft, wurde freundlich begrüßt, bahnte sich ihren eigenen Weg durch die Schar der Gäste und redete mit ihnen, bis die beiden schließlich die Veran-

Der erste offizielle Kuss: Liebevoll begrüßte Prinz Charles seine Lebensgefährtin Camilla Parker-Bowles bei einem Wohltätigkeitsempfang im Sommer 2001.

Ein gelungener Schnappschuss: Wird Camilla jemals die britische Krone tragen?

staltung zusammen verließen. Solche »Auftritte« hat es zahlreiche gegeben, sie sind ein geschickter Schachzug, Camilla unaufdringlich, aber wie selbstverständlich ins Bewusstsein der Leute einzuführen. Und inzwischen hat es auch den ersten offiziellen Kuss vor der Kamera gegeben.

Allerdings bedeutet dies alles nicht, dass Camilla inzwischen auch vom Hof akzeptiert ist. Sprecher des St. James Palastes unternahmen den Versuch, eine Begegnung bei einem privaten Anlass zwischen ihr und der Königin in diese Richtung zu deuten. Doch die PR-Maschinen der beiden Paläste laufen nicht immer synchron: So schnell war man in Buckingham zu solchen Zugeständnissen nicht bereit. Zwar kennen sich die beiden Frauen schon lange, da Camillas Ex-Mann, Andrew Parker-Bowles, Offizier der königlichen Garde war und ein Ehrenamt bei Hofe (»Silver Stick« der Queen) innegehabt hatte. Aber noch verhält sich die Königin gegenüber ihrer potenziellen Schwiegertochter distanziert.

Obgleich das Problem innerhalb des Königshauses noch nicht gelöst ist, gewinnt Camilla Parker-Bowles in der britischen Bevölkerung doch zunehmend an Akzeptanz. Umfragen zufolge hätte eine Mehrheit der Briten gegen eine Eheschließung der beiden nichts mehr einzuwenden. Das Problem besteht darin, dass Camilla aber als künftige Königin noch nicht mehrheitsfähig ist. Wahrscheinlich ist es genau diese Zustimmung, die Charles sich in der Zukunft erhofft und auf die die behutsame, bisher schon sehr erfolgreiche PR-Strategie abzielt.

Die Kirche und die Thronfolge

Eine zweite Ehe des Kronprinzen bedarf abgesehen von der Zustimmung der Queen und der Regierung auch noch des Segens der Kirche, der Church of England. Charles selbst dürfte keine Hindernisse zu erwarten haben, da er inzwischen Witwer ist und als solcher eine neue Ehe eingehen kann. Camilla hingegen ist eine geschiedene Frau, die nach den Regeln der anglikanischen Kirche nicht ein weiteres Mal vor den Traualtar treten darf. Der für kirchliche Verfas-

Am 12. Dezember 1992 heiratete Prinzessin Anne ihren zweiten Mann, Captain Timothy Laurence. Da sie geschieden war, gab sich das Paar in Schottland das Jawort.

sungsfragen zuständige Bischof von Winchester sieht darin bisher jedoch keine Frage, für die im Moment eine Lösung gefunden werden muss, da eine Hochzeit nicht unmittelbar bevorstünde. Es bleibt also abzuwarten, wie sich die Kirche im Fall des Falles verhalten wird. Die Vergangenheit hat allerdings gezeigt, dass die erneute Heirat eines geschiedenen Mitglieds des Königshauses nicht grundsätzlich ausgeschlossen ist. So gab Prinzessin Anne ihrem zweiten Mann, Timothy Laurence, das Jawort in Schottland, wo die Presbyterianer weniger strenge Vorschriften haben als die anglikanische Kirche.

Ein anderes Thema hat die britische Geistlichkeit allerdings sehr beschäftigt. Als weltliches Oberhaupt der Church of England schwört jeder Monarch bei seiner Krönung, den Glauben zu verteidigen. Charles hat nun vor einiger Zeit geäußert, dass er den Titel »Defender of the Faith« problematisch finde, da sich dieser allein auf die anglikanische Kirche beziehe. Als

Nach einem Gedenkgottesdienst für die Opfer der Terroranschläge in den USA sprachen Prinz Charles und der Erzbischof von Canterbury vor der St. Paul's Kathedrale mit Gläubigen und Trauernden.

Am 21. September 2001 trugen sich Prinz Charles und sein Sohn William im US-Konsulat in Edinburgh im Gedenken an die Opfer der Terroranschläge in den USA in das Kondolenzbuch ein.

modern denkender Mensch wandte er ein, dass er irgendwann in der Zukunft auch König aller Katholiken, Buddhisten, Mohammedaner und Juden in seinem Land sein werde.

Der Bischof von Winchester meint jedoch: »Ich vermute, dass der Prince of Wales und seine Berater dies inzwischen anders sehen, und zwar aus folgendem Grund: Es macht ja keinen Sinn, sich den Glauben als etwas frei Schwebendes vorzustellen, getrennt von einer bestimmten religiösen Tradition und Gemeinde. Das gilt meinem Verständnis nach für Mohammedaner oder Juden in gleicher Weise wie für Christen. Obgleich das alles ein bisschen nach New-Age-Philosophie klingt, was Prinz Charles bestimmt nicht beabsichtigt hat, bin ich doch sicher, dass er die unterschiedlichen Religionsgemeinschaften unterstützen wird, indem er sich selbst voll in seine eigene Glaubensgemeinschaft einbringt. Ich bezweifle sehr, dass er dieses Thema noch irgendwie weiterverfolgen wird. Aus meiner Sicht wird er als ›Verteidiger des Glaubens‹ – und damit ist die Verantwortung eines jeden englischen Monarchen gegenüber der Church of England wie gegenüber dem Christentum ganz allgemein gemeint – zugleich dem Islam und dem Judentum und den anderen Glaubensrichtungen gerecht werden.«

Charles' Äußerungen scheinen für die Geistlichkeit aber in der Tat eine Herausforderung gewesen zu sein. Möglicherweise hat der Prinz auch einmal antesten wollen, in welchem Maße sich die Kirche Neuerungen gegenüber aufgeschlossen zeigt, die für ihn in mehr als einer Hinsicht von Bedeutung sind.

Prinzsein heißt nicht Müßiggang

Als Thronfolger nimmt Prinz Charles bereits heute hoheitliche Aufgaben wahr, wenn seine Mutter auf

»Essen auf Rädern«: Anlässlich des Jubiläums einer Hilfsorganisation bringt Prinz Charles zwei Bedürftigen warme Mahlzeiten.

Reisen, im Urlaub oder aus anderen Gründen verhindert ist. Unter anderem hält er dann die »Investitures« ab, bei denen verdiente Bürger von der Krone mit einem Orden ausgezeichnet werden. Der Prince of Wales war es auch, der sich nach den Terroranschlägen in den USA am 11. September 2001 in das Kondolenzbuch der amerikanischen Botschaft eintrug, während seine Mutter noch in Balmoral war.

Neben seinen Pflichten als Kronprinz hat Charles eine prall gefüllte eigene Agenda. Direkt mit seinem Namen verbunden ist der »Prince's Trust«, den er bereits 1976 ins Leben gerufen hat: Eine Organisation, die sich um soziale Brennpunkte innerhalb der Städte und insbesondere das Problem der Jugendarbeitslosigkeit kümmert. In diesem Zusammenhang engagiert er sich vor allem, immer wieder Spendenwillige zu gewinnen, mit deren Hilfe Projekte unterschiedlichster Art finanziert werden können. Und das mit sichtbarem Erfolg: Dank dieser Organisation konnte inzwischen einer halben Million junger Menschen geholfen werden, sich in die Gesellschaft zu (re)integrieren, berufliche Perspektiven zu entwickeln und mit Hilfe eines Startkapitals eventuell eine eigene Geschäftsidee zu realisieren. Angesichts der gegenwärtigen sozialen Probleme in Großbritannien hat sich Prinz Charles mit diesem Engagement innerhalb der Bevölkerung besonders große Anerkennung verschafft.

Sein Bewusstsein für gesellschaftliche Fragen hat dazu geführt, dass er inzwischen ständiger Schirmherr bzw. Vorsitzender von mehr als 270 Organisationen ist. In weiteren 100 übt er diese Funktion für eine gewisse Zeit aus. Darüber hinaus gehört er fast 200 Vereinigungen als Ehrenmitglied an. In diesem Zusammenhang hat der Prinz immer wieder betont, nie ausschließlich als Galionsfigur für eine Sache fungieren zu wollen, sondern ein derartiges Amt nur dann anzunehmen, wenn er auch wirklich einen eigenen Beitrag leisten kann.

Ein weiteres Thema, das dem Prinzen besonders am Herzen liegt, ist die Architektur. Dabei hat er sich mit seinen eher konventionellen Auffassungen bekanntermaßen nicht nur Freunde gemacht hat. Doch Charles ist kein Mensch, der sich auf Kritik beschränkt. Genauso bemüht er sich darum, Alternativen zu zeigen und seine Vorstellungen in die Realität umzusetzen. So wurde unter der Schirmherrschaft des Prinzen in Cornwall eine Siedlung errichtet, die seiner Idee von menschlichem Zusammenleben entspricht. Auch in den Städten setzt er sich aktiv dafür

Der Prince of Wales ist bekannt für sein großes Interesse an Architektur. Dieses Bild, das ihn mit dem norwegischen Architekten Niels Torp zeigt, entstand 1998 bei der Eröffnung eines Geschäftszentrums der Fluggesellschaft *British Airways.*

ein, Räume zu schaffen, in denen Anonymität aufgehoben wird und die Menschen ein Gemeinschaftsgefühl entwickeln können.

Das britische Gesundheitswesen ist ein anderer Bereich, in dem sich Prinz Charles engagiert. Sein Interesse an der alternativen Medizin hat dazu geführt, dass ihn das Gesundheitsministerium aufforderte, sich über die Organisation der etablierten Gesundheitsfürsorge im Land, des »National Health Service«, ebenfalls Gedanken zu machen. Auf Initiative des Prince of Wales wurde daraufhin die »Foundation for Integrated Medicine« gegründet, eine Stiftung, die die Zusammenarbeit von traditioneller und alternativer Medizin fördert.

Angesichts einer zunehmenden Verstädterung hat Prinz Charles schon immer ein besonderes Augenmerk auf die Zukunft des Dorfes und der dörflichen Gemeinschaft gerichtet. Dieses Thema erhielt durch BSE und den Ausbruch der Maul- und Klauenseuche in Großbritannien eine besondere Brisanz, da schlagartig deutlich wurde, dass auch das ländliche Leben nicht gegen Gefahren der Moderne gefeit ist. In dieser Situation trat Charles sehr schnell an die Öffentlichkeit und initiierte zahlreiche PR-Aktionen zugunsten der Bevölkerung auf dem Lande. Als Prince of Wales gilt sein Engagement insbesondere den walisischen Bauern, die in starkem Maße unter

Der Ausbruch der Maul- und Klauenseuche stürzte die britische Landwirtschaft in eine schwere Krise. Bei dem Besuch einer Farm in Borrowdale befolgte auch Prinz Charles die strengen Hygienevorschriften.

Niemand weiß, wann der britische Thronfolger das Erbe seiner Mutter antreten wird, doch viele sind davon überzeugt, dass er ein guter König sein wird.

der BSE-Krise zu leiden gehabt haben. Im Hinblick auf Maßnahmen zur Stabilisierung der Landwirtschaft mahnt er dabei stets an, die Aspekte der Umwelt und Ökologie mit einzubeziehen.

Man kann sicher sein, dass sich der Prince of Wales besonders stark dort für ein Thema einsetzt, wo er spürt, dass es für die Gesellschaft und die Zukunft des Landes von Bedeutung ist, dessen König er einmal sein wird. Natürlich weiß er darüber hinaus, dass er in seiner jetzigen Position noch öffentlich seine Ansichten äußern und sich engagieren kann. Von dem Augenblick an, in dem er die Krone trägt, wird das nicht mehr möglich sein – als König muss er über allen Parteien stehen.

Noch ist es ihm gestattet, mit seiner Meinung nicht hinterm Berg zu halten und sich auch Kritik einzuhandeln, doch irgendwann in der Zukunft wird er sich Zurückhaltung auferlegen müssen. So ist es zumindest in der langen Tradition der britischen Monarchie immer gewesen.

Wird Prinz Charles ein guter König?

Auch wenn sich über die Zukunft keine Aussagen machen lassen, sind nach mittlerweile jahrzehntelanger Tätigkeit als Thronfolger natürlich Prognosen darüber möglich, wie der Prince of Wales seine Rolle als König ausfüllen wird. »Ich glaube, alles spricht dafür, dass er ein guter König wird«, meint Ben Pimlott, »obgleich sich Bewertungskriterien über einen langen Zeitraum ändern. Aber unter dem Gesichtspunkt, ob er seine Verantwortung ernst nimmt, ob er sie intelligent wahrnimmt und ob er diese ziemlich schwierige Position ausfüllt, muss man einfach sagen, dass er seinen Vorgängern als Prince of Wales haushoch überlegen ist. Man kann in der Geschichte weit zurückgehen, ohne jemanden wie ihn zu finden. Die meisten sind Playboys und Tunichtgute gewesen. Natürlich hat auch Charles seine Probleme und Schwierigkeiten gehabt, aber ein Playboy ist er nie gewesen. Er hat im Gegenteil durch Institutionen wie den Prince's Trust seinen ausgeprägten Sinn für staatsbürgerliche Verantwortung bewiesen. Wenn man so etwas als Messlatte für eine Zukunft als Monarch anlegt, dann kann die Prognose nur sehr positiv sein.«

Countess Patricia Mountbatten ist ebenfalls optimistisch: »Ich glaube, Charles wird ein ganz großartiger König sein. Er verfügt heute über viel Erfahrung und hat wunderbare Arbeit geleistet in benachteiligten Bereichen unseres Landes wie den innerstädtischen Bezirken und manchen ländlichen Regionen. Er hat sich nie verändert, er war immer ein hervorragender Nachfolger. Nur hat die Presse ihn lange Zeit extrem unfair behandelt. Wahrscheinlich lief das nach dem Motto: Weil Diana eine zauberhafte Erscheinung ist, müssen wir über ihren Mann weniger nett schreiben, damit sie entsprechend wunderbar dasteht. Insofern hat man ihn sehr ungerecht behandelt, obwohl er nie ein böses Wort über Diana verloren hat. Jetzt endlich scheinen die Leute zu verstehen, dass sie damals verblendet waren, dass sie ihn falsch beurteilt haben und dass er sich immer treu geblieben ist. Ich denke, wir können uns glücklich preisen, ihn einst als unseren König zu haben.«

Trotz des zwischenzeitlichen Tiefs in der Popularitätskurve ist auch Robert Lacey davon überzeugt, dass Prinz Charles »ein hervorragender König« wird. »Alles, was sein Image gelegentlich getrübt hat, passt letztlich in unsere Zeit, die komplex ist und keine einfachen Lösungen kennt. Sich für grüne Belange und eine modernere Architektur einzusetzen gehört zu unserem Zeitgeist. Selbst das Durcheinander mit Camilla reflektiert ja eine Situation, die viele Menschen erleben.«

Prinz William – der Teenagerschwarm

Eine Monarchie ist ein Generationenunternehmen – im Falle des britischen Königshauses richtet sich der Blick der Öffentlichkeit daher natürlich auch auf Prinz William, der in der Thronfolge heute an zweiter Stelle steht. Die ungeheure Popularität des inzwischen 20-Jährigen ist bemerkenswert, wobei die große Beliebtheit seiner verstorbenen Mutter und das Medienvakuum, das sie in gewisser Weise hinterlassen hat, sicher eine nicht unerhebliche Rolle spielen.

Als Prinz William am 25. Dezember 2000 nach dem traditionellen Weihnachtsgottesdienst der Königsfamilie die St. Mary Magdalene Church in Sandringham verließ, bekam er nicht nur viel Beifall, sondern auch Geschenke.

Betrachtet man all die Ereignisse, die seine Kindheit überschattet haben, und das stete öffentliche Interesse an seiner Person, scheint es geradezu bewundernswert, wie erstaunlich normal er geblieben ist.

Der Prinz ist ein Scheidungskind, dessen Eltern für viele unschöne Schlagzeilen gesorgt haben. Trotz aller Schutzmaßnahmen wird dies an dem damals noch jungen William nicht spurlos vorbeigegangen sein. Der Tod der Mutter, zu der er und sein jüngerer Bruder Harry ein ausgesprochen kameradschaftlich-liebevolles Verhältnis hatten, war für die Söhne ein traumatisches Ereignis. Angesichts der weltweit ausgestrahlten Bilder von der Trauerfeier für Diana hat sich gewiss zahlreichen Menschen die Frage aufge-

drängt, wie die beiden Jungen diesen psychischen Stress verkraften werden. Und als hätte das nicht genügt, rückten die Medien immer aufs Neue die Affäre ihres Vaters mit Camilla Parker-Bowles in den Brennpunkt des Interesses.

Doch Prinz William hat offenbar seinen Weg gut machen können. Nach dem Ende der Schulzeit hat er sich 2000 ein Jahr »Auszeit« genommen, in dessen Verlauf er verschiedene Reisen unternahm – unter anderem mit einer Gruppe junger Leute zehn Wochen nach Chile, wo er unter Leitung einer englischen Hilfsorganisation an Umweltprojekten mitwirkte und Sozialarbeit leistete. Großen Eindruck hat auf ihn auch die vierwöchige Arbeit auf einem Bauernhof im Südwesten Englands gemacht. Der Prinz scheint trotz seiner Popularität die Bodenhaftung nicht verloren zu haben und auch damit umgehen zu können, dass man ihn zuweilen wie ein Popidol feiert und er zum Teenagerschwarm auf der ganzen Welt geworden ist.

Seit Herbst 2001 studiert William an der kleinen schottischen Universität St. Andrews Kunstgeschichte. Dieser Ort wird nicht ohne Grund gewählt worden

Prinz William mit seinem Vater in der Elite-Universität St. Andrews in Schottland, wo er seit Herbst 2001 Kunstgeschichte studiert.

Die Brüder William und Harry nach einem Poloturnier im Sommer 2001, an dem sie gemeinsam mit ihrem Vater teilgenommen hatten.

sein, kann man den Prinzen dort doch vergleichsweise gut vor dem Zugriff der Medien abschirmen. Und auch alle Kommilitonen haben unter Androhung der Exmatrikulation strengste Anweisung, keine Geschichten über den Prinzen an die Öffentlichkeit dringen zu lassen. Umso größer war die Empörung, als wenige Tage nach Williams Studienbeginn ausgerechnet ein Filmteam aus der Firma seines Onkels Edward in St. Andrews auftauchte, um eine Story über ihn zu drehen.

William will in St. Andrews ein ganz normales studentisches Leben führen. Abgesehen davon, dass er wie jeder andere seines Alters Jeans und Turnschuhe trägt, hat er ausdrücklich darauf verzichtet, mit dem Titel »Königliche Hoheit« angesprochen zu werden, wie es ihm seit dem 18. Lebensjahr zusteht. Alles deutet darauf hin, dass William seine Jugendjahre weitestgehend so verbringen wird, wie es viele Gleichaltrige ebenfalls tun. Und es bleibt ihm zu wünschen, dass die Thronfolge für ihn noch in weiter Zukunft liegt. »Ich kann mir kein schlimmeres Schicksal für Prinz William vorstellen als das, plötzlich König zu sein«, meint die Countess Mountbatten. »Er wünscht sich das auch nicht. Ich glaube, er wäre entsetzt. Er sollte viele Jahre Zeit haben, ein Privatleben zu führen. Monarch zu sein ist eine schwierige Rolle, und ich glaube, keiner strebt sie an, bevor er sie dann übernehmen muss.«

Der älteste Sohn des britischen Thronfolgers möchte ein möglichst normales Studentenleben führen.

Zweifellos steht William – und das gilt im Grunde für alle gegenwärtigen Thronfolger in den europäischen Königshäusern – unter enormem Druck, da auch er Mitglied einer Leistungsgesellschaft ist und eines Tages König eines Landes sein wird, das nach Leistungsprinzipien urteilt. Auf diese Aufgabe muss er optimal vorbereitet werden. Der Tradition entsprechend wird William irgendwann sicher seinen Militärdienst versehen, wie es alle männlichen Mitglieder des Königshauses getan haben. Und wahrscheinlich wird er nach seinem Studium praxisbezogene Lehrzeiten in Banken, Ministerien und Institutionen wie zum Beispiel den Vereinten Nationen oder der EU in Brüssel absolvieren – Tätigkeiten, die alle unter dem Zeichen stehen werden, den künftigen Monarchen mit möglichst weit reichenden Kenntnissen in Politik und Wirtschaft auszustatten.

Was sein Privatleben anbelangt, so erwartet man natürlich von William, dass irgendwann eine Frau an seiner Seite erscheint. Gewiss wird man an die zukünftige Prinzessin nicht mehr so hohe Anforderungen hinsichtlich ihres Vorlebens stellen, wie es noch bei Diana der Fall gewesen ist. Möglicherweise wird sie auch nicht mehr adliger Herkunft sein, sondern bürgerlichen Kreisen entstammen. In dieser Hinsicht haben sich die Zeiten verändert, das haben andere Königshäuser in Europa bereits gezeigt.

Wie auch immer sich die Zukunft gestalten mag, besteht doch die Hoffnung, dass William zum Zeitpunkt seiner Krönung ein gestandener und erfahrener Mann sein wird. Und ihm ist dann vielleicht bewusst, dass man sehr genau beobachtet, ob er seiner Rolle als Staatsoberhaupt gerecht wird. Sollte er die Erwartungen nicht erfüllen, kann schnell die Frage aufkommen, wozu man überhaupt einen König braucht. Denn heute ist es einfacher, mit einem Federstrich des Parlaments eine Monarchie zu beenden, als es in der Vergangenheit je der Fall gewesen ist.

Ist die Monarchie noch erwünscht?

Ob die konstitutionelle Monarchie im 21. Jahrhundert noch eine adäquate Staatsform ist, darüber lässt sich trefflich streiten. Im Jahr 1997 wurde von so genannten »Experten« immer wieder mal orakelt, dass Elizabeth II. zugleich Elizabeth die Letzte sein werde. Die Daseinsberechtigung des Königshauses wurde, nicht zuletzt aufgrund der Vielzahl der Skandale und des Lebensstils einiger seiner Mitglieder, von großen Teilen der Bevölkerung stark in Zweifel gezogen. Die Selbstverständlichkeit, dass die Briten hinter ihrer Monarchie stehen, schien plötzlich nicht mehr so ausgemacht wie zuvor. Doch diese Stimmung hat sich in den vergangenen Jahren wieder sehr zugunsten der Krone gewandelt. Und die Feiern zum goldenen Thronjubiläum werden die Popularitätskurve sicher noch einmal steigen lassen – so war es zumindest bei

Auch wenn zu Beginn des 21. Jahrhunderts öfter als vor zwanzig oder dreißig Jahren Stimmen laut werden, die die Abschaffung der Monarchie fordern, ist die Zukunft der Krone nicht in Gefahr. Das Foto zeigt die Queen im Jahr 1975.

Der Buckingham Palast ist die offizielle Residenz der Queen in England. Inzwischen sind Teile des Gebäudes in den Sommermonaten für das Publikum geöffnet.

allen runden Geburtstagen oder Jubiläen in der Vergangenheit.

Aber trotz der durchschnittlich 70-prozentigen Zustimmung, die die Königin von der britischen Bevölkerung erfährt, gibt es natürlich auch in England Rufe, die die Institution der Monarchie an sich als eine anachronistische Staatsform betrachten. »Es gibt heute gegenüber der Monarchie eine ganze Menge mehr Opposition als vor zwanzig oder dreißig Jahren«, analysiert der Historiker Ben Pimlott die gegenwärtige Stimmungslage. »Das heißt, der Republikanismus ist zu Beginn des 21. Jahrhunderts in Großbritannien eine respektable Position, während man ihn vor ein, zwei Generationen als irrelevant und verschroben betrachtete. Tatsächlich bilden die Republikaner aber nur eine sehr kleine Minderheit. Trotz der Tumulte der 90er Jahre mit Charles und Diana, den Scheidungen und dem Feuer in Windsor Castle ist die Zahl derjenigen, die die Monarchie abschaffen wollen, nach wie vor sehr gering. Das bedeutet jedoch nicht, dass die Zahl nicht größer werden kann. Wenn man sich zum Beispiel Australien ansieht, dann ist die Monarchie dort von großer Popularität in den 50er Jahren auf eine Position zurückgefallen, die in naher Zukunft den Übergang zur Republik erwarten lässt. Man sollte deshalb nicht zu sicher sein, bloß weil gegenwärtig nur eine so kleine Minderheit republikanische Gefühle hegt. Aber von einer unmittelbaren Gefahr kann nicht die Rede sein. Und keine politische Partei wagt es, sich dafür einzusetzen, weil es für sie dann an der Wahlurne gefährlich würde.«

Hauptsächlich sind es derzeit auch nur Intellektuellenkreise und politische Randgruppen, von denen der republikanische Gedanke getragen wird. Oder einzelne Persönlichkeiten wie zum Beispiel der Politiker Tony Blenn, der dem linken Labour-Flügel angehört und schon vor vielen Jahren versuchte, die Monarchie per Parlamentsbeschluss abzuschaffen. Von einer republikanischen Bewegung, die maßgeblichen Einfluss auf die Meinungsbildung der breiten Bevölkerung hätte, kann jedoch nicht die Rede sein.

Tatsächlich könnte eine Pro-und-Contra-Diskussion aber im Zusammenhang mit Fragen zur Reform der britischen Verfassung entstehen. Zumindest hat die links-liberale Zeitung *Guardian* im Jahr 2000 eine Kampagne gestartet, mit der sie an den Grundfesten des Königshauses rütteln wollte. Ausgehend von dem Vorwurf, dass der dreihundert Jahre alte »Act of Settlement«, demzufolge Katholiken keinen Anspruch auf den britischen Thron haben, unvereinbar mit der europäischen Menschenrechtskonvention sei, gab der *Guardian* eine Anzeige in der *Süddeutschen Zeitung* auf: Gesucht wurden deutsche Nachfahren von Königin Victoria, die aufgrund ihrer Religionszugehörigkeit oder der ihrer Ehepartner von der Thronfolge ausgeschlossen worden waren und bereit wären, dies vor einem europäischen Gericht anzufechten. Potenzielle Anwärter gäbe es tatsächlich, wie zum Beispiel Karl-Emich, den achten Fürst zu Leiningen, oder Prinz Karl Friedrich von Hohenzollern, doch ist niemand diesem umstürzlerischen Aufruf gefolgt.

Möglicherweise war diese Aktion selbst nicht viel mehr als ein Werbegag – nichtsdestotrotz strebt der *Guardian* eine ernsthafte Debatte und einen Volksentscheid über die Frage an, ob die Krone von der Mehrheit der britischen Bevölkerung tatsächlich weiterhin gewollt wird. Polly Toynbee, eine der Leitartiklerinnen der Zeitung, erklärt ihr Anliegen folgendermaßen: »Wir haben uns als Republikaner geoutet und wollen die Idee der Monarchie als solche in Frage stellen. Die ganze Verfassung dieses Landes muss ja neu erarbeitet werden. Dabei mag die Frage, ob man einen Monarchen hat oder nicht, nicht der wichtigste Punkt sein. Aber sie ist doch die Crux aller Reformüberlegungen. Wir haben keine geschriebene Verfassung. Wir brauchen ein völlig neues Verfassungswerk,

Der »Grüne Salon« in Schloss Windsor. Da die Residenz Staatseigentum ist, sind die prachvollen »state apartments« zeitweise auch für die Öffentlichkeit zugänglich.

das von ganz oben, dem Monarchen, bis ganz unten, zum Parlament, zu den zwei Kammern, reicht. Wir haben die Hälfte des Weges bei der Reform unserer zweiten Kammer zurückgelegt und dort den Erbadel beseitigt, aber wir müssen alles betrachten. Wenn man einen Volksentscheid über die Monarchie herbeiführen würde, könnte man wenigstens die Diskussion über all diese überaus wichtigen Fragen eröffnen.«

Bislang hat es dieses Referendum nicht gegeben, aber die Debatte ist damit noch lange nicht vom Tisch. Im Übrigen wäre es nicht das erste Mal. Bereits 1996, also noch vor dem Tod von Prinzessin Diana, hatte ein Fernsehsender unter großer Beteiligung der Zuschauer eine Abstimmung über diese Frage veranstaltet. Damals sprach sich eine Mehrheit für den Fortbestand der Monarchie aus, allerdings fiel sie nicht so hoch aus wie erwartet. Interessant war jedoch ein weiteres Ergebnis: Jene, die für die Abschaffung der Krone votierten, sollten auf die Frage antworten, wen sie sich als zukünftigen Präsidenten wünschen würden. Und da stand auf Platz eins Prinzessin Anne, gefolgt von dem Unternehmer Richard Branson, an dritter Stelle schließlich Prinz Charles. Selbst im Falle einer Republik sollte also laut dieser Umfrage wieder ein Mitglied des Königshauses an der Spitze des Landes stehen.

Es wird folglich eine Menge passieren müssen, bevor die Monarchie in Großbritannien von der Mehrheit der Bevölkerung ernsthaft in Frage gestellt wird. Freilich ist die Zukunft der Krone auch kein Thema, das viele Briten sonderlich interessiert. Insbesondere die jüngere Generation steht dieser Frage eher gleichgültig gegenüber. Im Falle einer Abschaffung würde allerdings deutlich werden, dass damit auch etwas verschwände, was den Bewohnern unbewusst eine gewisse Sicherheit verleiht: Die Krone als letzte Instanz, die nicht nur Kontinuität und Stabilität jenseits wechselnder Parteipolitik verkörpert, sondern auch Gewähr dafür ist, dass einzelne Regierungen keine Ad-hoc-Entscheidungen treffen oder Gesetze nach eigenem Gutdünken erlassen können. Denn als konstitutionelle Monarchin ist die Queen zwar an die herrschenden Gesetze gebunden, gleichzeitig bedarf jede Neuvorlage aber immer noch ihrer Unterschrift. Und im Falle eines Falles müsste sie sich nicht einmal parteiisch verhalten, sondern nur eine ihrer verfassungsmäßigen Aufgaben wahrnehmen, nämlich die, zu warnen, und auf Rücksprachen sowie weitere Beratungen zu drängen. Diese Möglichkeiten hat das britische Staatsoberhaupt.

Die schottische Frage

Probleme könnten auf die Krone aber auch aus Schottland zukommen, das innerhalb des Vereinigten Königreiches eine verhältnismäßig hohe Selbständigkeit besitzt. 1997 haben sich 74 % der schottischen Bevölkerung für eine Teilautonomie ausgesprochen, sodass die Provinz heute in einzelnen Bereichen wie Finanzen oder Kultur eine eigene Gesetzeskraft hat und über ein separates Parlament verfügt – das ebenso wie das in London alljährlich von der Queen eröffnet wird. Viele Bürger, insbesondere die schottischen Nationalisten, sehen dadurch die Entwicklung Richtung einer vollständigen Unabhängigkeit von England vorangetrieben. Ein solcher Prozess hätte auch Konsequenzen für die Krone, meint der Historiker Ben Pimlott. »Die Königreiche Schottland und England sind historisch gesehen zwei verschiedene Reiche gewesen. Seit dem 17. Jahrhundert wird nun zum ersten Mal innerhalb des Vereinigten Königreiches anerkannt, dass Schottland ein gewisser Grad der Autonomie zusteht. Das bedeutet aber auch, dass die Souveränität der Königin im Hinblick auf Schottland und England gespalten ist. Es bedeutet ebenfalls, dass Schottland in der Monarchiefrage einen eigenen Weg einschlagen könnte. Man kann sich eine Situation vorstellen, in der die Königin oder ihr Nachfolger dort alle Popularität einbüßt. Die Monarchie wird ja schon heute in Schottland als eine eher englische Institution betrachtet. Insofern könnten sehr ernsthafte Schwierigkeiten erwachsen, wenn eine schottische Regierung die Krone loszuwerden versuchte, um auf diese Weise den Prozess der völligen Unabhängig-

Tausende von Menschen säumen jedes Mal die Straßen, wenn die Queen in offener Kutsche durch London fährt.

Nachdem Schottland begrenzte Autonomierechte erhielt, eröffnete die Queen am 1. Juli 1999 das neue Parlament in Edinburgh.

keit zu beschleunigen. Dann müsste man befürchten, dass sowohl die Monarchie als auch das Vereinigte Königreich unterminiert würden.«

Noch ist die Krone mit Schottland hingegen eng verbunden. Die Queen eröffnet nicht nur das Parlament, sondern nimmt auch alljährlich im Juli für eine Woche Residenz in Holyroodhouse in Edinburgh, von wo aus sie dann das gesamte Königreich regiert. Und schließlich verbringt sie auch privat möglichst viel Zeit mit ihrer Familie auf Balmoral Castle, das ihr von Kindheit an sehr ans Herz gewachsen ist.

Insgesamt gesehen ist der verfassungsrechtliche Prozess im Vereinigten Königreich jedoch in vollem Gange. Nordirland und Wales genießen ebenfalls ein beschränktes Selbstentscheidungsrecht gegenüber England, wenn auch nicht in dem Maße wie Schottland. Und das Parlament in Westminster, in dem alle vier Landesteile vertreten sind, steht vor der diffizilen Aufgabe, alle jeweiligen Rechte und Interessen unter einen Hut bringen zu müssen.

Vorstellbar wäre auch, dass sich Schottland im Zuge eines vereinten Europas tatsächlich unabhängig macht, Elizabeth II. aber weiterhin Staatsoberhaupt bliebe und Schottland nicht nur der EU, sondern

Schon immer fühlte sich Elizabeth II. Schottland sehr verbunden. Dieses Bild zeigt sie mit Prinz Philip während eines Spaziergangs auf dem Gelände von Schloss Balmoral im Jahr 1972.

Im Dezember 1997 musste die Queen von der königlichen Jacht *Britannia* Abschied nehmen. Die Königsfamilie hatte mit dem Schiff in den vergangenen 44 Jahren über 700 Besuchsreisen im In- und Ausland unternommen.

auch dem Commonwealth beitreten würde. Dann wäre die Queen Königin von Schottland in der Funktion, wie sie es in Australien oder Kanada ist – mit dem Unterschied, dass sich dieses Commonwealth-Mitglied unmittelbar vor der eigenen Haustür befände.

Die Queen am Puls der Zeit

Selbst für eine Königin gilt es, die Hand am Puls der Zeit zu haben. In dieser Hinsicht hat die Queen, auch dank der Hilfe von Prinz Philip und Prinz Charles, in der jüngeren Vergangenheit eine gute Antenne entwickelt. Nach den heftigen Turbulenzen der 80er und 90er Jahre ist es ihr gelungen, die »Firma Windsor« aus den Schlagzeilen heraus wieder in ruhigere Gewässer zu manövrieren.

Alle Monarchien müssen sich mit der Frage auseinander setzen, was es heißt, »mit der Zeit zu gehen«, und befinden sich dabei auf einer permanenten Gratwanderung. Einerseits stehen sie für eine Tradition, die gewahrt werden möchte, andererseits gibt es Traditionen, die sich überholt haben – so heißt es in jeder Situation erneut das richtige Maß zu finden.

Wenn auch mit großem Bedauern, nahm die Königin 1997 Abschied von der *Britannia*. Die königliche Jacht war zu einem Stück Luxus geworden, an dem sich gelegentlich Debatten erhitzt hatten und das im Hinblick auf den Betriebsaufwand nicht mehr zu vertreten war. Auch die Tatsache, dass die Queen inzwischen Steuern zahlt und die Zuwendungen des Parlaments an das Königshaus, die so genannte »Civil

Als Elizabeth II. im Frühjahr 1998 die Ortschaft Topsham, Devonshire, besuchte, kehrte sie auch in den Pub, das *Bridge Inn*, ein.

List«, gekürzt wurden, zeugt von dem Bemühen um eine neue Bescheidenheit.

Obwohl sie sich in vieler Hinsicht treu geblieben ist, hat die Königin im Laufe ihrer langen Regierungszeit viel dazugelernt. So hat sie beispielsweise keinerlei Hemmschwelle mehr, bei dem Besuch eines Ortes auch in den Pub zu gehen, um ihren Untertanen aus nächster Nähe zu begegnen. Und wenn es auch heute immer noch passieren kann, dass sie sich in einem Geschäft mit großem Interesse Plastikgeschirr anschaut, weil sie so etwas noch nie im Leben gesehen hat, entwickelte Elizabeth in den vergangenen fünf Jahrzehnten eine Volksnähe, die ihren Vorfahren noch völlig unvorstellbar gewesen wäre.

Natürlich gibt es auch Seiten ihrer Person, die sich nie ändern werden. Dazu gehört sicherlich ihr Kleidungsstil, der sich über all die langen Jahre durch Zeitlosigkeit auszeichnet, so als ob es Moden für sie gar nicht gibt. Und ungeachtet aller inzwischen praktizierten Volksnähe hasst sie direkten Körperkontakt. In dieser Hinsicht unterscheidet sie sich völlig von ihrer verstorbenen Schwiegertochter Diana, der die spontane Art, andere Menschen in den Arm zu nehmen, große Sympathien eingebracht hatte.

»Dallas« oder »Palace«?

Fünf Jahrzehnte steht Elizabeth II. bereits an der Spitze des seit über tausend Jahren existierenden englischen Königshauses. Im Unterschied zu all ihren Vorgängern und Vorgängerinnen ist sie eine Monarchin, deren eigenes Leben und das ihrer Familie nicht nur unter den Augen der breiten Öffentlichkeit im eigenen Land stattgefunden hat, sondern rund um den gesamten Erdball beobachtet wurde. Die Macht der Medien hat sie eingeholt. Sei es das Fernsehen, dessen Anfänge sie erlebt und auch gefördert hat, oder die mittlerweile enorm einflussreiche Boulevardpresse – die Geschehnisse um die Royals fanden und finden Eingang in jedes Wohnzimmer, das dies möchte. Das Leben der Queen ist von Schlagzeilen begleitet, auch wenn sie selbst überwiegend Anlass für positive gab – sei es ihre Vermählung mit dem Herzog von Edinburgh, ihre Krönung in jungen Jahren, die Hochzeit von Charles und Diana, die auch

auf sie als Mutter zurückstrahlte, ihr silbernes und jetzt auch ihr goldenes Thronjubiläum. Anders verhielt es sich jedoch mit ihrer Familie. So standen die Jahre von 1981 bis 1997 ganz und gar unter dem Zeichen der Berichterstattung über das Haus Windsor, obwohl es seinerzeit vor allem um Charles und Diana ging und die Queen als regierende Königin und Mutter des Thronfolgers eher im Hintergrund stand. In den ersten Jahren profitierte sie noch von der Medienpräsenz des Paares, doch ab 1987 bis zum Tode Dianas warfen die Geschichten der Kinder auch Schatten auf das Königshaus im Allgemeinen. Die Amerikaner produzieren »Dallas«, die Briten »Palace«, hieß es damals. Und Presse und Fernsehen hatten einen nicht zu unterschätzenden Anteil daran, dass man zwar nicht die Königin selbst, wohl aber das Hause Windsor dem Untergang nahe sah. Die Queen dürfte diese Entwicklung tief getroffen haben.

Immer unter der Beobachtung der Medien zu stehen hat jedoch im Falle der Queen noch einen ganz anderen Aspekt, auf den Robert Lacey hinweist: »Die Macht der Königin ist eine psychische Macht. Sie besitzt eine große Anziehungskraft, die sich in endlosen Zeitungsseiten manifestiert, die ihr hier und anderswo gewidmet werden. Boulevardzeitungen in Großbritannien, die nie auf die Idee kämen, einen Korrespondenten in Washington zu finanzieren, unterhalten große Teams für die Berichterstattung über die königliche Familie. Man kann sagen, es handelt sich um eine Art nationaler oder gar internationaler Seifenoper. Dabei sollten wir nicht vergessen, dass uns Seifenopern viel Wahres über die Natur des Menschen und über die menschliche Gesellschaft erzählen. Und die Leute sehen die Königin als jemanden, der diese Züge verkörpert. Als Großbritannien gespalten war in die Charles-Partei und die Diana-Partei, als die Leute darüber stritten, argumentierten sie in Wirklichkeit über ihr eigenes Leben, ihre eigene Ehe und ihre eigenen Verhaltensweisen. Das ist die Funktion, die die Königin verkörpert. Eine Rückerinnerung daran, dass im Herzen eines unpersönlichen Regierungssystems, vor dem die Menschen immer mehr Angst haben, einige menschliche Grundwerte schlummern.«

Elizabeth II. kann auf wahrhaft bewegte Jahrzehnte zurückblicken. Es war ihr nicht in die Wiege gelegt, Königin zu werden, aber sie hat ihr Amt dann in guten wie in schlechten Zeiten mit großer Würde, Souveränität und Pflichtbewusstsein ausgeübt. Als junges Mädchen hatte sie von einem Leben auf dem Lande geträumt. Diesen Traum hat die Abdankung ihres Onkels zunichte gemacht. Umso verständlicher erscheint es, dass sie nun, in fortgeschrittenem Alter, immer häufiger den von ihr nicht gerade geliebten Buckingham Palast verlässt, um sich nach Windsor oder in die ländliche Umgebung von Balmoral oder Sandringham zurückzuziehen. Natürlich immer in Begleitung ihrer roten Aktenkoffer.

Chronologie

21. April 1926: Elizabeth Alexandra Mary wird als erste Tochter des Herzogs und der Herzogin von York geboren. Nach dem Prince of Wales und ihrem Vater steht sie an dritter Stelle der Thronfolge.

21. August 1930: Geburt von Elizabeths Schwester Margaret Rose.

6. Mai 1935: Silbernes Thronjubiläum von König George V. und Queen Mary.

20. Januar 1936: Tod von König George V. Die Nachfolge tritt sein Sohn David als Edward VIII. an.

10. Dezember 1936: Edward VIII. dankt ab, weil sich Regierung und Kirche gegen eine Heirat mit der geschiedenen Amerikanerin Wallis Simpson gewandt haben; er lebt fortan als Herzog von Windsor im Ausland. Als George VI. besteigt Elizabeths Vater den Thron.

12. Mai 1937: Feierliche Inthronisation von George VI. in der Westminster Abbey.

28. Mai 1938: Neville Chamberlain wird Premierminister.

Juli 1939: In der Königlichen Marine-Akademie in Dartmouth begegnet die 13-jährige Elizabeth erstmals ihrem späteren Mann, dem damals 18-jährigen Prinz Philip von Griechenland.

1. September 1939: Einmarsch deutscher Truppen in Polen.

3. September 1939: Nach Ablauf der gestellten Ultimaten befinden sich Großbritannien und Frankreich im Kriegszustand mit Deutschland.

10. Mai 1940: Winston Churchill wird Premierminister.

September 1940: Beginn der deutschen Bombenangriffe auf London.

13. Oktober 1940: Prinzessin Elizabeth hält im Rundfunk eine Ansprache an die britischen Kinder.

16. April 1942: An ihrem 16. Geburtstag wird Elizabeth zum Ehrenoberst eines königlichen Garderegiments, der Grenadier Guards, ernannt.

April 1944: Elizabeth wird bei einer Transporteinheit als Leutnant ausgebildet.

23. Mai 1944: Auf der Jahrestagung eines Kinderkrankenhauses in Hackney hält Elizabeth ihre erste öffentliche Rede.

Herbst 1944: Die Prinzessin tauft das größte Schlachtschiff, das jemals in Großbritannien gebaut worden war.

8. Mai 1945: Ende des Zweiten Weltkriegs. Premierminister Winston Churchill verkündet den »Victory in Europe-Day« (VE-Day), den Tag des Sieges der alliierten Truppen in Europa.

27. Juli 1945: Der Labour-Politiker Clement R. Attlee wird Premierminister.

Januar 1947: Die königliche Familie tritt per Schiff eine mehrmonatige Reise nach Südafrika an. Elizabeth verlässt zum ersten Mal ihr Heimatland.

21. April 1947: Elizabeth wird mit ihrem 21. Geburtstag volljährig und kann nun die Thronfolge antreten. In einer weltweit beachteten Rundfunkansprache erklärt sie, dass sie den Untertanen der Krone ihr ganzes Leben lang dienen werde.

8. Juni 1947: Der Buckingham Palast gibt die Verlobung von Elizabeth mit Leutnant Philip Mountbatten bekannt.

15. August 1947: Indien erlangt seine Unabhängigkeit und wird Mitglied des Commonwealth of Nations. Damit beginnt die zunehmende Auflösung des British Empire.

November 1947: Elizabeth und Philip werden in den Hosenbandorden aufgenommen.

20. November 1947: Hochzeit von Prinzessin Elizabeth und Prinz Philip, Herzog von Edinburgh, in der Westminster Abbey.

28. April 1948: Abfassung einer Deklaration, nach der in Zukunft auch selbstständig gewordenen Republiken die Vollmitgliedschaft im Commonwealth gestattet wird.

Sommer 1948: Elizabeth und Philip beziehen eine eigene Residenz, das Clarence House am St. James Palast in London.

14. November 1948: Geburt des ersten Sohnes, der auf den Namen Charles Philip Arthur George getauft wird.

April 1949: Irland verlässt das Commonwealth und wird unabhängige Republik.

15. August 1950: Geburt der Tochter Anne Elizabeth Alice Louise.

Oktober 1951: Prinzessin Elizabeth und der Herzog von Edinburgh unternehmen eine Reise nach Kanada und in die Vereinigten Staaten von Amerika.

27. Oktober 1951: Winston Churchill wird erneut Premierminister.

31. Januar 1952: Elizabeth und Philip treten eine Reise an, die fast sechs Monate dauern sollte. An diesem Tag sieht die Prinzessin ihren Vater zum letzten Mal.

6. Februar 1952: Tod von König George VI. Als Elizabeth II. besteigt seine Tochter den Thron.

16. Februar 1952: Beisetzung von George VI.

2. Juni 1953: Krönungstag von Elizabeth II.

November 1953 – Mai 1954: Königin Elizabeth und Prinz Philip besuchen während einer sechsmonatigen Reise die Länder des Commonwealth.

Januar 1954: Die königliche Jacht *Britannia* wird in Dienst gestellt.

April 1955: Winston Churchill tritt zurück. Neuer Premierminister wird Anthony Eden.

31. Oktober 1955: Prinzessin Margaret lässt bekannt geben, dass sie nach einer langjährigen Romanze den geschiedenen Group Captain Peter Townsend nicht heiraten werde.

Oktober 1956: Suezkrieg. Großbritannien, Frankreich und Israel setzen Truppen am Suezkanal ein, die im Dezember auf Drängen der USA und UdSSR abgezogen werden.

10. Januar 1957: Harold Macmillan wird Premierminister.

26. Juli 1958: Die Königin verleiht ihrem Sohn Charles den Titel »Prince of Wales«, den seit dem 13. Jahrhundert alle britischen Thronerben erhalten.

19. Februar 1960: Geburt von Prinz Andrew Albert Christian Edward.

6. Mai 1960: Prinzessin Margaret heiratet den Fotografen Antony Armstrong-Jones. Die Königin verleiht dem Schwager den Titel Earl of Snowdon.

3. November 1961: Geburt von David Albert Charles, dem Sohn von Prinzessin Margaret und Antony Armstrong-Jones.

19. Oktober 1963: Sir Alec Douglas-Home wird Premierminister.

10. März 1964: Geburt von Prinz Edward Antony Richard Louis.

1. Mai 1964: Geburt von Prinzessin Margarets und Antony Armstrong-Jones' Tochter Sarah Frances Elizabeth.

15. Oktober 1964: Der Labour-Politiker Harold Wilson wird Premierminister.

Mai 1965: Elizabeth besucht zum ersten Mal die Bundesrepublik Deutschland.

30. Juni 1969: In Großbritannien wird die Fernsehdokumentation »The Royal Family« ausgestrahlt.

1. Juli 1969: Feierliche Investitur von Prinz Charles in Carnarvon als 21. »Prince of Wales«.

18. Juni 1970: Edward Heath wird Premierminister.

1. Januar 1973: Großbritannien wird Mitglied der EG.

14. November 1973: Hochzeit von Prinzessin Anne und Leutnant Mark Phillips.

28. Februar 1974: Harold Wilson wird erneut Premierminister.

5. April 1976: James Callaghan wird Premierminister.

April 1976: Auf Initiative von Prinz Charles wird der »Prince's Trust« gegründet.

Juli 1976: Prinzessin Anne nimmt als Reiterin für Großbritannien an den Olympischen Spielen in Montreal teil.

1977: Königin Elizabeth II. feiert ihr silbernes Thronjubiläum.

15. 11. 1977: Geburt von Peter Mark Andrew, Sohn von Prinzessin Anne und Mark Phillips.

Juli 1978: Scheidung von Prinzessin Margaret und Antony Armstrong-Jones.

4. Mai 1979: Margaret Thatcher wird erste Premierministerin Großbritanniens.

24. Februar 1981: Bekanntgabe der Verlobung von Prinz Charles und Lady Diana Frances Spencer.

15. Mai 1981: Geburt von Zara Anne Elizabeth, Tochter von Prinzessin Anne und Mark Phillips.

29. Juli 1981: Hochzeit von Prinz Charles und Lady Diana Frances Spencer in der St. Paul's Kathedrale.

Mai-Juni 1982: Falkland-Krieg. Nach Argentiniens Besetzung der Falklandinseln erobern britische Luft- und Seestreitkräfte die südatlantische Inselgruppe zurück.

21. Juni 1982: Geburt des ersten Sohnes von Prinz Charles und Prinzessin Diana, der auf den Namen William Arthur Philip Louis getauft wird.

15. September 1984: Geburt von Prinz Henry Charles Albert David, genannt Harry, dem zweiten Sohn von Prinz Charles und Prinzessin Diana.

23. Juli 1986: Hochzeit von Prinz Andrew und Lady Sarah Ferguson, nunmehr Herzog und Herzogin von York.

8. August 1988: Geburt von Beatrice Elizabeth Mary, Tochter von Prinz Andrew und Sarah Ferguson.

23. März 1990: Geburt von Eugenie Victoria Helena, Tochter von Prinz Andrew und Sarah Ferguson.

28. November 1990: Nach dem Rücktritt Margaret Thatchers wird John Major neuer Premierminister.

März 1992: Bekanntgabe der Trennung von Prinz Andrew und Sarah Ferguson.

April 1992: Scheidung von Prinzessin Anne und Leutnant Mark Phillips.

Oktober 1992: Elizabeth II. unternimmt in Begleitung von Prinz Philip ihren dritten Staatsbesuch in Deutschland. Sie betritt in Berlin erstmals ostdeutschen Boden und nimmt in Dresden an einem Versöhnungsgottesdienst teil.

20. November 1992: Auf Schloss Windsor bricht ein großes Feuer aus. Zum Glück können die meisten Kunstschätze gerettet werden. Die Restaurierung kostet 37 Millionen Pfund.

9. Dezember 1992: Bekanntgabe der Trennung von Prinz Charles und Prinzessin Diana.

12. Dezember 1992: Prinzessin Anne heiratet in der Crathie Church in Schottland den Rittmeister Timothy Laurence.

1993: Die Königin zahlt ab diesem Jahr Steuern auf ihr privates Einkommen.

Oktober 1994: Elizabeth II. besucht in Begleitung von Prinz Philip als erstes Staatsoberhaupt Großbritanniens Russland und ist zwei Tage Gast des Präsidenten Boris Jelzin im Moskauer Kreml.

8. Mai 1995: der 50. »Victory in Europe-Day«. Wie vor fünfzig Jahren steht Elizabeth II. auf dem Balkon des Buckingham Palastes und winkt der jubelnden Menge zu.

Mai 1996: Scheidung von Prinz Andrew und Sarah Ferguson.

28. August 1996: Scheidung von Prinz Charles und Prinzessin Diana.

2. Mai 1997: Der Labour-Politiker Tony Blair wird neuer Premierminister.

Juli 1997: Prinz Charles beendet in einer großen Zeremonie die Kolonialherrschaft über die Kronkolonie Hongkong, die an die Volksrepublik China übergeht.

31. August 1997: Prinzessin Diana kommt mit ihrem Freund, Dodi al-Fayed, bei einem Autounfall in Paris ums Leben.

6. September 1997: Beisetzung von Prinzessin Diana.

20. November 1997: Elizabeth II. und Prinz Philip feiern ihren 50. Hochzeitstag.

Dezember 1997: Die königliche Jacht *Britannia* wird außer Dienst genommen. Seit 1998 liegt sie als Museumsschiff im Hafen von Edinburgh.

1999: Schottland und Wales erhalten Regionalparlamente.

28. Januar 1999: Prinz Charles und seine Lebensgefährtin Camilla Parker-Bowles zeigen sich erstmals gemeinsam in der Öffentlichkeit.

19. Juni 1999: Hochzeit von Prinz Edward und Sophie Rhys-Jones.

18. Juli 2000: Elizabeth II. eröffnet die britische Botschaft in Berlin.

4. August 2000: Die Königinmutter feiert ihren 100. Geburtstag.

21. April 2001: 75. Geburtstag von Elizabeth II.

10. Juni 2001: Prinz Philip feiert seinen 80. Geburtstag.

14. September 2001: Königin Elizabeth nimmt in der St. Paul's Kathedrale an einem Gedenkgottesdienst für die Opfer der Terroranschläge in den USA teil.

2002: Goldenes Thronjubiläum von Elizabeth II.

9. Februar 2002: Tod von Prinzessin Margaret.

Haus Windsor

GEORGE V.
(1865-1936)
König 1910-1936
⚭ 1893 Mary of Teck
(1867-1953)

EDWARD VIII.
(1894-1972)
König Jan.-Dez. 1936
(abgedankt)
Duke of Windsor
⚭ 1937 Wallis Simpson
(1896-1986)

GEORGE VI.
(1895-1952)
König 1936-1952
⚭ 1923 Lady Elizabeth Bowes-Lyon
(* 1900)
(QUEEN ELIZABETH THE QUEEN MOTHER)

QUEEN ELIZABETH II. seit 1952
(* 1926)
⚭ 1947 Philip, DUKE OF EDINBURGH
(* 1921) Sohn von
Prinz Andreas von Griechenland

Charles
Prince of Wales
(* 1948)
⚭ 1981 Lady Diana Spencer († 1997)
geschieden 1996

Anne
Princess Royal
(* 1950)
⚭ 1973 Mark Phillips
geschieden 1992
⚭ 1992 Timothy Laurence

Peter Phillips
(* 1977)

Zara Phillips
(* 1981)

Prince William of Wales
(* 1982)

Prince Henry of Wales
(* 1984)

Mary
Princess Royal
(1897-1965)

George
Duke of Kent
(1909-1942)

Henry
Duke of Windsor
(1900-1974)

Prince John
(1905-1919)

Princess Margaret
(1930-2002)
ꝏ 1960 Antony Armstrong-Jones
Earl of Snowdon
geschieden 1978

David
Viscount Linley
(* 1961)
ꝏ 1993 Serena Stanhope

Lady Sarah Armstrong-Jones
(* 1964)
ꝏ 1994 Daniel Chatto

Andrew
Duke of York
(* 1960)
ꝏ 1986 Sarah Ferguson
geschieden 1996

Edward
Earl of Wessex
(* 1964)
ꝏ 1999 Sophie Rhys-Jones

Princess Beatrice of York
(* 1988)

Princess Eugenie of York
(* 1990)

Bildnachweis

Der Verlag dankt Doris Hess, dpa, Frankfurt für die engagierte Unterstützung.

Bildarchiv Preußischer Kulturbesitz, Berlin: 50

Keystone Pressedienst, Hamburg: 85

Seeger-Press, Albstadt: 18 oben links, 26 unten links, 64/65, 99, 110/111, 132/133, 139

Syndication International, London: 24

dpa: alle übrigen Fotos